文藝新書
121

문학비평방법론

민혜숙 옮김

東文選

INTRODUCTION
AUX METHODES CRITIQUES
POUR L'ANALYSE LITTERAIRE

par Daniel Bergez, Pierre Barberis,
Pierre-Marc de Biasi, Marcelle Marini,
Gisele Valency

© Bordas, Paris, 1990

This edition was published by agreement with
Editions DUNOD, Paris
through DRT International, Seoul

차 례

V. 텍스트 비평 —— 지젤 발랑시

머리말

〈사물을 해석하는 것보다 해석된 내용을 해석하는 일이 더 많고, 다른 주제에 관한 것보다 책에 대한 책이 더 많다〉고 이미 몽테뉴가 말한 바 있다. 《수상록 *Essais*》의 저자는 다음과 같이 계속한다. 〈우리는 주석을 할 뿐이다. 모든 것이 주석으로 가득 차 있다. 작품은 상당히 귀한 것이기 때문이다〉. 그로부터 4세기가 지난 지금도 이 논제는 전혀 타당성을 잃지 않고 있다. 60년대부터 시작된 〈신비평〉이라는 것을 둘러싼 격렬한 논쟁들은, 따라서 방법론의 문제를 당면 동기로 삼고 있었다. 그러나 심층적으로 살펴보면 그 논쟁들은 문학 소비의 양태에 있어서 비평의 역할에 대한 까다로운 문제를 제기한 것이다. 어떤 사람들에 의하면 비평은 꼭 필요한 역할을 하고, 어떤 사람들에 의하면 전혀 필요 없는 역할을 한다.

우리는 어떤 방법론적이고 관념적인 테러리즘이 수십 년 전부터 문학에 대한 가르침과 문학 창작 자체를 강하게 조건지었다는 것을 부인할 수 없다. 쥘리앵 그라크는 〈대담한 문학 La Littérature à l'estomac〉에서, 작가의 작품보다 비평가의 말에 더 비중을 두는 이러한 일탈을 부정하려고 시도하였다. 《표제어 *Lettrines*》에서 그는 다음과 같이 자문한다. 〈마치 열쇠를 가지고 있는 것처럼 당신의 작품을 자물쇠의 형태로 끊임없이 배열하려고 하는 사람들에게 무슨 말을 하겠는가?〉 비평적 담론의 위험성은 사실상 작위적인 일치나 방법론적인 교조주의라는 미명하에 분석하고 있는 작품을 언제나 빈약하게 만든다는 것이다. 셀린은 〈조소적으로 어떤 텍스트, 작품을 벗기는, 문학 전문가〉의 장면을 〈창피하고〉, 〈수치스러운〉 것으로 여겼다 (《학살해 마땅한 것들 *Bagatelles pour un massacre*》). 그에 앞서서 몽테스키외는 비평가들을 〈나라를 포위하지 못하면서 물을 썩게 만드는 군대의 못된 장군〉과 동일시하였다.

그러면 비평은 문학에 치명적일까? 비평은 문학에 꼭 필요하다. 그 불편은 비평을 구성하고 있는 이러한 모순에서 기인하는 것이다. 즉, 문학작품은 그것을 주해하고 밝혀 줄 담론이 필요하다. 문학작품은 그것이 언어의 세계에 속해 있기 때문에 비평을 초대한다. 그러나 비평 행위가 스스로를 만족시킬 뿐, 작품을 단순한 소재 수준으로 멀리 하는 일이 항상 일어나게 마련이다.

이러한 정당성과 이러한 위험들은 가까이서 혹은 멀리서 텍스트의 해설에 참여하는 모든 행위의 특징이 된다. 잡지의 보고서, 대학의 발표, 교실에서 행해진 〈텍스트의 설명〉, 〈시학자 poéticien〉의 숙고, 두 독자 사이의 관점의 교환 등……. 이 모든 상황 속에서 문학은 담화의 대상이며, 평가와 판단의 대상이다.

이러한 평가의 양식들에 대해서 가장 질문을 많이 한 것은 이 저작이 바쳐진 대학 비평이다. 비평이 열광할 수밖에 없는 한명의 보들레르 같은 시인과 일반적으로 균형에 대해서 우려하는 실제의 주석가들 사이에는 문학에 행해진 담화의 조건들을 뒤엎은 인문과학이 있었다. 역사·사회학·정신분석의 발달로 인하여 인간은 분석의 대상이 되고, 문학 텍스트는 미학적 즐거움의 방법뿐만 아니라 지식의 장소가 되기도 한다. 그러므로 비평은 분석의 코드화된 절차들과 자세한 개념적인 지식을 동원하면서 과학이 되어가는 경향이 있다.

오늘날 우리는 일반적으로 과학성만을 염려하는 비평의 위험을 인정하고 있다. 비평이 가능하기 위해서 문학작품이 순수한 대상과 동일시되어서는 안 되는 것일까? 텍스트는 언제나 누군가에게 읽혀진다. 텍스트의 존재는 시선에 의해서 좌우되며, 상황은 그 수용에 의해서 언제나 가변적이다. 그러나 이러한 증거는 조금도 개인적 감상의 주관성에 대한 심한 굴곡에까지 이르지는 않는다. 역사·사회학·정신분석학 또는 언어학에서 빚을 지고 있는 이해의 새로운 방식들을 누가 경멸할 수 있을까?

이 책이 생성적·정신분석적·주제적·사회학적·언어적인 현실의 커다란 비평의 흐름을 연속적으로 제시하고 분석하는 것은 바로 그러한 이유에서이다. 이 다섯 가지 방법론적인 동향들을 별개로 제시하는 것은——우리는 이러한 비평 동향들이 문학 텍스트의 어떤 개념, 즉 인간에 대한 어떤 개념을 전제로 하고 있다는 것을 보게 될 것이다——그 특성을 최대한 존중하는 것으로 여겨진다. 이 책은 각 장이 전문가에게 할당되어 공동으로 편집되었기 때문에 그 방법과 문체가 제각기 다르다. 하지만 이 책에 의해 부과된 좁은 한계는 벗어나지 않고 있다.

이 책은 그 정신과 방향에 있어서 교육적인 동시에, 그 방법에 있어서도 방법론적이 되어 실용적이기를 원한다. 이와 같이 방대한 주제를 다루고*있으므로 어떤 주제에 대해 완전할 수는 없을 것이다. 비평의 동향들에 의해서 재편성된 원리는 탁월하지만 비정형적인 비평가들에 대해, 예를 들면 롤랑 바르트·모리스 블랑쇼·장 폴 사르트르와 같은 비평가들에 대한 언급을 배제하였다. 그들의 비평작품은 방법론적인 흐름으로 환원될 수가 없다. 마찬가지로 직접적인 방법론에 대한 암시 없이 문학에 관한 방대한 성찰에 자리를 내어 줄 수도 없었다. 예를 들면 자크 데리다나 미셸 푸코의 경우가 그러하다. 실용적인 각도에서, 말해지지 않은 모든 것을 다시 취해서 자세하게 할 필요가 있을까? 예를 들면 〈근원의 비평〉에 대해 별도의 장을 할애해

야 한다고 생각하지 않았다. 그것이 무시해도 좋은 것으로 여겨져서
가 아니라 학생들이 공부하는 습관이 된 박식한 총서(특히 〈플레야드
문고〉나 〈가니에 고전〉)들이 그 풍성함을 충분히 돋보이게 하는 개관
을 해 주기 때문이다. 그러므로 우리는 극히 주관적인 선택을 하였고,
따라서 논쟁의 여지가 있을 수 있다. 적어도 우리는 이 책이 기준점
을 제안하고 자취를 추적하는 데 유용하기를 바란다. 좀더 깊은 지식
을 필요로 하는 독자는 각 장의 말미에 있는 참고문헌의 도움을 받
기 바란다.

다니엘 베르제

I
생성비평, 작품의 발생 기원에 관한 비평
—— 피에르 마크 드 비아지 ——

서 문

생성에 관한 비평은 확실한 사실을 근거로 하여 출발해야 한다. 매우 드문 경우를 제외하고 문학작품의 결정본은 수고의 산물이다. 다시 말하면 점진적인 퇴고推敲, 작가가 헌신한 창작기간 동안 행해지는 변형, 예를 들면 자료나 정보의 수집·준비·개작改作·수차례의 수정修正의 산물이다. 생성비평은 발생기 시점의 텍스트를 대상으로 삼는다. 물론 작품은 불확정적인 최종판에도 그 생성 결과를 지니고 있다는 가정하에 출발한다. 그러나 연구의 대상이 되기 위해서 이러한 작품의 생성은 〈흔적〉을 남겨야만 한다. 텍스트 유전학이 되찾고 밝히고자 하는 것이 바로 이러한 실제적인 자료의 흔적인 것이다. 텍스트와는 별도로, 그리고 텍스트에 앞서 작가에 의해 만들어지고 수집되고 보관된, 〈편집자료들〉로부터 발전된 총체가 실제로 존재하는 수도 있다. 그것을 일반적으로 〈작품의 원고〉라고 부른다. 여전히 그런 표현이 존재한다면, 원고의 총체는 시대와 작가 그리고 고려된 작품에 따라서 그 양과 형태가 본질적으로 변할 수 있다는 것을 보여주고 있다. 그러나 그렇게 결함이 많지 않다면 각 원고는 그 특성과 더불어, 독특하고 때로는 놀라운 이야기를 하고 있다. 작가가 자신의 계획을 처음 생각해 낸 순간과, 씌어진 텍스트가 인쇄된 책의 형태로 나타나는 순간 사이에서 이야기가 생겨난다. 텍스트의 유전학(그것은 실제로 원고를 연구하고 해독한다)과 생성비평(이것은 해독의 결과들을 해석하려고 한다)은 최초의 텍스트에서 작품 제작의 비밀을 되찾으려고 함으로써, 〈발생기 텍스트〉의 이야기를 재구성한다는 목적 이외에 다른 것은 가지고 있지 않다. 작품이 태어나게 된 과정을 증명함으로써 문학 텍스트의 독창성을 이해하고 드러내는 것, 그것이 바로 이러한 비평적 시도의 목표이다. 나중에 살펴보겠지만 이러한 시도는 비평적 담론의 전망에서 약간은 특별한 위치를 차지하고 있으며, 텍스트 해석을 위한 다른 모든 방법들과 가능한 한 폭넓게 협력할 의사를 보이고 있다.

1. 문제 제기의 역사

근대의 원고(手寫本)

〈원고〉의 개념은 단순하지가 않다. 생성비평이 밝히고자 하는 이러한 〈저작 원고〉는 고전적인 문헌학이 연구 대상으로 삼고 있는 〈중세 원고〉와 근본적으로 구분된다. 텍스트는 미학으로 귀착되는데, 그 실현의 다른 형태가 공존하는 데 따라서 생성에 대한 자료로 여겨질 수 있는 것이 바로 〈근대 원고〉이다. 즉, 다른 형태란 작품을 작가가 인정하는 결정적인 텍스트로 고정시키는 인쇄된 책을 의미한다.

서구 문화를 〈근대〉라고 불러도 될 정도로 만든 인쇄술이 15세기에 발명되기까지 원고는 기록·의사소통·텍스트, 특히 문학 텍스트를 공적으로 배포하는 일에 거의 독점적으로 지지자의 역할을 한다. 〈구텐베르크 전성시대〉에 들어서기 전에, 각 텍스트는 언제나 동일한 원고의 모사模寫에 의해서만 알려질 수 있었다. 하지만 그 모사본들은 모사가 진행되면서 다소간 중요한 변이를 가진 특이한 판형을 가지게 되는데, 그것으로는 사실상 결정적으로 잃어버린 작품의 처음 상태를—이것을 어느 정도 신화적인 원본(Urtexte)이라고 한다—재구성할 수도 확인할 수도 없었다. 바로 이런 다양한 모든 판본과 그것들의 수많은 파생작품에 의해 고대 문화의 담지자인 중세 작품의— 다수이지만 결코 결정적은 아닌— 텍스트를 이루고 있는 것들이 드러나고 있다.

이러한 상황은 15세기에 인쇄물이 나타났다고 해서 하루아침에 변하지는 않는다. 그후로도 오랫동안 원고는 그 특권의 대부분을 유지하게 된다. 사실상 거의 3세기가 지나서, 실제적으로는 18세기 말에서야 인쇄술이 발달하게 되고, 텍스트를 대중에게 보급하는 독점적인 판본으로서 인쇄된 책이 모사본과 확실하게 대체되었다. 이 시기부터 문학의 원고는 새로운 시대로 접어들게 된다. 원고는 의사소통 도구로서의 기능은 잃었으나 아주 다른 의미로 다시 조명을 받게 된다 (작가들은 이러한 의미를 언제나 가지고 있었지만 그때서야 비로소 인정받는 〈가치〉가 되었다). 문학 원고는 개인적인 창작, 즉 창조 작업의 일신상의 흔적이 된다. 원고는 독창성의 상징으로서, 또는 〈지적인 작업〉의 객관적인 증거로서 의미를 지니게 된다. 〈작가의 손으로〉 씌어진 근대의 원고는 책의 근원이며, 작가에 의해 만들어져 사람들이 읽을 수 있는 인쇄된 작품의 〈자필 원고〉로 정의된다.

19세기 초부터 원고의 이러한 이원성— 고대적인 것과 근대적인—은 그 자체의 역사에 대한 서구 문화의 이중적 호기심에 의해 해석된다. 문헌학은 고대(고대와 중세)의 원고를 재발견하고, 그것을 역사학의 대상으로 만든다. 또한 역사학은 교정본에 대한 새로운 개념의 틀과 역사에(그 당시에 충분히 재정의된) 관련해서 문학 연구의 틀을 매우 신속히 공급하게 된다. 그 시대의 여러 저자들이 적절한 창작법에 새로운 관심을 기울이기 시작한다. 그들은 자신이 쓴 원고를 보관하기 시작하고, 책을 출판한 후에 원고를 폐기하는 대신, 공적 혹은 사적인 총서叢書로 물려 주기 시작한다. 그러한 총서에 점차 거대한 자필 원고의 유산이 모이게 된다. 이 운동은 독일에서 18세기 말에 시작되었고, 프랑스에서는 1830년경에 확인되었으며, 그 다음에는 유럽의 대부분의 나라들로 확산되었다. 그리고 19세기 후반부터 시작하여 오늘날까지 〈우리 시대 원고의 부문〉이라는 총서는 당시대의 문학 창작에 대한 실제적이고 방대한 〈기초자료의 근거〉들을 제시하며 모아놓고 있다. 〈근대 원고〉는 태어났으며, 오늘날 생성비평과 텍스트의 유전학은 역사적으로 결정된 이러한 대상을 연구하는 일에 혼신의 힘을 쏟고 있다.

쓰기(l'écriture)의 행동 속에서 텍스트 형성의 메커니즘을 이해하고, 작가의 태도와 작품이 출현하는 과정을 밝히고, 거의 2세기 전부터 서구의 자료보관소 안에 보관되어 온 근대 원고의 귀중한 자산을 과학적으로 활용하도록 해 주는 기술과 방법과 개념들을 만들어 내는 것, 이것이 거의 50년 전부터 최근에 이르기까지 생성비평이 시도하는 것이다. 생성비평은 문헌학의 고전적인 전통과의 관계를 존중하면서 동시에 문학 현상의 분석에 있어서 새로운—— 결정적으로 과학적인—— 관점들을 도입하였다. 생성적 방법은 다른 텍스트 분석방법들과 경합하기는커녕, 무엇보다도 미개척된 연구의 새로운 분야를 열어 준다. 그 분야에서 비평적 담화는 실험적인 〈객관성〉을 가지고 작품에 대한 해석적인 가설들의 합법성을 확증하거나 파기하게 될 것이다.

원고에 대한 새로운 개념

역설적으로 보일지 모르지만, 20세기 초부터 서고에 보관되어 대기 중이던 문학 원고들은 약간의 예외를 제외하고는 전혀 연구되지 않은 실제적인 분석의 장을 제시해 준다. 하지만 작가들의 원고에 대한 연구가 그 자체로 아주 새로운 방식으로 보이지 않기 때문에 이러한 상황이 놀랍게 여겨질 수도 있다. 생성비평이 이러한 연구에 부여하고자 하는 궁극적인 목적과 확장에 의해 그 방법은 새로워질 것이 분명하다.

■ 작품의 탄생에 대한 예전의 연구

몇몇 문학 유전학자들은 고전적 문헌학의 순수한 전통에서 볼 때 〈새로운 문헌학자〉로 여겨지는 것을 기꺼이 받아들였다. 최근의 생성비평은 예전의 〈작품 발생에 대한 연구〉와는 거의 관계가 없다. 예전의 연구는 19세기 말부터 1940년대까지 실증주의 혹은 신실증주의적인 어떤 고증학적 연구의 흐름에 대한 비평을 산발적으로 행하여 왔다. 물론 그 시대에도 근대 원고에 대한 새로운 접근방법을 형성하는 데 중요한 역할을 했을 만한 두드러진 몇 가지 예외는 있었다. 거기에 대해서는 나중에 다루도록 하겠다. 그러나 이러한 몇 가지 대표적인 저작을 제외하고, 작품의 탄생에 대한 고대의 연구들은 자필 원고에 대하여 매우 절충적인 방법을 사용한다는 특징을 보이고 있다.

■ 새로운 문제의 발생

1920-30년 이래로 특히 원고의 빽빽한 자료들이 상세한 옮겨 쓰기

의 대상이 되기 시작하였다. 예를 들면 1936년《보바리 부인 *Madame Bovary*》은 루앙의 도서관 사서인 가브리엘 르뢰에 의해 원고에 따라서 다시 수집된 미간행 단편들과 초고로서 새로운 형태의 간행 대상이 되기 시작하였다.[1]

그러나 이러한 경우들은 드물다. 루들러[2]·오디아[3]·랑송[4]·티보데[5]에 의해서 옹호된 생성에 관한 연구는 아무런 동일성도 보이지 않는다. 루들러와 약하기는 하지만 오디아 같은 몇몇 사람들의 경우, 비평계획은 실제적인 생성비평의 특징을 선명하게 예고해 주는 철저하게 혁신적인 관점을 제안하고 있다. 다른 사람들에게 있어 원고에 대한 연구는 무엇보다도 문학사와 작품의 전기적인 접근을 풍부하게 하기 위한 조력의 방편으로 이해되고 있다.

■ 루들러의 경우

타디에가 《20세기의 문학비평 *La Critique littéraire au XXe siècle*》[6]이라는 매우 상세한 연구서에서 분명하게 상기시킨 바와 같이 구스타브 루들러는 1923년의 저서에서 〈교정판뿐만 아니라 생성비평 방법에 대한 가장 정확한 설명을〉 제공해 주었다. 오늘날 생성학자들의 야망이 될 수도 있는 루들러의 야심은 〈역동적인 관점으로〉, 〈작가들의 심리적 메커니즘〉을 통해서 파악된 작품의 창조적 진화를 연구하는 것이었다. 그렇게 하기 위해서 루들러는 원고가 보여 주는 〈단계〉 속에서 그 흔적을 찾으라고 제안하고 있다. 〈인쇄로 넘어가기 전, 문학작품은 최초의 아이디어로부터 마지막 제작까지의 많은 단계를 거치게 된다. 생성에 대한 비평은 작품이 생겨난 정신 작업을 완전히 밝히고 거기에서 규칙을 찾아보고자 하는 것이다〉. 비록 루들러가 주장하는 원리가 텍스트의 유전학 원리와 놀랄 정도로 유사하다고 해도 그의 관점은 매우 계획적이다. 사실상 루들러의 고백대로 이 시기에는 〈정말로 이름에 걸맞는 생성에 관한 연구〉는 거의 없었고, 다른 것들은 관계가 먼 것이었다. 1987년 타디에가 인정한 바와 같이 〈최근에 사물들은 변했다〉. 그러나 루들러의 관념이 구체화되기 위해서는 적어도 비평의 3세대가 지나야 할 것이다. 옥스퍼드 교수의 〈체계〉는 오늘날의 생성비평 체계와 완전히 다르다. 그의 생성 이론은 총괄적인 선입견(그의 야심은 〈작가의 총체적 양식〉을 결정하는 것이다)과 심리학자의 전제사항(원고와 근원자료들은 다른 여러 작가들의 관념적·감정적인 특징들을 재구성할 수 있게 해 준다)들로 여전히 혼란스럽다. 루들러가 제창한 이론의 가치가 어떻든간에 그의 이론은 아직도 앵글로색슨의 경험주의와 1920년대의 비평적 심리주의의 흔적을 폭넓게 지니고 있다.

■ 현 대

1950년부터 텍스트 생성의 연구에 관한 새로운 개념 최초의 양상들이 여기저기에서 뚜렷이 드러나기 시작했다. 예를 들면 리카트[7]·주르네와 로베르[8]·뒤리[9]·르바이양[10], 그리고 고토 머쉬[11]의 저작이 그러하다. 그러나 1950년과 1960년 초 사이에 문학의 생성 연구를 위한 아주 새로운 방법의 가설을 때로는 분명하게 투사할 줄 알았던 이 저작들은, 각기 자기의 영역에서 고립된 시도로 남아 있었다. 이 저작들은 그 목적을 넘어서서 구성된 방법을 제시해 주지 못하였고, 통일적인 방식을 제시하지도 못하였다. 사실 역설적으로 들릴지 모르지만, 그것들은 1960년대 초에 시작된 비평의 결정적인 전환점을 이루는 〈새로운 길〉이었다. 이 시기부터 족히 10여 년 동안 계속된 구조주의적인 흐름으로 입증된 것은, 생성적인 가설과는 (적어도 외관상으로는) 완전히 반대되는 문제 쪽으로 비평을 점점 더 극명하게 몰고 갔다는 것이다. 비평은 그 자체로 충분한 실체라고 인식된 순수한 텍스트만의 문제, 그 내적인 논리 안에서 분석되어야 할 시니피앙 (signifiants)의 총체, 〈체계〉의 문제들로 향하게 되었다. 하지만 구조주의 비평이 성공하여 작품 생성에 대한 새로운 연구의 희미한 불빛을 완전히 꺼지게 했더라도, 이러한 형식주의 시대의 목록을 점검해 보면 문학 유전학의 미래 연구를 위한 큰 이득이 없는 것도 아니다. 구조주의 인류학과 형식주의 언어학의 발달, 러시아 형식주의자들 저작의 보급, 무의식 구조 이론의 방향에서 프로이트 연구의 재활성화 등, 이러한 것들이 프랑스에서 밀도 있는 개념화 작업을 통해, 특히 텍스트 이론의 영역에서 번역되었다. 비평의 조망은 완전히 다시 세워졌고, 모든 분야에서 이론화의 노력은 증거 제시와 개념 정립에 의해 강화되었다. 이러한 개념은 비록 다른 곳에서 오기는 하지만, 원고에 대한 연구가 제기한 문제들에 일관성 있게 접근하기 위해 꼭 필요한 것이다.

　미래의 생성비평은 이러한 새로운 개념적인 체계에 의지하지 않고는 그 자체로 고유한 이론적인 근거를 결코 세울 수 없을 것이다. 새로운 개념 체계란 그 당시 유행하는 산물과 학술용어의 과잉 팽창을 넘어서서 생성을 생각하기 위한 주요 개념들을 간접적으로 제공해 주었다. 〈텍스트 이론〉으로부터 습득된 여러 지식 덕분에, 근대 원고에 대한 진정한 성찰 조건은 당시의 저작에 대해 과정과 체계라는 용어로 문제를 제기할 수 있는 시기가 되어서야 비로소 형성되었다. 여기에 이르기 위해서는 쓰기 작업의 구체적인 통시성이나 형태에 대하여, 공시적인 고정관념과 공간적인 메타포에 의해 지배되는 구조적인 분석을 받아들여야 했다. 그러나 〈작품 내부의 역사적인 차원〉(Louis

Hay)에 대한 이론화를 주장하면서 생성비평은 1970년대에 구조주의 연구의 예기치 않은 연장으로서의 지위를 즉각적으로 확보하였다. 이러한 생성비평은 자신이 형태분석의 가장 치명적인 결함이 무엇인지 정의하는 공간이라고 자처하면서, 그것은 태생상태의 구조로서의 생성-텍스트와 시간에 의해 구조화된, 구체적이고 개별적인 새로운 대상의 연장인 원고라고 하였다.

2. 생성에 관한 연구의 범위—— 생성의 4단계

매우 완전하게 출판된 작품이 생겨난 기록은 일반적으로 크게 생성의 4단계로 나타난다. 나는 그것들을 다음과 같이 부르고자 한다. 즉, 편집 전의 단계, 편집 단계, 출판 전의 단계, 출판 단계이다. 이 각각의 4단계는 다시 여러 시기들로 분해될 수 있으며, 각 원고의 형태들과 관련된 여러 기능으로 해체될 수 있다. 플로베르는 이러한 텍스트의 선사시대先史時代에 좀더 명확하게 볼 수 있는 안내자 역할을 한다.

편집 전의 단계

이것은 그 이름이 의미하는 바와 같이 소위 편집 작업이 행해지기 전의 단계이다. 이러한 편집 전의 단계는 작가나 작품에 따라서 그 중요성이 상당히 가변적이다. 이른바 장차 유리하게 발전될지도 모르는 계획이 편집이라는 개념의 형태로 떠오르기 전의 시기를 말한다. 이 시기에서는 〈잘못된 시작〉이 산발적인 연속에 의해 매우 빈번하게 나타난다. 따라서 우리는 원고가 편집되기 전의 단계를 두 가지 형태로 나누어 생각할 수 있다.

● 〈시작 전〉의 단계를 탐색 단계라고 불러야 할 것이다. 이 단계는 편집 전의 시기에 간격을 두고 행해진 여러 시도들로 귀착되는데, 그 중의 몇몇은 편집이 되기 아주 오래 전에 시도된 것도 있다.

● 실제로 편집을 앞둔 것을 결정 단계라고 하는데, 편집이란 궁극적으로 출판 계획을 세우는 것이며, 그것을 〈시작〉이라고 불러야 한다.

이와 같이 《세 편의 이야기 *Trois Contes*》에 수록된 이야기 가운데 하나에 대하여, 플로베르는 1856년에 〈성 쥘리앵의 이야기〉를 쓰려는 계획(前-계획)을 가지고 있었다. 그것은 이 작품을 쓰기 시작한 것보다 무려 18년 전의 일이다. 파리 국립박물관의 서고에는 1856년 계획의 전-단계와 관련된 원고뭉치와, 1875년에 다시 씌어지고 새롭게 정의된 계획의 시작 단계에 해당되는 다른 원고뭉치가 보관되어 있다. 계획이라고 해도 똑같지는 않으며, 쓰기는 매우 다르다(이 점에 대해서 사람들은 오늘날까지 첫번째 원고뭉치가 플로베르의 손으로 씌어지지 않았다고 생각했다). 그러나 결국 결정 단계에 이르기 위해서 다시 나타나는 것은 동일한 계획이다.

■ 시작 전의 탐색 단계

이 단계는 〈시작 전〉, 그리고 단지 〈탐색적〉이라고 분명하게 제시된다. 그러나 결국 작가가 자신의 계획을 즉각적으로 실천에 옮기지는 않는다는 것을 알게 해 줄 만한 거리를 둔다는 전제하에서만 그러하다. 그가 작품 제작의 상황으로 이동하고 나면 이 단계는 작가에 의해서 진정한 출발로 인식될 수 있다. 물론 그럼에도 불구하고 이러저러한 외적인 사건이나 계획 자체와 관련된, 좀더 심한 어려움에 의해 중단되더라도 이것을 출발이라고 한다. 전前-시작 단계는 작가의 생애에서 여러 번 되풀이될 수 있다. 그러므로 《성 쥘리앵 *Saint Julien*》에서 환기된 여러 가지 세부사항들을 살펴보면, 이 작품에 대한 플로베르의 계획은 1856년의 전-시작의 단계로 알려진 첫 원고보다도 훨씬 더 이전으로 거슬러 올라간, 과거에 뿌리를 내리고 있다는 것을 알 수 있다. 그의 친구인 막심 뒤캉의 증언에 따르면, 1846년에 이 작품에 대한 아이디어가 생겼다. (다른 자료들과 비교해 볼 때) 서한집의 몇몇 편지들도 그 작품에 대한 계획이 작가의 청소년기, 즉 1835년경까지 거슬러 올라간다고 생각하게끔 한다. 그러나 이러한 계획들도 아무런 작업 원고를 남기지 못한 것 같다. 따라서 생성적인 관점으로 보면 최초의 전-시작 단계는 1856년으로 고정될 수 있다. 1835년과 1846년이라는 가설은 생성에 대한 연구를 위해 고려되어야 하지만, 그 정보는 생성 연구에 적합하지 않다. 이러한 기록에 대해서, 적어도 플로베르의 자료집에 대한 우리의 실제적인 지식으로부터 잠정적인 결론을 이끌어 내어야 한다. 왜냐하면 텍스트의 유전학에 있어서 가장 예기치 않은 자료의 발굴이나 놀라움은 드문 일이 아니기 때문이다. 우리는 어느날 1846년에 씌어진 《성 쥘리앵》, 혹은 젊은 날의 원고뭉치 가운데서 오래 된 메모를 발견할지도 모른다.

■ 시작 단계, 결정과 프로그래밍 단계

작가는 생애의 어떤 시기에 비평가들이 밝혀낼 여러 가지 이유(상징적·심리적·문학적·직업적 등) 때문에 그 계획의 실현이 가능해지는 결정적인 순간을 맞게 된다. 게다가 작가는 그것을 의식하지 않

은 채 즉시 계획이 실현되리라고 생각하지 않고, 혹은 신념 없이 시
도하다가 자신의 계획을 실행(혹은 재실행)할 수도 있다. 작가의 작업
테크닉에 따라서 결정의 시작 단계는 아주 다른 특성을 띠게 될 것이
다. 언제나 편집으로 넘어가는 단계를 협상해야 하고, 뒤이어 진행
되는 작업을 계획해야 할 것이다. 그러나 양식(modalité)에 따라서
다양하게 변할 수 있고, 한 작가와 다른 작가는 극명하게 대립될 수
도 있다. 어떤 사람들에게는 기안의 시작이 결정과 거의 공존하는 경
우가 있다. 그러므로 시작 단계의 역할을 하고, 결정·프로그래밍 그
리고 실현의 시작을 동시에 통합하는 기능을 하는 것은 오직 첫 구
절이다. 첫 문장이나 첫 페이지는 작품이 탄생되는 이러한 생성적 순
간에 대한 정의의 공간이 될 것이다. 이러한 최초의 편집 단계의 유
형 가운데 가장 유명한 예는 루이 아라공이 쓰기의 이론에서 확립하
고자 했던 것이다. 나는 쓰기에 대해서나 첫 구절을 쓰는 것에 대해 결코
배운 적이 없다.[12]

  그러나 대다수의 작가들에게 이러한 시작 단계는 기획과 프로그램
을 목적으로 하는 편집과는 진정으로 구분된다. 이러한 작업과 관련
된 원고의 유형들은 전-시작 단계의 원고들과 본질상 같다. 단어의
목록, 제작부의 지시, 제목, 계획 혹은 시나리오의 형태로 발전된 계
획, 조사 노트들, 미래의 편집(편찬)을 위해 일시적으로 행해진 (계획
만들기, 작품의 캔버스인 프로그램 편성의 몽상을 꿈꾸고 유지하기 위
한) 탐색자료들이 있다. 플로베르는 1875년 9월에 1856년에 만들어
진, 다섯 부분으로 이루어진 계획과 오래 된 노트들을 다시 살펴보았
는데 거기에서 이야기의 새로운 개념을 위해 필요한 것은 아무것도
발견하지 못하였다. 20년 동안의 계획이 완전히 변해서 그는 처음부
터 다시 시작해야만 했다. 시작 단계가 새로운 출발인 것이다. 플로베

르는 아무것도 쓰지 못한 채 생각하느라고 15일을 보냈고, 신화에 대한 생각을 하면서 시간을 낭비했으며, 몇 개의 텍스트를 다시 읽기도 했다. 그런 후 그의 상상세계 속에서 모든 것이 좋은 상태이고 이야기의 다른 장면에서 연결의 가시화가 가능하다고 느껴질 때, 3장으로 짜여진 시나리오를 구성하기 시작했다. 그 3장의 계획은 매우 치밀하기 때문에 미래 작품의 세 부분과 일치하게 된다. 시나리오 구성은 편집이 진행됨에 따라서 수정될 것이다. 그러나 쓰기에 대한 프로그래밍과 제작에서 시나리오 구성은 작품 생성의 시작부터 끝까지 주도적인 역할을 하게 될 것이다.

편집 단계

이것은 소위 계획의 실행 단계이다. 여기에 생성의 핵심이 있다. 사람들이 구분 없이 작품의 〈초고〉라고 부르는 것, 그러나 사실은 원고의 다양한 범주들을 재편성하고, 게다가 편집에 사용할 기록 노트의 서류를 동반할 수도 있다. 이것은 일반적으로 시작 단계의 탐색적 기록 서류와는 확연히 구분된다.

■ 편집기사 형태의 기록 서류

작가는 특히 장편소설이나 서술체의 작품인 경우에 계획을 세움으로써, 이야기가 위치한 시대에 대해, 이야기의 장소, 모델이 되는 몇 사람의 실제 인물들에 대해, 이런저런 과학적·역사적·기술적인 문제에 대해 장차 쓰고자 하는 작품의 최초 서류들을 구성할 수 있다. 그러나 일반적으로 이 최초의 탐색은 매우 총괄적이고 거의 명확하지도 않다. 작가가 소설을 쓰기 위해 필요한 어떤 자세한 정보의 세

부사항에 대해 항상 잘 알고 있는 것은 아니다. 기록 서류란 대개 이러한 때에 구성된 〈분위기〉에 맞는 문헌조사인 경우가 대부분이다. 편집기사 형태의 기록자료는 이러한 단계의 자료로서 극히 개별화된 필요에 정확하게 부응하는 응답이다. 즉, 편집에 의해 형성된 이야기가 진행되는 어떤 순간을 위한 기본적이고 자세한 정보에 대한 요구이다. 기록적 자료 원고·수첩·노트, 혹은 낱장으로 찢어진 종이들은, 사실상 작가가 편집을 계속 진행하지 못하고 해결되지 않은 문제에 관해서 조사하러 가기 위해 글쓰는 작업을 멈추어야 했던 순간들을 의미한다.

■ 편집자료 혹은 작품의 〈초고〉

기록 노트의 중요성이 어떻든간에 작품 생성의 핵심은 그럼에도 불구하고 편집 원고에서 결정된다. 〈초고〉라는 개념은 이러한 편집 단계에서 부딪치는 여러 가지 유형의 원고들을 기술할 수 있을 만큼 충분히 명확하지는 않다. 줄거리를 이루는 최초의 요소들이 작품의 결정본에까지 이르게 되는데, 이 작업은 보통 한번에 이루어지는 것이 아니고 여러 단계들을 거친다. 발자크 혹은 플로베르와 같은 소설가에게 있어서, 한 페이지가 보통 다섯 내지 열 번 정도 되풀이해서 씌어져야만 작가에 의해 만족할 만한 텍스트라고 판단되는 상태에 이른다. 특별히 어려운 편집의 경우, 예를 들면 이야기의 전략적인 부분에 대해서는 같은 문단이 12 혹은 15회, 심지어는 20회에 걸친 연속적인 이본異本으로 발견될 수도 있다. 시에 있어서도 이러한 경우는 드물지 않다.

플로베르의 작업은 결정본에 이르기까지 상당히 느리게 진행되는데, 그 시기는 크게 세 부분으로 나누어진다. 우리는 각 시기에 일치하는 세 가지 유형의 편집 원고들을 아주 분명하게 구별할 수 있다. 이러한 유형학은 현대의 모든 소설가들에게 똑같은 형태로 기계적으로 발견되지는 않는다. 그러나 몇몇 변이를 조건으로 하고, 이러한 유형학은 생성적으로 대단히 방대한 소설 초고의 자료들을 분류해 줄 수 있다.

■ 발전된 줄거리의 시기

소설가가 가장 먼저 하는 일은 우선 〈원시적〉인 방법으로 최초 단계에서 생겨난 줄거리의 요소들을 발전시키는 것이다. 작가의 계획에 대한 종합적이고도 매우 생략적인 메모는 심상적 이미지의 핵심으로, 관념 혹은 이야기의 욕망을 지니고 있다. 그것이 항상 일관성을 가지고 있는 것은 아니지만 강도 높은 명백성의 대상이 된다. 이 단계에서 우리는 모순적인 이야기의 단편들, 배치해야 할 단어들의 목록, 생략표와 문장의 단편들, 아직 정해지지 않은 고유명사 대신 쓰인 〈X·Y·Z〉 등, 여기저기에 이미 완성된 문장들과 더불어 제멋대로 쓴 전보電報 문체의 모든 것, 예측되는 리듬의 억양들을 발견할 수 있다. 2개 혹은 3개의 판본에서 〈발전된 줄거리〉들은 원래 최초의 텍스트 양을 10배 혹은 12배로 증가시키게 될 것이다. 당초의 계획에서 뽑아낸 몇 줄이 완전한 한 페이지로 변하기도 한다. 전체 텍스트 단계에 있어서 이야기가 연대기적·서술적(사건의 내용·배역·인물·묘사 등)·상징적(상징의 그물망, 함축적인 구조, 반향 체계, 암시 등)인 분절을 세우는 순간이다. 그러나 전체는 유동적으로 남아 있다. 결국 이것은 텍스트가 되기 위한(〈문장〉으로 써서 문단으로 이루어진 구조를 만드는 것 등) 시작 단계에 불과하다.

■ 스케치와 초고의 단계

이 단계는 조금 더 분명하게 편집의 두번째 시기로 이행되는 특징이 드러나는, 텍스트화의 요구로 전이되는 단계이다. 이 단계에서도 처음 요소들의 다양화와 확장에 의한 발전이 계속된다. 그러나 편집 내(intra-rédactionnel)의 문체는 사라지고 페이지의 여기저기, 혹은 행 사이나 여러 가지 삽입 체계들과 더불어 여백에 형성되는 진정한 문장들이 나타나게 된다. 이러한 단계의 중간쯤에서 플로베르의 글쓰기는 특징적인 변형을 겪게 된다(예를 들면 그것은 발자크의 글쓰기와 반대되는 것이다). 확장 작업은 최초의 줄거리와 비교해서 평균계수 18에 이르기까지 계속되다가, 편집이 끝나는 최후 단계에서 행해질 압축의 집중적인 노력에 의해 반전된다.

■ 교정을 거친 정서의 시기

퇴고의 어떤 시점에서부터 플로베르의 초고는 눈에 띄게 그 양상이 변모한다. 삭제와 첨가가 두드러질 만큼 감소하고, 소위 페이지의 행이 더 분명하게 나타난다. 이 단계에서 플로베르(다른 많은 작가들도 마찬가지이다)의 기법은 같은 페이지에 대해 점점 더 고유해지는 이본들을 하나씩 다시 베껴쓰고 정서하는 것이다. 우리는 미래의 텍스트가 초고의 혼돈상태에서 점차적으로 출현하는 것을 보게 된다. 압축은 텍스트화된 소재들을 긴밀하게 축소하는 것이고, 첨가보다 삭제가 우세해진다. 이 과정이 끝날 때쯤이면 플로베르에 의해서 마지막으로 정서된 〈전前-결정본〉 텍스트는 평균적으로 발전된 줄거리와 최초의 초고 단계에서 만들어진 텍스트 재료의 거의 3분의 1 가량을 삭제당하게 될 것이다.

출판 전의 단계

출판 전의 단계에서 〈텍스트〉는 아직 완전하게 결정되지는 않았지만 다른 유형의 끝내기 단계로 돌입한다. 이제 모든 것이 가능한 한 점차적으로 원고의 공간을 떠나서 새로운 차원으로 들어가게 될 것인데, 거기에서는 작가의 개입이(예외를 제외하고) 점점 더 세밀해질 것이다.

■ 결정본의 시기

이 시기는 전-텍스트 자필 원고의 최종상태이다. 바로 작품이 거의 완성되어 가는 단계인데, 거기에는 어떤 후회가 나타날 수 있다. 그러나 인쇄된 책에 다시 나타날 수 있는 모델의 이미지를 미리 주기도 한다. 이전에 문체에 대한 생성적인 연구와 교정판의 변이들이 연구되었던 것도 일반적으로 쉽게 읽히는(작가가 이것을 모델로 써야 하기 때문에) 이러한 자료에 대해서이다. 19세기 전반부터 작가들은 이러한 자료를 보호하는 습관을 가지게 되었다. 그리고 그것을 출판업자에게 주는 대신 전문 필경생筆耕生으로 하여금 베껴쓰게 해서 필사본을 주었다. 그것은 20세기의 타자기나 현재의 정보 파악과 같은 것이다.

■ 필경생의 원고

다른 사람이 전-텍스트의 마지막 상태를 모사하는 것은 흥미 있는 생성에 관한 두 가지 유형의 원인이 된다. 결정본 원고를 마치 중세의 필경생들이 그러했던 것처럼 기계적으로 베껴쓰면서, 필경생은 거의 불가피하게 〈독서의 오류〉를 저지르게 된다. 그 원고를 다시 읽으면서 작가는 그러한 오류를 보고 수정하기도 하고, 또는 발견하지 못한 채 지나치기도 한다. 이 단계에서 수정되지 않은 오류들은 교정본을 수정할 때까지 작가에게 발견되지 않은 채 결국 출판되는 일도 있다. 작가가 죽은 후에 출판을 거듭하면서 그 오류들은 추방될 것이다. 이러한 일은 생각보다 훨씬 더 빈번하게 일어나며, 매우 중요한 오류는 문제가 될 수도 있다. 예를 들면 플로베르에게 이러한 오류들은 《살랑보 *Salammbô*》의 모든 판본에 실제로 20년 동안이나 존속하고 있었다.

■ 수정된 결정본

작가의 수정에 따른 결정본을 만들어 내기 위하여 필경생의 원고는 인쇄인에게 참고자료로 사용된다. 몇 번이나 연속해서 매번 상당한 수정을 해야 하는 결정본의 경우도 있을 수 있다. 어떤 작가들은 실제적으로 이러한 단계에 더 이상 개입을 하지 않는다. 예를 들면 플로베르의 경우는 인쇄인의 결정본에 거의 영향을 미치지 않는다. 반대로 다른 작가들은 인쇄인과 특별한 협약을 체결함으로써 이 기회를 중요한 수정의 기회로 삼는다. 발자크의 경우, 이전 단계에서 씌어진 편집 작업의 거의 전부가 완전히 독창적인 방법으로 전-편집 단계에서 압축된다. 순수하게 손으로 쓰는 작업은 대개 소설의 (30페이지 정도의) 구상에 대한 최초의 편집으로 요약되는데, 이 구상은 발전된 시나리오의 형태로 이야기의 전반적인 줄거리를 제공해 준다. 이 원고는 즉시 제작진에게 보내어지고 많은 여백이 있는 종이의 중앙에 인쇄된다. 발자크는 그 여백에다 내용을 첨가하기도 하고 구조를 다시 손질하기도 하면서 개입하게 된다. 이와 같이 수정된 교정쇄는 곧 인쇄에 들어가며, 부연 작업과 구조적인 개조는 다시 두번째 교정쇄의 여백에 행해진다. 이러한 과정은 여덟 번 혹은 열 번 때로는 그 이상까지 연속적으로 행해질 수 있으며, 30에서 40페이지의 밑그림-줄거리가 3백, 혹은 4백 페이지의 진정한 소설로 변모할 때까지 행해진다. 사실상 발자크의 이러한 기법은 플로베르의 〈정서〉(recopiage)와 매우 비슷한데, 다만 각 이본의 〈정서〉가 여기에서는 자필로 씌어지지 않는다는 차이가 있을 뿐이다. 그러나 그들의 방법은 서로 대립되기도 한다. 발전된 줄거리를 총괄적으로 제작하는 시초부터, 플로베르는 (우선 확대, 그 다음으로는 압축이라는 의미에서) x+1 페이지를 만들기 전에 x페이지의 결정본을 향해 감으로써 텍스트를 한 장 한장 만들어 가는 경향이 있다. 반면 발자크는 정서된 전-텍스트 전체의 각 이본을 늘어놓고, 그것을 늘리기도 하고 유기적 전체의 단계에서 그것을 재구성함으로써 작품을 만든다.

■ 〈교료校了〉

인쇄인에 의해서 제공되고 작가에 의해서 수정된 교정쇄는 전-텍스트의 마지막 끝내기 단계에 속한다. 그러나 이러한 인쇄상의 구성과 같은 시기의 전-편집의 순간은(즉, 책의 제작 시기는) 아직도 여전히 전-텍스트의 순간이다. 여러 번의 교정쇄 작업을 한 후에 작가가 결정적이라고 판단하는 텍스트 상태가 되면 작가는 전통적으로 〈교료〉라는 기재를 하고, 개인의 서명을 첨부하여 더 이상 변형을 중지한다는 표시를 적극적으로 해야 한다. 이 순간부터 원고는 초안의 생성 공간으로부터 빠져나와 텍스트의 역사로 진입하게 된다. 이 순간은 전-텍스트의 마지막 순간인 동시에 편집 단계에 있는 작품의 잠재적 발전의 마지막 단계가 시작되는 순간이기도 하다.

출판 단계

작가의 〈교료〉 서명은 텍스트의 〈초판〉 제작으로 해석되는데, 텍스트는 수정된 마지막 교정쇄로 결정적으로 출판되고 배포될 것이다. 그것은 이미 작품의 〈텍스트〉이다. 그러나 반드시 그 작품의 텍스트 중에서 가장 마지막 상태가 되는 것은 아니다. 작품은 작가가 살아 있는 동안 교정쇄를 새로 작업함으로써 텍스트를 변형할 권리를 가진 작가에 의해 여러 가지의 판이 나올 수도 있다. 상당량에 달할 수도 있는 이러한 변형은(예를 들어 발자크의 《신비로운 도톨 가죽 *La Peau de chagrin*》을 보라) 작업 원고의 변형과 정확히 같은 지위는 아니다. 왜냐하면 모든 경우에 있어서 변형은 〈동일한〉 텍스트의 경쟁적이고 또한 고정된 판본들에 영향을 미친다. 이러한 변형들은 이의 없이 생성 연구의 영역에 속한다. 그러나 그러한 변형들은 소위 텍스트가 아직 존재하지 않는 처음의 세 단계 속에서 관찰 가능한 〈초고 상태〉와 구분된다. 따라서 현대 작품의 텍스트는 인습적으로 〈작가 생존시의 마지막 판〉에 근거해서 확립되는데, 거기에다 만일 그런 경우가 가능하다면, 작가가 자신이 죽은 후에 나올 재판을 위해 표시할 수도 있는 자필의 수정을 덧붙여야 할 것이다. 이러한 작품의 결정적인 이미지는 생성 연구에 적합한 연구 영역의 궁극적인 한계를 나타낸다.

3. 텍스트의 생성 — 원고의 분석

텍스트 생성의 방법과 과정

위에서 기술한 각각 다른 시기의 4단계는 연대기적으로 작품의 물리적인 생성을 재구성할 수 있게 해 준다. 다시 말해서 최초의 줄거리에 첨가된 모든 지적들로부터 텍스트의 마지막 편집과정의 수정에 이르기까지 이러한 발전의 축에 대해 원고의 각 요소를 위치할 수 있게 해 준다. 시간의 축에 대해 자료들을 개편하는 작업에서 시작하여, 과정의 전체를 해석하고 텍스트를 만들고 작품에 형태를 주기 위한 작가의 선택들 각각에 의미를 부여하는 일이 가능해진다. 그러나 물론 전-텍스트의 비평 분석을 가능하게 하는 연대기적인 분류는 자료가 아니다. 무엇보다도 그것을 재편성해야만 한다. 이러한 작업이 바로 텍스트 생성의 작업인데, 그것은 수사 원고의 서체학적인 (manuscriptologique) 자료를 정리해 주고 읽을 수 있게 해 주는 목적을 가지고 있다. 생성비평은 그러한 손으로 쓴 원고의 서체론적인 자료에 근거해서 그 해석 연구를 할 수 있는 것이다.

이러한 일련의 예비 작업은 전체의 편집에 이를 수도 있고 좀더 빈번하게 생성자료의 일부가 될 수도 있는데, 그것은 커다란 네 가지 연구 작업의 연속적이고도 보충적인 시행으로 요약될 수 있다.

◆ 자료의 확립

연구 대상 작품에 관련된 원고의 총체, 즉 작가가 텍스트를 만들기 위해 사용하거나 만들어 낸 자필, 혹은 자필이 아닌 단편들을 수집하는 것이 편리하다. 이러한 단편들은 공적 혹은 사적인 여러 총서 속에, 그리고 여러 나라에 흩어져 있을 수 있다. 이러한 상세한 검토와 조사 작업은 그 일만 하더라도 찾고 교섭하는 데 몇 년이 걸리는 일이다. 생성학자가 이러한 모든 자료들(일반적으로 복사품의 형태로 사진 · 영인판 · 마이크로필름 · 디스크 등)을 일단 수집하고 그 자료가 가능한 한 완전하다는 확신을 하게 되면, 그는 이러한 단편들 각각에 대한 진본 여부(자필 원고라고 말해지는 모든 단편들이 정말 작가의 손으로 씌어진 것인가?)와 연대 추정(모든 원고가 동일한 시대의 것인가, 혹은 같은 계획이 여러 번 스케치되었는가?), 그리고 궁극적으로 진본 여부에 대한 연구(자료 중에 〈非자필 원고〉는 누구에 의해 씌어졌는가? 작가의 친구 · 비서 · 필경생에 의해서? 몇 명의 〈손〉을 거쳐 씌어졌는가? 이러한 개입자들은 어떠한 역할을 하였는가: 자료를 만드는 데 도움을 주었는가, 제작에 충고를 하였는가, 아니면 수정을 해 주었는가? 등)를 확인해야 한다.

■ 단편들의 분류

두번째 작업은 자료의 각 단편을 종류(기록 노트 · 초고 · 결정적인 원고 · 필경생의 원고 등)와 단계(전-편집 · 편집 단계 등)로 대략적이고 잠정적으로 분류하는 것이다. 생성의 핵심을 대표하는 〈초고〉 전체를 특별하게 취급하는 것은 보류하고서라도 말이다. 우선 손으로 쓴 초고의 각 페이지가 결정본 텍스트와 유사한 관계가 있는지 확인하는 일이 원칙이 될 것이다. 이러한 분류방법은 우선 잠정적으로 목적론적이라는 전제를 하고(텍스트를 오로지 초고의 목적으로 여기고), 초고들을 뭉치별로 정리할 수 있게 해 준다. 예를 들어 인쇄된 텍스트의 10페이지에 대해 같은 내용 혹은 비슷한 내용을 가진 손으로 쓴 원고 12장 정도를 발견하게 된다면, 이것은 같은 페이지의 여러 이본들이다. 대개 질서 없이 보관된 서류 속에서 다른 판본들을 찾아내기 위해서는 적어도 탐색을 통해 모든 장을 해독하는 일부터 시작해야 한다.

■ 생성적인 분류

주로 〈초고〉 전체에 초점이 맞추어지는 세번째 작업은 첫번째 분류를 좀더 다듬는 것이다. 동일한 페이지에 대한 여러 가지 판본들이 분석될 것이고, 그 제작의 연대순에 따라 계속 뒤이어 나올 어떤 축 (계열축: 유사성에 의해) 위에 놓여질 수 있을 정도로 그 특성들 각각이 비교될 것이다. 이러한 분류는 인쇄된 텍스트의 한 페이지(2절지)에 대하여 다양한 일련의 시리즈를 제공할 것이다. 그 속에서 우리는 최초의 줄거리, 발전된 줄거리, 밑그림, 초고, 수정된 원고, 결정 원고 등을 연속적으로 찾아낼 수 있을 것이다. 인쇄된 텍스트 각 페이지에 대하여 이렇게 행해진 계열적인 분류는 결정본 텍스트의 순서에 따라서 이음매(chaînage)를 재구성하기만 하면 된다. 퇴고와 같은 수준에서 원고의 시퀀스(séquences)가 나타나고, (전-텍스트의 여러 〈이본〉 사이에 차이점을 나타내는, 때로는 심각한 편차와 더불어) 원고의 시퀀스들은 결정된 작품의 다른 여러 부분이 연속되는 축을 따라서 뒤이어 나오게 될 것이다. 그것이 바로 생성적인 연사체이다. 같은 유형의 원고 페이지(2절 원고: folios)와 연결해 보면 어느 정도 연속적으로 생성의 각 단계에서 전체 작품이 어떠했는가에 대한 이미지를 얻을 수 있다.

이 두 가지 분류(동일한 단편의 발전에 대한 연속적인 상태에 대해서는 계열축에 따라, 이러한 여러 가지 조각들의 연결체를 위해서는 연사축에 따라)가 완성되면 우리는 보통 그 생성이 순서에 따라 작업 원고들의 총체가 전개되는 상관표를 배열한다. 서류의 다른 요소들(특히 기록 노트)은 초고에서 쓰임의 정도에 따라 그 다음에 분류될 것이다. 이러한 정보는 편집의 어떤 시기에 편입되는가? 어떻게 받아들여지고 버려지는가? 등등. 마지막으로 총체적 분류는 가능한 한 연구된 원고의 각 장에 대해서 정확한 연대를 추정해야 할 것이다.

■ 해독과 베껴쓰기

생성적인 분류는 자료의 통합적인 해독이 전제되지 않고는 제대로 이루어질 수가 없다. 사실상 분류와 베껴쓰기는 동시에 병행해서 행해질 수 있는 작업이다. 원고 페이지를 해독하게 되면 같은 단편의 여러 가지 상태를 세부적으로 비교할 수 있으며, 따라서 그 상태들을 서로 연관지어서 분류할 수 있다. 그러나 동시에 가장 까다로운 판독의 문제들을 해결해 주는 것은 이러한 여러 이본들의 비교적인 분류이다. 사실상 똑같은 구절이 초고에 연속적으로 대여섯 번씩 쓰인다면, 생성적 분류는 예를 들면 이러한 이본들 중에 잉크로 두껍게 지워진 흔적 밑에 감추어진 것을 읽기 위하여, 혹은 행 사이에 아주 작게 첨가된 단어 하나를 해독하기 위해서 매우 귀중한 방법을 제시해 줄 것이다. 흔적 밑에서 읽기가 어렵게 된 단어를 읽기 위해서는 일반적으로 이러한 단어가 분명하게 쓰여진 텍스트의 이전 상태를 참조하는 것으로도 충분하다. 왜냐하면 작가는 거기에서는 미처 지우지 못했기 때문이다. 그리고 행간에 적어넣은 작은 첨가문을 해독하기 위해서는 거꾸로 그 원고 이후의 상태를 참조하면 된다. 대개 원고 텍스트의 새로운 판 속에 그 첨가문이 분명하게 나타나기 때문이다.

간단히 말해서 분류와 해독은 분리할 수 없는 두 가지 작업인데,

그것은 각 원고들을 통합하는 데 협력해야 한다. 원고는 그 자체로 텍스트 생성학에 고유한 연구의 본질을 이룬다. 부인할 수 없는 지적 모험이라는 느낌, 그리고 연구가 진행되면서 때때로 행해지는 놀라운 발견들에도 불구하고, 이러한 시도의 범위와 어려움은 엄중하다. 그것은 비평가를 지레 낙담하게 하지만 텍스트의 생성을 유행의 영향으로부터 피하게 해 준다. 절충주의로부터 불가능성에 대한 영원한 증명이라는 비난을 받아온, 생성학에 대한 이전의 연구들과 새로운 텍스트 생성학이 가장 확실하게 다른 것은 이러한 엄격성과 철저성에 대한 강박관념이다. 따라서 이미 위에서 말한 바와 같이——《수도사 성 쥘리앵 La Légende de saint Julien》—— 초고가 알려졌고, 또 오래 전부터 사용해 온 플로베르의 예를 들어 말하자면, 분류와 베껴쓰기에 있어서는 통합성이 요구된다는 것이다. 이러한 통합성은 최근 전문가들의 전통적인 의견을 완전히 수정해 주었다. 30여 년 전인 1957년에 (뒤메닐에 의해 확증되고 발표된 《세 편의 이야기 Trois Contes》, Les Textes français, les Belles Lettres, Paris), 이 원고들은 〈완전히 해독이 불가능하고……읽을 수도 없는 초고상태로 소개되었다. 지운 흔적뿐만 아니라 원고의 순서를 정하기도 힘들었고, 더구나 너무 많은 부분이 누락되어 있었기 때문이다〉. 최근에 행해진 분석에서는 그 원고들에서 지적할 만한 어떤 결함도 발견되지 않는다는 것을 밝히고 있다. 원고들을 해독한 결과 읽을 수 없는 부분은 무시해도 좋을 정도의 비율(3-4%)에 불과하다. 이 원고를 일반적으로 분류해 내자, 아주 복잡하지만 또한 논리적이고 연속성이 있는 완벽하게 정연한 편집 이미지를 보여 주었다. 뒤메닐의 오류는 플로베르의 쓰기에 대한 논리에 들어가 보지도 않은 채 단순한 탐색에 의해 작품의 초고를 이해하려고 했다는 점이다. 이러한 엄청난 양의 원고에 수많은 가위표가 그려져 있는 것을 보고 뒤메닐은 〈이 이야기의 해독을 절대적으로 불가능하게 하는 2개의 스케치가 있다……〉라고 결론을 지었다. 그러나 초고에 대한 체계적인 연구는 완전히 반대로, 이러한 가위표야말로 플로베르가 좀더 완성된 형태로 다시 썼던 페이지를 나타낸다는 사실을 보여 주었다. 작가는 줄을 긋게 된 최초의 판을 쓰지는 않았을 것이고, 그래서 그은 줄이 없는 소설이 남게 되었을 것이다. 작가는 매우 정확한 프로그래밍 계획의 지시에 따라 한 페이지 한 페이지 소설을 써나가면서, 다시 새로운 종이 위에 수정하기 위해 베껴썼기 때문에, 삭제 표시가 페이지에 가득 차는 동시에 줄을 그어 지우면서 글을 썼다. 표면적으로 보아도 상궤에서 벗어난 초고의 정글 안에서 갈피를 잡기 위해서는 플로베르식의 글쓰기에 있어서의 이러한 반복적인 기법을 이해하고 있어야 했다. 그러나 작가의 작업 안에서 분명히 볼 수 있기 위해서는 자료의 전기적 부분을 완전하게 분석하는 일이 요구된다.

원고의 해독은 베껴쓰기에 집중되는데, 이 베껴쓰기는 경우에 따라서 비평가 집단이 생성자료를 사용할 수 있도록 하기 위해 출판될 수도 있다. 비평가들은 그들의 해석적인 탐구를 위해 자료를 확립하고 분류하고 해독하는 거대한 작업을 다시 하지 않고도 그것을 참조할 수 있는 가능성을 가지게 될 것이다.

편집 원고들을 베껴쓰기 위해서, 특히 〈지우기〉(텍스트의 단편·문장·표현, 혹은 작가에 의해 줄이 그어진 단어들)와 〈첨가문〉(텍스트의 단편·문장들, 행간이나 여백에 작가가 덧붙인 표현이나 단어들)과 같은 전-텍스트에 고유한 특성들이 다시 나타나게 되는 것은 불가피한 일이다. 가장 일반적으로 차용되는 해결책 중의 하나는 베껴쓰기의 코드를 해독하는 일이다. 예를 들면 손으로 써서 덧붙인 요소들을 구분하기 위해서는 〈……〉를 사용하고, 작가에 의해서 지워지거나 줄이 그어지거나 삭제된 요소에는 [……]가 사용될 것이다. 가장 단순한 기호들은 독서를 하는 데 언제나 가장 효과적이다. 그러나 물론 원래 자료의 이미지를 단순화한다는 불리함도 지니게 된다. 예를 들면 사람들은 종이 위에 손으로 씌어진 텍스트의 배열이 결정적인 역할을 한다고 생각할 수 있다. 이러한 경우 생성학자는 그 공백과 삽입·여백·페이지의 활자 등과 더불어 그 원본에서 찾아낸 텍스트의 배열을 대략적으로 고려하면서 자료를 명확히 모사하고 동일하게 하는 〈능란한〉 베끼기의 해결책을 선택할 수 있을 것이다. 과학적인 관점에서 보면 가장 적합한 이러한 방법의 불편함은, 이러한 방법이 코드로 인해 단순화된 베끼기의 방법보다 훨씬 더 많은 공간을 차지한다는 점이다.

사실상 문제는 모든 생성자료에 대해서 정확하게 같은 강도로 제기되지는 않는다. 소위 〈초고〉에 대해서, 특히 페이지가 문자 그대로 지우기 위한 덧줄과 첨가로 가득 찰 수도 있는 플로베르의 원고와 같이 엄청나게 많이 수정된 원고의 경우, 문제의 해결은 극히 어렵다. 그러나 다른 형태의 편집자료를 베끼는 경우에 문제는 훨씬 쉬워진다. 만약 어떤 사람이, 예를 들면 작가의 〈제작 수첩〉과 같은 어떤 작품에 대한 기록 연구의 자료들을 편집하고자 할 때, 해독과 연대 추정이라는 커다란 어려움에 직면할 수도 있다. 그러나 이러한 원고들이 별로 덧줄이 그어지지 않고 일반적으로 중요한 첨가도 없다면, 그것을 복구하는 데 초고만큼 많은 문제는 없을 것이다. 작가가 아주 적절하게 작성하느라고 정성을 기울인 대부분의 〈계획〉·〈줄거리〉·〈제작 노트〉·〈정서〉 등이나, 그가 자신의 작업을 위해 스스로 쉽게 다시 읽을 수 있게 만든 자료들이 문제시될 때도 사정은 마찬가지이다.

과학적인 감정鑑定의 기법들

일반적으로 매우 복잡하기는 하지만 위에 기술한 네 가지의 작업을 간단히 행함으로써, 작가의 쓰기에 대해 해박한 지식이나 자료를 분석하는 데 한결같은 주의를 요하지 않더라도 원고의 자료는 완전하게 해독되고 분류될 수 있다. 그러나 어떤 자료들은 직접적인 감정의 영역을 넘어서 어떤 문제를 제기하는 단편들을 포함할 수 있다. 〈정확한 과학〉의 방법들을 사용함으로써 과학적 기법들은 그러한 문제를 해결하기 위해 초점이 맞추어졌다. 경찰의 수사와 같이 꼭 필요한 정보를 제공하는 데 종종 이용되는 것은 물리적인 단서들인 것이다.

■ 코디콜로지

이것은 쓰기의 문학적 매체, 즉 잉크·연필·종이 및 종이에 새겨진 투명무늬 등에 관한 연구이다. 잉크의 화학성분, 작가가 사용한 종이에 나타난 특별한 투명무늬 타입의 존재(그러한 무늬의 종이는 20세기까지 공급되었다), 이러한 종이의 질(두께·색깔·크기 등)은 문제의 자료를 분류하고 연도를 측정하는 데 매우 귀중한 단서가 될 수 있다. 지리적 원산지, 19세기 종이제조사에 의해 사용된 투명무늬의 생산일자에 관한 모든 정보들이 기록되어 있는 데이터베이스를 참고함으로써, 우리는 예를 들면 밀라노에서 1842년에서 1865년 사이에 생산된 이탈리아산 종이 위에 씌어진 이러저러한 원고는 1842년 이전에는 씌어질 수가 없었다는 것, 그러므로 그 원고는 작가가 1857년 이탈리아 여행을 한 후나 여행을 하는 동안에 씌어졌을 것이라는 사실들을 유추할 수 있을 것이다. 작가가 어떤 종이를 오랫동안 사용하지 않고 가지고 있을 수도 있다. 그러나 어떤 경우라도 그 종이는 거슬러 올라가서 날짜의 상한선을 제시해 줄 수 있다. 그 날짜는 사람들이 가지고 있는 전기적인 정보들이 겹쳐져서 연대기적인 가설을, 특히 매우 여러 시기에 걸쳐 씌어진 작품들을 포함하고 있는 자료의 경우 지지하기 위한 귀중한 자료로 드러날 수 있다.

■ 광학적인 분석 —— 레이저 기법

CNRS 광학연구소에 의해 초점의 대상이 된 이 기법은 시각적인 이미지 사용에 근거하고 있다. 레이저빔·홀로그램·컴퓨터 등 몇몇 수학적 모델들의 방법을 결합시킴으로써, 텍스트 생성에 관련된 근본적인 몇 가지 문제점에 대하여 과학적으로 신뢰할 만한 대답을 얻는 것이 가능하게 된다. 이러한 장치는, 특히 오류들을 추적하고 원고가 처음부터 끝까지 동일인에 의해서 씌어졌는가, 원고가 지속적으로 씌어졌는가, 아니면 공백을 두고 씌어졌는가를 결정할 수 있게 해 준다. 만약 쓰기에 날짜가 매겨진 충분한 양의 견본을 사용할 수 있다면, 작가의 생애 동안에 서법의 오래 됨을 추적하는 일이 가능해지고, 그다음에는 자동적으로 원고의 연도를 추정할 수 있게 된다. 하이네·클로델·네르발의 원고가 분석되었고, 이러한 광학적-수리적 처리 결과는 때때로 원고를 수정하기도 하면서 문학비평이 그들의 작품에 대해 행하는 해석을 풍부하게 해 주었다. 하이브리드(hybride) 기법은 레이저빔을 가지고 원고의 음화 마이크로필름을 관통시키는 일이다. 이렇게 해서 얻어진 굴절 형상은 빛의 스펙트럼 형태로, 쓰기의 개인적인 특성 대부분을 지니게 되는데, 그것은 전자 카메라에 의해서 포착되고 디지털화되었다가 후에는 수치로 분석된다.

■ 정보에 관한 분석

생성의 흐름에 개입되는 시행들은 너무나 많고 때로는 너무 복잡하기 때문에, 직접적인 접근은 매우 제한된 자료군에 대해서만 행해질 수 있다. 반대로 정보 처리의 도구는 어떤 크기의 자료군이라도 처리가 가능하도록 해 준다. 언어학의 개념과 그 방법에 의해 영감을 받고 두 축, 즉 〈계열축〉(변이의 장소)과 〈연사축〉(요소의 연속적인 연쇄)을 겹침으로써 생성적인 작업을 도식화하여 여러 가지 소프트웨어를 만드는 것이 가능하게 되었다. 그 소프트웨어들은 원고를 최초로 〈자동출판〉하고 최초의 〈치환사전〉을 현실화는 데 이용된다. 논리적 방법과 크기가 한정되고 비용이 너무 많이 드는 책에 있어서, 전통적인 출판보다 벌써부터 커다란 자료군에 대한 연구의 발전을 위해 가장 좋은 관점으로 나타나는 것은 정보의 포획이다. 이것은 생성에 대해 진정한 예측의 근거를 제시해 줄 수 있을 것이다. 생성의 수많은 기록들을 활용하기에 충분한 데이터베이스의 창조로 인해, 가까운 장래에 〈문체〉의 연구(변형에 대한 체계적인 계산)와 문학작품의 구조에 대한 연구가 완전히 개조되는 날이 올 것이다. 의심할 것 없이 미래에는 석사학위 논문에서 쓰기를 다루는 수많은 기법의 적용에 대한 연구가 일반적으로 나타나게 될 것이다.

4. 생성비평 —— 작품의 생성을 어떻게 연구할 것인가?

분류와 해석 —— 목적원인론의 위험들

이러한 생성 연구의 범위를 구조화하는 일은 원고의 연대기적인 분류와 유형별 분류에 필수적이다. 생성의 축 위에 원고의 연쇄가 가능한 한 자세하게 재구성되어서 전체가 해석될 수 있도록 해야 한다. 분류와 모사는 잘해 나가기 위하여 〈전-텍스트〉의 목적론적인 어떤 비전을 내포하고 있다. 또한 연속적인 각각의 초고가 텍스트라는 궁극적인 목표를 향해 가는 단계를 나타내도록 하는 필연적인 작업을 내포한다. 발견에 도움이 되는 이러한 표현은 필요하지만, 갈등·주저·우연한 상황, 이 모든 〈가능한 것〉의 실재, 특히 텍스트와 아주 거리가 멀면서도 주로 생성의 세계를 구성하고 있는 모든 가능한 것들은 묘사하기에 충분하지 않다. 이러한 관점에서 본다면, 특히 해석의 단계에 있어서 모든 목적론적인 환원을 조심해야 한다. 또한 작품 생성에 있어서, 다른 방향에서 작품이 가질 수도 있는 집요한 흔적이 나타내는 창조적 〈잉여〉의 역할을 가능한 자세하게 측정하는 것이 중요하다. 작품이 우리가 알고 있는 형태로 압축되기 전에 다른 방향을 잡을 수도 있었고, 실제로 그렇게 했거나 혹은 시도했는지도 모른다. 사실상 텍스트의 과거에 있어서 이러한 경사傾斜(plongée)에 대한 주요 관심사 중의 하나는 비평을 어느 것도 결정되어 있지 않은 유동적인 세계로 끌어들이는 것이다. 그러한 유동적인 세계에서 쓰기는 매순간 매우 다른 선택의 수많은 유혹들을 거치게 되는데, 그러한 선택들은 모순과 불일치가 제거된 후에 작품의 최종적인 텍스트에 이르게 된다. 초고상태의 소설은 아주 쉽게도 반 다스 정도의 다른 줄거리를 가지고 있고, 때로는 모순되는 1백 개 정도의 전개를 가지기도 한다. 거기에서는 인물들의 운명, 이야기의 의미, 서술적인 분위기가 가장 놀라운 변형을 겪을 수 있다.

장 르바이양이 인과적인 전제조건을 완전히 배제한 새로운 독서의 필요성에 대해 주장한 것은 이러한 잠재적 문학에 대한 모든 기회를 보호하기 위해서이다.

살아 있는 사람들의 영역에서 일어나는 것과는 반대로 시나 소설의 생성은 이미 존재하는 프로그램에 전적으로 따르지는 않는다. 그리고 독창적인 과정이나 단순한 목적론, 어떤 모델의 조화로운 발전에 의해서 지배되지도 않는다. 손실·편류·돌발사건들이 경제, 보장된 선조성線條性, 예측 가능한 일보다 훨씬 더 높은 빈도로 일어날 수 있다. 유기적이지 않은 생성은, 그러나 인과관계의 결정론과는 다른 논리, 즉 결합관계에 속하는 것이다. 그 논리는 존재가 아니라 구성요소의 다양성, 다시 말해서 〈포함된 제3자〉의 모순만큼이나 공백(vide)을 통합해야 한다. (……)

초고의 곡해 혹은 공백, 때로는 〈생기 없는 시제〉는 욕망과 쓰기의 에너지와 관련이 있으며, 앞으로 다가올 예측 불능의 의미작용과 관계가 있다. 그것들을 단지 빈약하고 일관성이 없거나, 단순히 미완성된 텍스트로 〈해석하는 것〉은 초고의 진실을 놓치는 일이다. 왜냐하면 초고는 완성도 미완성도 없는 것이다. 초고는 다른 공간이다. 초고와 텍스트 사이의 편차는 발전의 순서도 아니며 완성의 순서도 아니다. 그것은 쓰기와 텍스트 사이의 근본적인 차이에서 기인되는 이타성의 질서이다. (……)

〈결정적〉인 텍스트에 따라서 초고의 독서가 조직되고 연결되는 데 다른 어려움이 존재한다. 그것은 전통적인 문학사에 의해 제시된 목적원인론자의 환상이다. 만일 우리가 궁극적인 결과로부터 출발을 한다면 사실상 우리는 큰 어려움 없이 시초로 거슬러 갈 수가 있으며, 카오스를 조화로 바꾸는 생성의 전단계를 정당화시킬 수 있다. 의미는 텍스트 안에서 출발시에 이미 결정된다. 우리는 그것을 초고에서 되찾을 뿐이고, 그 노정은 동어반복적이며 임의적이다. 왜냐하면 소위 각 단계마다 사실상 다른 만남들이 생겨날 수 있고, 여러 가지 의미작용의 하중들이 다양한 방향으로 트일 수도 있기 때문이다. 만일 그것들 중의 하나가 우세하거나 유지된다면, 그것은 욕망뿐 아니라 상징망에 잘 연결되는 모티프들 때문이다. 혹은 우리가 우연이라고 부를 수 있는 것, 즉 역설적으로 강제의 우연(왜냐하면 강제는 연쇄의 효과에 의하여 매우 다양한 반향을 만들어 낼 수 있기 때문이다. 그 반향은 너무 다양해서 생성을 단순화하지 못하고 극도로 복잡하게 한다), 혹은 묻혀진 지층들을 번역해 내는 연상작용, 다른 곳, 텍스트의 기억 저편에서 온 까마득한, 기억에 없는 것에도 잘 연결된다. 생성은 선조적이지 않고, 다양하고 무수한 차원에서 존재한다……초고는 생성의 〈재미있는〉 이야기, 즉 이러한 행복한 목적에 의해 방향이 잘 잡힌 이야기를 하는 것이다.

초고는 텍스트에 대해 이야기하는 것이 아니고 보여 준다. 갈등의 심각성, 선택의 대가, 불가능한 성취, 제동장치, 검열, 손실, 강도의 출현, 전존재가 쓰는 모든 것——그리고 그가 쓰지 않는 모든 것을 보여 준다. 초고는 더 이상 준비가 아니며 텍스트의 다른 면이다.[13]

목적원인론의 철저한 비평은 문학 현상의 새로운 접근, 따라서 비평방법의 새로운 정의를 불러일으키면서 다소간 확증적인 방식으로 많은 생성의 이론가들에게 제시되었다. 시 전문가인 드브레 주네트와 같은 사람들은 이러한 관념화 작업이 취할 수 있는 방법들을 지적함으로써 대답의 요소를 제시한다. 예를 들면 〈텍스트 시학〉의 보충인 〈쓰기 시학〉의 창조인데, 그것은 초고의 애매한 동일성을 존중하는 동시에 초고와 작품의 최종본 사이에 존재하는 의도된(finalisées) 시간적 관계를 설명할 수 있다. 〈텍스트 분석자〉인 벨르맹 노엘(생성비평 최초의 이론가들 중 한 사람으로 다른 것보다도 〈전-텍스트〉의 개념에 대한 공헌이 크다)과 같은 다른 비평가들은 반대로 전-텍스트를 연구하는 중에 정신분석의 과학적 전제와 완전히 일치하는, 작품의 의도되지 않은 시도의 가능성을 보고 있다.

생성과 정신분석

정신분석적 영감 비평의 전제사항에 집착한다는 이유로 인하여 생성에 의해 제기된 방법의 문제(원고 속에서 쓰기의 시간화된 역학과 작품 텍스트 시니피앙의 구조 사이의 관계를 어떻게 설정할 것인가?)는 여기에서는 애초부터 배제되어 있다. 무의식이 〈비시간적〉인 이상, 초고와 생성의 원인이 되는 시간성 역시 작가 자신의 삶의 전기적 시간성과 마찬가지로 중요하지 않다. 일반적으로 사람들은 똑같은 것을 다시 말하기 위해서 자신의 시간을 찾고자 하는 욕망을 고려하지 않을 수도 있다. 프로이트의 이론에 일치하는 이러한 관점은 모든 생산성과 시간성을 무의식의 공간으로 이동시킨다. 무의식은 〈비시간적〉인 동시에 모든 것이 저장되어 사용이 가능하도록 남아 있기 때문에 〈초시간적〉(hyper-temporel)이기도 하다. 그것은 정신분석이 〈억압〉·〈검열〉·〈사후事後〉의 개념들 속에서 〈시간〉을 가지고 과정의 실체를 만들기 때문인데, 정신분석은 생성의 객관적인 흔적들 속에서 과정을 추구할 필요가 없다. 이러한 관점에서 초고·원고는 대상이 아니라 텍스트라는, 이러한 문제성 있는 주제를 유용하게 확장시켜 놓은 것으로 여겨지게 될 것이다. 텍스트는 해석을 가능하도록 하는 〈자유연상작용〉의 실행에 대해 텍스트 분석가에게 매우 제한된 조건들만을 제공하는 어려움을 보여 주고 있다. 초고는 이따금 무의식적인 현상에 대한 해석을 풍부하게 하는 이러한 〈새로운 단어〉를 해석학에 제공함으로써, 분석관계가 훨씬 긴밀한 심리비평의 가능성을 만드는 기회가 될 것이다. 그러나 우리가 보다시피 이러한 이론적 태도는 전-텍스트를 일종의 〈환자〉와 동등한 진정한 〈피실험자〉로 만드는 것이다.

정신분석적 독서의 근본적인 문제점은 이러하다. 내가 무의식적인 욕망의 압력을 드러내 주는 결점, 담화의 왜곡(결함·망각·보충 등)들을 찾아내려는 걱정으로 텍스트를 읽을 때 나에게는 환자의 연상들이 결여된다……그러한 연상들이 없다면 상징적 〈번역〉으로 귀착될 위험이 있다. 예를 들면 분석자는 꿈을 해석한다. 단지 긴 의자에 누운 사람이 어떤 단어·인물·장식·세부들이 그에게 생각나게 하는 것을 아주 자유롭게 말한다는 조건하에서만 그러하다. 따라서 텍스트는 텍스트를 구성하고 있는 것과 다른 말로는 이러한 질문에 답할 수 없다. 텍스트 문장의 개수가 계산되고, 문장의 순서·억양·수사적 효과들은 큰 어려움 없이 조사될 수 있다. 비평가는 매순간 하나의 언어 배열이 다른 것으로 확대 적용되지 못하는 것을 유감스러워한다. 부족한 다른 것을 그 자신의 연쇄로 대치해야만 한다. 이것은 텍스트 옆에서 텍스트의 자리를 차지하기 원하면서도 〈환상화〉되지 않는다고 확신할 수 없는 위험한 연습이다. 다행히 이러한 불확실성을 완화해 주는 것들이 있다……그러나 그것을 찾기 위해서 새로운 단어보다 더 가치 있는 것은 없다. 새로운 단어는 언어의 계열체에 덧붙여져 더 밝게 조명해 준다. 일반적으로 이러한 단어는 억압되었으며, 어느 곳에서도 발견할 수 없다. 적어도 전체적으로 읽히거나 잘 보이지 않는다는 의미이다. 그런데 전-텍스트는 우리에게 이러한 잃어버린 단어를 되찾게 해 주는 일이 있다. 어린 시절에 다시는 기억하고 싶지 않은, 괴로운 상황에서 발음을 했거나 들었던 이름이 어떤 사람에게 문제시될 수 있는 것처럼, 작가가 다른 단어와 대체하기 위하여 삭제한 이러한 진술이 부족한 연결고리 위에 나타나기도 한다. 이번에는 독자의 열심·신중함에만 의지해서는 연상작용을 찾을 수 없다……입증된 보증인, 빛나는 가설로 향하는 좀더 빠르고 좀더 확실한 오솔길이 있다. 그것은 이름일 수도 있고, 장면일 수도 있고, 구문의 상징, 약간 빗나간 형용사, 때로는 강력하게 주장하는 편지, 혹은 음절, 엄청난 의미화를 지니고 있는 사소한 것 등이 될 수도 있다……작품의 전-텍스트 안에서 결코 완성되지 못한 무의식의 이러한 수수께끼를 조금 더 명확하게 만들 수 있는 추가적인 단편들을 찾아내는 것, 그것은 격려이며 동시에 새로운 의외의 발견물에 대한 약속이고 텍스트에 작용하는 다른 방법들을 찾는 정당화이다.[14]

생성과 시학

텍스트 비평과 생성비평 사이의 관계에 대한 질문은 서술학자와 시 연구가들에게 최근 가장 유익하게 행해진다. 몇몇 위대한 소설가들(프루스트·발자크·플로베르·졸라 등)의 자료에 대한 텍스트 생성학 연구의 중요성과 서술작품(초고, 작업 혹은 조사 수첩, 예비자료 등)에 대한 생성의 중요한 기록들의 출판은, 서술학을 연구하는 학자들에게 그들의 방법, 그리고 대상과 관련이 있는 사유에 대한 구체적인 방법을 제공해 주는 데 크게 기여하였다. 단지 〈플로베르의 경우〉만이 수많은 이론적인 실험들을 〈테스트〉하는 데 사용되었다. 그 실험에서 오늘날 방법론적인 최초의 발견들이 나타나게 되었다. 이야기 변형에 대한 〈생성적 연구〉에서 드브레 주네트는 생성비평의 대상에 있어서 외적 생성(exogenèse)과 내적 생성(endogenèse)을 구별하는 정의적인 명제를 세우기 위해서 플로베르의 예(특히 헤로디아의 복잡한 경우)를 정확하게 사용하였다.

특히 플로베르에게 있어서 적합한 구조와 문체의 표현을 찾기 위한 자료의 독서, 선택, 끊임없는 개작은 내가 외적 생성이라고 부르는 것에 대해 매우 희귀한 예를 제공해 준다. 이 용어는 근원자료에 대한 연구만 포함되는 것이 아니라 작품 외적인(특히 책에서 얻어진) 예비요소들이 원고에 기록되는 방식, 모든 의미로 보아 가장 좋은 방법으로 그것들을 알려 주는 방식을 포함한다……플로베르는 자료의 허구화라는 미적 선택을 함으로써 역사소설 —— 기록물이나 허구 —— 의 모순들을 피하고 있다. 그의 이야기 요소들은 장마다 서로 맺어지고, 각 요소가 다시 숙고되고 자리가 바뀌고 언술되는, 일종의 기록물 심포니가 구성된다. 플로베르는 줄거리를 희생시킨 채 부차적인 것에 집착한 발레리처럼 경솔하게 고집하지는 않았다. 모든 외적인 요소는 천천히 흡수되어 내적 생성의 특별한 요소가 된다. 이 용어로 합생·중복, 그리고 쓰기의 구성분자들로 이루어진 구조화를 이해하도록 하자.[15]

외적 생성(혹은 선택과 원전의 적용)과 내적 생성(생산과 편집상태의 변형) 사이의 이러한 분명한 대조, 어떤 비평가 집단에 속해 있건간에 대부분의 생성비평 이론가들에 있어서 비슷한 형태로 나타난다. 예를 들면 사회비평에 있어 우리는 미테랑의 펜 밑에서 〈줄거리의 유전학〉 혹은 전-텍스트(이 비평은 문화의 생성 역사의 기회를 여기에 포함한다)와 〈원고의 생성학〉 혹은 텍스트의 생성학(나중에는 〈생성과 문화의 역사〉라고 불리는 것) 사이에 동일한 유형의 구분을 인정하고 있다. 그러나 드브레 주네트의 분석에서 중요한 지적 중의 하나는 생성 연구의 두 가지 지평 사이에 확립된 상호 보충성에 있는 것 같다. 원고는 작가의 이 두 가지 실행을 분리하게도 하고, 동시에 연합하게도 하는 생산적인 관계를 보여 주고 있다. 내적 생성과 외적 생성은 필수 불가결한 비평방법들의 개조에 있어서 평등하게 나타나야만 한다. 이러한 개조란 텍스트 비평을 쓰기의 비평으로 보충하고자 하는 것이다. 특히 생성 시학이 존재할 수 있는 것은 바로 이러한 대가를 치르기 때문이다.

비평의 관점에서 보면, 그 자체로 구성이 되는 쓰기는 지정할 수 있을 만한 시작도 없고 끝도 없다. 작가는 자신이 쓰고 또 스스로 자신을 읽는다는 사실에 의해서만 확립된다. 다른 사람이 그를 읽거나 혹은 그가 다른 사람을 위해서 읽혀지는 때부터(물론 그의 독서는 다른 사람들의 독서에 의해서 항상 정보를 받고 있으며, 이미 정보를 받았다) 그는 이러한 쓰기를 텍스트로 배열하고자 애쓴다. 그렇기 때문에 생성학의 관점에서는 바르트가 말한 것과는 반대로, 쓰기의 현상과 텍스트화의 현상을 구분하고, 텍스트를 쓰기의 역사적 산물, 즉 처음과 끝이 조직된 종극목적(finalité)으로 보는 것이 유용한 것 같다. 간극이 있는 곳은 바로 쓰기와 텍스트 사이이며, 비평방법들은 그것을 설명해야만 한다. 그 방법들은 자기들이 이러한 간극에 종속될 수 있다는 것을 보여 준다. 혹은 그 자신의 결함, 열린 틈을 보여 주면서 다시 그 간극들을 이용할 수 있다는 것을 입증해 준다⋯⋯유전학은 서술적 시학의 원리들을 파괴하지 않는다. 그러나 유전학은 최종 텍스트가 줄 수 있는 확신을 확고하게 하기는커녕 약화시킨다. 유전학은 변이에 예민하다. 특별히 생성 시학은 존재할 수 있게 하는 변이의 체계들에 대해 민감하다. 이 체계들이란 한 작품, 혹은 모든 작품을 문제삼고 있는가에 따라 달라질 수 있다. 다른 한편으로 서술학자(narratologue)는 한 가지 영역으로 만족할 수 없다는 것을 알고 있다. 결국 그는 텍스트의 시학과 마찬가지로 쓰기의 시학을 참고해야만 한다. 우리가 이미 존재하는 구조(언어적·사회적·심리적……)의 세력에 저항하기에 충분히 견고한, 내적 구조를 만들 성향을 보이는 모든 것을 텍스트로 정의하기로 가정한다면, 반대로 쓰기는 모든 낯선 침입과 퇴화와 마찬가지로 돌출물에 침투할 만큼 개방적이고 유동적으로 정의된다. 쓰기는 생산적인 회귀를 피한다. 따라서 우리는 작품을 볼 때 이번에는 전-텍스트의 작업, 즉 비평의 작업 안에서 시학의 두 방식, 즉 대립과 일치를 본다. 리샤르는 〈본질적인 대립의 조정〉이라는 항구적인 숙제를 구조의 강박관념에 사로잡힌 자들과 추상작용에 대한 전문가들의 탓으로 돌린다. 하지만 이러한 이유로 대립을 없애지 않고 조정하는 것, 이것이 시학과 생성학의 결합에 대한 관심인 것 같다.[16]

유전학과 언어학

언어학에 의해 고무된 비평은 태생상태의 쓰기라는 다루기 어려운 소재를 다루기 위한 특별한 개념을 만드는 데 결정적인 역할을 하였다. 초고를 분류하거나(계열축에 있어서의 유사성/연사축에 있어서의 연쇄) 문체의 사소한 변형을 해석하기 위하여 생성학자가 사용하는 방법의 대부분은 언어학의 개념 창고에서 차용되었다. 이러한 의미에서 언어과학은 생성비평의 출현과 발전에 있어서 인문과학의 대부분에서 행했던 것과 매우 유사한 역할을 하였다. 그러나 다른 경우들에서는 나타나지 않은 결과에 의해서, 언어학은 젊은 생성비평을 다행스럽고도 필수 불가결하게 협력하는 일로부터 무사히 빠져나올 수는 없었다. 초고와 생성의 자료들에서 분열된 불투명한 역동주의에 부딪치자 언어학자들은 재빠르게 그들의 친숙한 도구가 대개의 경우 잘 적용되지 않거나 효력을 발휘하지 못하는 〈미지의 땅〉을 인정하였다. 생성비평의 대상은 언어학의 접근방법들 없이는 이루어질 수 없었을 것이다. 그러나 이러한 구성은 오늘날 언어과학에 있어서 새로운 이론적 요구에 의해 해석되고 있다. 언어학에서는 활용 가능한 분석의 어떤 형식적 체계도 생성자료에 유효하게 적용될 수 없을 것으로 보인다. 만일 이러한 요구가 만족될 수 있다면 언어학은 거의 무한정한 연구의 범위를 열어갈 수 있을 것이다. 그런데 그러한 연구는 언어학을 인식과학과 미학의 범위로, 그 이론적 방법들을 근본적으로 새롭게 하는 쪽으로 인도하게 될 것이다.

　존재하는 언어학적 모델들은 텍스트의 생성을 설명하기에 부적합하다. 〈말하는 행위 이론〉을 보충하게 될 쓰기 작업에 대한 이론 혹은 〈쓰기 행위 이론〉은 전부가 다시 만들어져야 한다. 무엇보다도 그 이론이 필요로 하는 것은 생성 문법의 이상적 화자와도 다르고, 실용 언어학의 전지전능한 화자-전략과도 역시 다른 집필자의 개념이다. 이러한 이론은 발화 이론들처럼 추상적인 재구성을 하려고 뒤따라 다니기보다는 발화 내용을 설명할 수 있어야 한다. 결국 무엇보다도 이 이론은 쓰기 행위의 특성들을 통합해야만 한다. 이것은 예를 들면 구어口語를 지배하는 시간이라는 유일한 변수가, 쓰기가 점차적으로 자리를 차지해 가는 문자의 공간을 포함할 수 있는 시-공간이라는 2개의 변수로 대체되어야 한다는 것을 암시

한다. 게다가 구어에 적합한 대화술(dialogisme)의 원리는 작가가 번갈아 가며 집필자인 동시에 독자의 역할을 하는 대화(interlocution)로 대체되어야 한다. 결국 알파벳은 정보의 근원으로 충분하지 않으며, 여기에 삭제·첨부와 같은 기호, 공간 속에서 단위들의 위치, 문자의 변이체 등과 같은 온갖 종류의 표지를 덧붙여야만 한다. 그렇게 가정한다면 존재하는 모델의 가치를 부정할 일도 없고, 무(ex nihilo)의 모델을 만들 일도 없다. 오히려 문제되는 것은 영역의 바뀜, 즉 이동인데 그것은 언어학의 방법론적인 원리들을 유지하는 것을 조건으로 한다. 관계의 용어, 따라서 유사성이나 차이라는 용어로 표현될 수 있는 것만이 분석과 해석의 대상이 될 수 있다.

이러한 이론적인 원칙들을 원고라는 복잡한 현실에 적용시킴으로써 새로운 길, 소위 씌어진 작품 분석에 적합하게 과학적인 방법을 개척하게 된다. 그 독창성과 힘은, 기술記述하는 데 있어 거의 직관이 작용하던 자리를 구성의 여지없는 엄격함이 대신하는 데서 나온다. 사실상 생산의 역동적 양상을 유일하게 설명할 수 있는 연속적 시행들과 마찬가지로 관찰 가능한 사실들을 정리하는 것이 중요하다. 이 일을 하기 위해서 일련의 조작들에 초점이 맞추어졌다. 예를 들면 변하는 부분과 변치 않는 부분, 쓰기의 변이와 읽기의 변이, 관련이 있는 변이와 관련이 없는 변이, 결정적으로 삭제된 부분과 달라진 부분, 문법적인 모호함과 텍스트적인 투명성, 중단과 미완성 사이의 구분을 들 수 있을 것이다. 모호한 〈창조의 신화〉가 쓰기를 주재하는, 인식론적이고 언어적이고 시적인 시행들에 대한 정확한 지식에 결국 자리를 양보하게 되는 것은 이러한 새로운 변수들의 덕택이다.[17]

생성과 사회비평

　생성비평은 어떤 조건에서 그리고 어느 한계까지 문화 발전의 역사를 완성하는 데 기여할 수 있는가? 생성적 방법으로 원고 속에서 환경과 사회-역사적 발전과정의 흔적을 찾아내고, 〈사회 발생〉의 이론적 가설을 세우고자 하는 야심에 어떤 의미를 줄 수 있는가? 이러한 태도는 어떤 유형의 생성 연구와 가장 자연스럽게 연결되는가? 미테랑은 유전학이야말로 문학과 텍스트의 영역에서 현대의 고고학이라고 자처하면서, 유전학이 가질 수 있는 기회들을 조사함으로써 이러한 문제들에 대해 답하고 있다.

　우리는 생성비평을 초래하는 경향을 잘 이해하고 있다. 왜냐하면 생성비평은 대상을 그것이 태어난 가장 가까운 곳, 다시 말해서 어떤 사고나 글쓰기로부터 싹이 터 나온 곳에다 위치시키며, 소위 원고의 초고 안에서, 그리고 개인적 독백을 넘어서서 단번에 사고·관념·집단적 취미·변형의 징후들과 참고의 문화, 변형의 최초 흔적들을 파악하고자 하기 때문이다. 이것은 정당화된 동시에 모험적인 경향이다. 그리고 그것은 문화사의 보충인 문화적 생성이 될 수도 있는 것에 끝없이 신중을 기함으로써만 생겨날 수 있다. 마치 문학적 생성——혹은 작품 생성의 모든 양태에 관한 연구——이 문학사로부터 생겨난 것처럼.

　정당화된 경향이라고 하는 것은 우리가 잘 알고 있는 바와 같이, 개인적인 담화가 특히 모색의 전前-단계에 있어서 집단적 담화의 장소, 이미 받아들여진 강제와 전제사항들에 의해 강화되기 때문이다⋯⋯선천적 의미론이나 새로운 동사는 없다. 언제나 부모·선생님·계급이라는 말의 진정한 의미에서 계급의 동료로부터 전해 받은 의미론이 있을 뿐이다. 초안이나 줄거리의 첫줄, 전-텍스트의 소재들은 사회적 담화, 즉 궁극적으로는 사회에서 수군대는 것, 새로운 테마에 대해 말하는 것들과 가장 직접적이고 가장 솔직하고 가장 꾸밈이 없는(완성된 작품이라는 옷을 입기 전) 접촉이다. 물론 그 다음에 부과될 제약이나 조직화와 비교하면 상대적인 자발성, 상대적인 자유이기는 하지만 말이다⋯⋯반대로 모험적인 경향이라고 하는 이유는 생성적 분석에다 이러한 차원을 부여하는 것, 그것은 자극적인 방법으로 생성적 분석을 확장하는 동시에 큰 위기를 초래하기 때문이다. 왜냐하면 지시의 텍스트성(la textualité de référence)은 무한하기 때문이다. 그 한계를 어디에다 둘까? 어디에서 적절한 관계와 혼합을 찾을 수 있을까? 이전과 현대의 텍스트성의 공간을 구분하는 지표를 어떻게 세울 수 있을까? 집단의 말에 대한 고립된 한마디 말의 충격을 어떻게 측정할 수 있을까? 상호 텍스트(intertexte)라는 그렇게 애매하고도 매력적인 개념을 어떻게 소화할 수 있을까?⋯⋯이러한 점에 대하여 생성비평은 보호책을 제공한다. 생성비평은 역사의 물리적 지층을 드러낸다는 점에서 고고학과 공통점이 있다. 즉, 말과 그 구성의 구체성 속에서 사고와 언어의 역사가 드러난다. 그것은 불확실과 횡설수설을 막아 주는 보증이기도 하다. 결국 생성비평이 오늘날 어떤 성공을 거둔다면 그것은 원칙에 대한 문헌학의 요구 때문이다. 왜냐하면 우리 모두는 천재적이면서도 있을 수 없는 보편화, 어쨌든 진실이라고 할 수도 없고 오류라고 할 수도 없는 거창한 일반화로부터 약간 벗어났기 때문이다⋯⋯만약 우리가 적어도 두 종류의 문학적인 유전학이 존재한다는 것을 인정한다면, 작품의 착상과 준비에 작용했던 모든 자필자료들을 연구하는 줄거리, 혹은 전-텍스트의 생성학이 그 하나이며, 편집 원고의 변이들을 연구하는 원고의 생성학, 서체 혹은 텍스트의 생성학으로 이름지을 수 있는 것이 다른 하나이다. 내가 보기에 생성비평과 문화사의 관계에 대해 숙고할 수 있는 가장 좋은 자료를 제공하는 것은 전자인 것 같다. 우리가 작품이 탄생하기 바로 직전의 공시태 안에서, 역사적 사실의 계열, 담화의 계열, 그리고 텍스트의 생산을 한데 묶는 생성적 관계들 중의 몇 개를 단번에 파악하려는 시도를 할 수 있는 것은 바로 전자에서이다.[18]

결론 —— 문제의 미래

이 저작에 소개된 다른 방법들과는 다르게 생성비평은 그 역사가 불과 15년 정도에 불과하다. 생성비평은 젊은 학문이고, 개념화의 제약들을 극복해야 하는 한창 확장되어 가는 학문이다. 생성비평이 이미 만들었고, 그 대상을 극복하기 위해 계속 만들어 가는 개념들은, 텍스트와 문학 현상에 완전히 새로운 관계의 총체를 도입하기 때문에 그만큼 더욱 정리하기가 어렵다. 텍스트의 결과에 대해서보다는 〈제작의 비밀〉, 창조의 과정, 그리고 글쓰기의 역동성에 대하여 훨씬 더 많은 의문을 제기함으로써 생성비평은 다른 비평적인 담화와 동일한 차원에 위치하지는 않는다. 이러한 간극은 심각하게 여겨져야 한다. 만일 생성비평이, 예를 들면 생성적 출판 형태로 원고 속에서 그 해석의 타당성을 검증하는 귀중한 방법을 제공함으로써, 비평적 담론의 총체에 대하여 그 발견의 장場을 연다면, 그것은 이 방법들이 생성적인 조사방법들을 분야별로 잘 정의하도록 도와 줄 수 있으리라는 희망을 지니고 있기 때문이다. 그러나 텍스트의 생성학이나 생성비평이 보조적 방법의 역할에 만족한다는 의미는 아니다. 만일 원고들이 생성의 특징인 역동적이고도 시간적인 현상들을 해석할 수 있기를 희망한다 해도, 원고는 대부분의 텍스트 비평 방법의 정당성과 동시에 그 방법들 각각에 있어서 개념적인 개조가 시급하다는 것을 보여 준다. 10여 년 전부터 몇몇 방대한 자료집에 대해서 행해진 생성적인 연구들은 이러한 현상들의 종합적인 특징을 드러내 주는 것 같다. 초고에 있어서 중요한 변형이 무의식적 욕망(텍스트 분석)이나 사회-문화적 혹은 사회-역사적인(사회-비평) 기재, 또는 생성적 제약(génologie, 詩學) 등의 편협한 결과로 해석되어서는 안 된다. 각각의 결정적인 변형은 이러한 심급의 여러 가지를 동시에 이용한다. 이러한 심급들은 여러 가지를 전-텍스트의 정확한 점에 수렴시키는 일치의 작용에 의해서만 총칭적인 사건의 근원으로서의 가치를 가지는 듯하다. 어떤 비평적 담화도 따로 떼어서 해석할 수 없는 이러한 생산적인 수렴을 지배하는 논리가 바로 생성 연구의 진정한 대상이다. 따라서 생성비평은 다른 방법들의 여백에서 행해지는 이러한 어긋난 시도로 정의된다. 이러한 시도는 총체적인 해석이 아니라 쓰기에 있어서 여러 가지 결정들을 연합하고 일치시키는 역동적인 과정들에 대한 설명을 전제로 한다. 비생성적인 방법들은 분리된 의미작용의 체계라는 형태로 텍스트의 결과를 분리시키고 분석하는 것이다.

【참고문헌】

이 장에 인용된 참고서적 외에도 다음의 책들을 참고할 수 있다.

Jean Bellemin-Noël, *Le Texte et l'avant-texte*, coll. L, Larousse, Paris, 1972.

Pierre-Marc de Biasi, *Carnets de travail de G. Flaubert*, Balland, Paris, 1988.

Pierre-Marc de Biasi, 〈L'analyse des manuscrits et la genèse de l'œuvre〉, *Encyclopaedia Universalis*, vol. Symposium, 1985.

Raymonde Debray-Genette, *Flaubert à l'œuvre*, coll. Textes et

Manuscrits, Flammarion, Paris, 1980.

Raymonde Debray-Genette et Jacques Neefs, *Romans d'archives*, coll. Problématiques, PUL, Lille, 1987.

Béatrice Didier et Jacques Neefs, *De l'écrit au livre : Hugo*, coll. Manuscrits modernes, PUV : 1987.

〈Genèse du texte〉, n° spécial de *Littérature*, n° 28, Larousse, 1977.

Almuth Grésillon, *De la genèse du texte littéraire*, Du Lérot éditeur (Tusson), 1988.

Louis Hay, *Essais de critique génétique*, coll. Textes et Manuscrits, Flammarion, Paris, 1978.

Louis Hay, *Le Manuscrit inachevé(écriture, création, communication)*, coll. Textes et Manuscrits, éd. du CNRS, 1986.

Michel Malicet, 〈Exercices de critique génétique〉, *Cahiers de Textologie*, n° 1, Paris, Minard, 1986.

II
정신분석비평

— 마르셀 마리니 —

서 문

정신분석의 역사는 이제 1백 년이 된다. 정신분석비평의 역사 또한 마찬가지이다. 사실상 프로이트는 최초의 정신분석 이론을 고안하면서부터 문학에 도움을 청하였다. 1897년부터, 정확하게는 〈오이디푸스 콤플렉스〉라고 불리는, 그의 기본적인 개념들 중 하나를 확립하기 위해서, 소포클레스의 《오이디푸스 왕 *Oedipus Rex*》과 셰익스피어의 《햄릿 *Hamlet*》의 독서를 통해 그의 환자들을 분석하는 일과 자가-분석을 계속 연결지었다. 1928년에는 이 두 비극에 도스토예프스키의 소설 《카라마조프의 형제 *Brat'ya Karamazovy*》를 덧붙였다. 정신분석 이론의 역사가 신화·콩트, 혹은 문학작품들과의 만남, 혹은 그것들과의 오랜 관계와 분리될 수 없다는 것을 우리는 장차 보게 될 것이다.

그러므로 정신분석과 정신분석의 가장 비옥한 발견물인 무의식을 거부할 수 없다면 정신분석비평의 존재 권리 또한 거부할 수가 없는 것이다. 오히려 모두 다 거부하는 것이 일관성 있는 태도일 것이다. 그러나 정신분석의 공헌을 인정한다면 우리는 문학비평, 좀더 포괄적으로 말해 예술비평의 장에 정신분석이 개입한 것에 대한 해명을 해야 한다.

프로이트가 문학 텍스트에 적용한 예를 보면 〈응용 정신분석〉의 단순한 도식을 차용하는 것 역시 어렵다는 것을 알게 된다.

● 한편으로는 자신의 고유한 영역, 즉 정신병리학(신경증·정신장애·도착증 등)에서 독보적으로 세워진 학문으로서의 정신분석, 그리고 유일한 임상치료와의 관계.

● 다른 한편으로는 적용되기 위한 비평. 두번째로 이질적인 영역, 즉 문화 생산의 영역에 이 학문이 받아들여지는 것.

사실상 프로이트 최초의 저작들을 읽으면, 우리는 분석적인 실행이란 본질적으로 말과 담론에 대한 독창적인 실험이라는 사실을 확인하게 된다. 그러므로 정신분석 이전에 문학(구전되거나 씌어진 것이거나간에)은 의사전달이라는 습관적인 속박의 여백에 독특한 공간을 만들 수 있는 언어의 실행이었다. 그렇기 때문에 연구를 시작할 때에 우리는 언어와 상상의 작업에 근거하고 있는 상호 주체성의 두 가지 형태와 만나게 될 것이다. 특히 어떤 점에서 정신분석적 방법이 역사적으로 내려온 파롤(parole)과 상상에 대한 개념들을 뒤엎었는지 살펴볼 것이다. 사실상 문학비평에 대한 정신분석의 공헌에 대하여 묻고자 한다면, 우리가 보기에는 여기에서 출발하는 것이 적합하다. 그 이론을 만들면서 사람들이 제멋대로 사용하고 있는, 설명의 단서(근친상간, 거세, 나르시시즘, 남근적인 어머니, 아버지라는 명칭, 口脣期나 항문의 성욕, 남근 등)가 담긴 저작집에서 시작할 일은 아닌 것 같다.

문학 텍스트의 연구는 태동기의 정신분석으로 하여금 정신 현상과 인간의 미래에 관한 일반적인 이론의 규칙에 도달하기 위해 엄격하게 의학적인 영역을 떠나도록 해 주었다. 문학적 정신분석 역시 비평의 상황을 변화시켰다. 그러나 다음과 같은 중요한 문제들이 남아 있다. 문화적인 반향의 영역에서 정신분석비평의 위치는 정확하게 무엇인가? 그 목적은 무엇인가? 그 결과는 무엇인가? 이 비평은 우리가 예술 행위를 인식하는 방법에 있어서와 마찬가지로, 우리가 텍스트 자체를 읽는 데 무엇을 변화시킬 수 있는가? 이러한 질문들에 답하기 위해서 이 정신분석비평을 아주 복합적인, 그러나 비교적 정리된 영역으로 소개할 수 있기를 바란다. 〈정신분석적인 비평들〉이라고 복수로 말하는 것이 더 나을 정도로 이보다 더 어려운 것은 없을 것이다.

이 비평은 오늘날 어떤 이미지들을 제공하는가? 우리는 강의나 논문이나 책을 통해서 진정한 발견을 할 수도 있다. 그러나 이러한 비평 영역의 총체에 대하여 어떻게 정확한 개념을 가질 수 있을까? 수많은 출판물들이 쏟아져 나와 참고도서란이 끝나지 않을 지경이다. 그리고 이러한 수많은 저작들에 대하여 표준이 될 수 있는 것은 무엇인가?

질베르 라스코는 이 문제에 대하여 우스갯소리 같지만 상당히 정확하게 바벨 탑을 환기시키고 있다.

> 압도적이고도 부조리한 건축물, 바벨 탑은 건축중에 있는 모든 부분, 폐허, 〈건전한〉 부분들까지도 결합시킨다. 바벨 탑은 언어의 혼란이라는 석화石化된 표지를 구성하고 있다.[1]

그는 여기에서 분석자들로 하여금 그들의 주장에 대한 단순한 예증을 찾아내기 위해 문학작품 쪽으로 몰려들도록 하거나, 문예비평가들이 완전히 만들어진 지식, 다시 말하여 텍스트의 〈진실〉을 주는 일종의 기성복과 같은 해석을 찾기 위하여 정신분석으로 몰리는 손쉬운 열광을 겨냥하고 있다. 이러한 〈무미건조한 방법들〉에 반대하여 그는 올바른 정신분석비평의 첫번째 준거로서 진정한 독서의 작업을 제시하고 있다. 그 독서의 작업에서는 텍스트가 독자에게 불러일으키는 무의식적인 심리적 작업과 해석 작업이 동시에 작용한다. 독서란 독자들이 장차 발견하게 될 것을 미리 속단하지 않는 것이다.

이러한 관점은 우리로 하여금 방법의 문제들을 논의의 주요한 논점으로 삼도록 고무한다. 어쨌든 여러 가지 비평의 시도들을 분류하는 것으로는 충분하지 않다. 왜냐하면 그 모두가 이질감을 더해 주기 때문이다.

● 학파(프로이트·융·클라인·라캉 등)에 따른 정신분석적 이론의 다양성, 뿐만 아니라 연구에 따라 생겨난 프로이트의 여러 개념들 자체를 구분하는 어려움: 샤를 모롱이 〈심리비평〉에 대하여 〈이것은 거대한 작업장이다〉라고 말한 것을 우리는 정신분석에 대해서도 적용시킬 수 있을까?

● 제시된 목적의 다양성: 이 문제는 매우 중요하기 때문에 장 벨르맹 노엘은 그의 저서 《정신분석과 문학 Psychanalyse et Littérature》[2]에서 그 문제를 적절하게 다루고 있다. 참고자료가 많고 철저히 고증된 이 책에 대하여 꼭 알아둘 필요가 있다.

● 자료집의 끝없는 다양성: 모든 시대, 모든 장소, 모든 장르의 전 문학작품이 해당된다. 만약 무의식이 모든 문화의 산물, 심지어는 가장 부자연스러운 산물 속에서도 작용한다는 것을 인정한다면 이러한 태도는 합리적이다. 그러나 각 시대, 각 문화를 통해서 생각하고 상상하고 쓰는 방식에 있어서 무의식이 같은 방식으로 작용하는가? 이러한 질문에 〈아니다〉라고 답하기 위해서 각각의 독서는 각각의 대상에 적용되어야 하며, 그 대상과의 관계에 따라서 변화되어야 한다는 것을 전제로 해야 한다. 결국 정신분석적 문학비평은 그것이 밝히고자 하는 텍스트 덕분에, 정신분석의 어떤 개념들을 수정할 수도 있고 풍성하게 할 수도 있어야 한다.

따라서 다양성은 불일치의 부정적인 측면들을 지니고 있다. 다양성은 〈아무것이나〉의 시행과 혼동되지 않으며, 또한 지적인 생활을 특징짓는 창조 능력의 획득이기도 하다. 모든 문학비평이 당면하고 있는 가장 큰 위험은 한 가지 담화-모델의 기계적인 재생산이 아닐까?

우리는 가능한 한 가장 구체적인 방법으로 비평의 다른 동향들을 제시하고자 한다. 우선 방법에 관한 문제들을 다루고(1), 문학에 대한 정신분석자들의 다양한 입장들을 살펴보겠다(2·3). 그리고 나서 정신분석 문학비평이 자율성을 갖게 된, 즉 우리가 샤를 모롱의 저작들로부터 시작되었다고 추정하는 이 역사적인 시기에 대하여 모든 중요성을 인정할 것이다(4). 마지막으로 정신분석을 철학·인문과학·텍스트 이론과 비교 연구함으로써 그 독서의 영역을 다양화시키고 있는 최근의 연구들에 대하여 다루게 될 것이다(5).

1. 방법의 근거들

점점 더 상세한 실험적인 방법이 정리되지 않았다면 정신분석은 존재하지 않았을 것이다. 아마도 우리는 단지 정신의학, 혹은 잘해야 철학 이론을 가질 수 있었을 것이다. 여기에서 우리의 문제는 이러한 방법이 독서처럼 다른 영역에서, 그리고 어떤 조건에서 유용하게 실행될 수 있을까 하는 점을 알아보는 일이다. 판단을 하기 위해서는 정신분석의 실행 원리들을 미리 분명하게 알고 있어야만 한다. 바로 이것을 우리는 도식적으로 제시하고자 한다.

〈기본적인 규칙〉── 긴 의자와 안락의자 사이에서

프로이트가 그의 신경증 환자들에게 병리적이라고 판단되는 요소에 집중되었던 최면이나 집요한 질문을 포기하고, 그들로 하여금 말을 자유롭게 하도록 놓아둔 것은 1892년부터이다. 그 방법들 중의 하나인 〈언어 치료〉라는 것은, 정신과 의사가 거북하게 혹은 계제에 맞지 않게 개입하지 않고 〈말해야 할 것을 말하고자 하는〉 욕망에 근거하고 있다. 프로이트는 이러한 경험들을 통해서 겉으로는 무질서해 보이는 담화의 의료적인 효과를 발견하는데, 이러한 경험은 《히스테리에 대한 연구 *Studien über Hysterie*》에 기록되어 있다. 프로이트에 의해서 체계화된 경험을 토대로 기본적인 규칙이 만들어지는데, 그 규칙은 긴 의자와 안락의자 사이에서 분석적 상황을 형성한다.

■ 환자의 입장에서 보면 그것은 〈자유연상〉 법칙이다
〈[무의지적인] 연상에 우리의 관심을 고정시키는 것, 다시 말해서 비판 없이 또한 선입견 없이 떠오르는 생각들을 말하는 것이다〉(《꿈의 해석 *Die Traumdeutung*》). 환자의 경우, 도덕적 혹은 합리적인 모든 판단을 중지하게 되면, 말하다가 생길 수 있는 예기치 않은 이미지·감정·기억들이 쉽게 떠오르게 된다. 그러한 것들은 환자가 자신과 타인들에 대해, 그리고 타인들과의 관계에 대해 그가 가지고 있다고 믿었던 모든 지식을 뒤흔들게 된다.

■ 분석자의 입장에서 보면 그것은 〈유동적 주의〉 법칙이다
분석자 자신은 선험적으로 환자의 담화 가운데 어떤 요소에 대해서도 편견을 가져서는 안 된다. 분석자는 〈환자가 거부하는 선택을

그 자신에 대한 검열로 대체시키지 말고〉 들어야만 한다(《정신분석의 기술에 관하여 *De la technique psychanalytique*》). 그리고 가능한 한 자신의 이론적인 전제조건들을 잠시 젖혀놓아야 한다. 마지막으로 분석자는 그가 하게 될 해석 시기와 형태에 매우 주의를 해야 한다.

■ 그러므로 정신분석은 오로지 〈언어에서만 일어나는 경험이다〉

〈말하라, 단지 말하라〉, 이것이 규칙이다. 〈정신분석은 오직 한 가지 중개자를 가지고 있는데, 그것이 바로 환자의 말이다〉라고 자크 라캉은 저서 《작품집 *Ecrits*》에서 상술하고 있다. 그러나 종종 그전날의 장면이나 꿈, 강박적인 말로부터 생겨난 이러한 말은 이미지(〈표상들〉)·감각·정·기억·사고의 충일을 불러일으키고 유출시키기도 하는데, 이러한 것들 역시 분석될 것이다.

분석적 상황은, 비록 환자가 분석자를 보지 못하거나 분석자가 침묵하고 있다 할지라도 근본적으로 상호 주체적인 상황이다. 〈들어 주는 사람이 있다면 침묵이 흐른다 할지라도 대답이 없는 말이란 있을 수 없다……그것이 분석에 있어서 말의 핵심적인 기능이다〉(《작품집》, 라캉). 분석자는 이중적으로 타자이다. 분석자란 우선 사람들이 그를 앞에 놓고 말하는 대상이요, 말해지고 있는 내용의 증인이다. 분석자는 자신을 의식 있는 사람의 자제력을 넘어서는 이러한 이상한 말의 주체로서 인정할 수 있는 보증인이다. 동시에 그는 사람들이 말을 거는 타자이다. 남성과 여성, 멀거나 가까운 사람, 실제 인물이거나 상상적인 인물 등 우리 자신을 포함해서 우리의 머리 속에서 떠나지 않는, 그 존재만으로도 실현되는 이 모든 다른 사람들을 타자라고 불러야 할 것이다. 그것은 소위 전이라고 하는 투사의 장소일 뿐이다. 이 유령들이 우리의 이야기 속에서 정확한 위치를 찾게 될 때, 또한 우리가 마치 분석자에게 대하듯이 어떤 사람에게 말을 할 수 있을 때 비로소 분석이 끝나게 될 것이다.

이러한 발표되지 않은 관계는 마음과 의식적인 의사전달의 여백에 공유되어 있는 심리적 영역을 전제로 할 때만 이해가 가능하다. 그것이 바로 무의식이다. 이러한 관계는 말이나 담화 속에 담겨 있는 무의식적인 과정의 출현을 촉진하는 정도에 따라서 실험적이 된다.

무의식

분석적 시행은 무의식에 대한 개념을 근본적으로 변화시켰다. 무의식은 더 이상 정신적 삶을 개괄해 줄 의식의 부정적인 이면이 아니다. 따라서 무의식은 정신분석의 창립 개념이며, 동시대의 사고思考에 지대한 기여를 하였다고 할 수 있다.

첫번째 이론에서(여기에서는 무의식/전의식/의식이라는 세 가지 체계로 나누어진 정신 현상의 공간적 표현) 프로이트는 무의식의 과정들이 구성하고 있는 다른 논리를 밝히고 있다. 그는 욕망, 그리고 억압과 관계된 무의식의 **역동성**을 연구한다. 그는 심리적 산물 속에서 무의식의 부분을 해독하고 있다.

정신분석에 대하여 우리의 현행 문화가 전달해 주는 개략적인 관념으로부터 벗어나기 위해서는 다음과 같은 프로이트 초기의 저작들을 읽어보는 것보다 좋은 방법은 없을 것이다(《꿈의 해석》·《일상생활의 정신병리 Zur Psychopathologie des Alltagslebens》·《농담과 무의식과의 관계 Der Witz und seine Beziehung zum Unbewussten》).

■ 다른 논리

프로이트는 꿈을 체계적으로 분석하면서 〈무의식에 이르는 왕도〉를 발견하였다. 꿈의 〈드러난 내용〉(우리가 이야기하는 것)과 연상을 분석함으로써 얻어진 〈잠재된 내용〉을 분석하면서 프로이트는 꿈을 만들어 내는 〈심리 작업〉에 대하여 강조하였다. 이것은 의식적인 논리의 비모순율에 따르지도 않지만 그렇다고 해서 전혀 무의미한 것도 아니다. 《꿈의 해석》 안에서 교육적인 방법으로 정의된 특별한 메커니즘에 따르면, 끊임없는 의미의 변화와 변질이 있다.

● 응축: 꿈속에서는 단 한 가지의 요소가 잠재적인 내용과 관련되어 여러 가지의 연상고리를 나타낸다. 그것은 사람일 수도 있고 이미지나 단어일 수도 있다. 이러한 요소는 다원적으로 결정된다. 그러므로 식물학 전공논문의 꿈속에서(《꿈의 해석》〈식물학의 단어는 수많은 관념의 연상이 만나는 매듭이다〉). 또한 우리는 꿈속에서 아는 사람을 보기도 한다(아르마에게 주사를 놓는 꿈속에서의 아르마). 그러나 분석을 해 보면 그 인물은 꿈꾸는 사람의 이야기에 속한 무리와 꿈꾸는 사람 자신(프로이트)을 나타낸다. 또한 아는 사람이 이상한 형태로 꿈에 보이기도 한다. 그 형태는 실제로 여러 사람들로부터 차용한 세부에서 시작하여 〈혼합적〉으로 만들어진다. 그러므로 매번 연상의 덕분으로 이러한 응축에 의미를 주는 알려지지 않은 공통점을 밝혀내야만 한다.

● 전치: 겉보기에는 무의미한 표현에 놀라운 시각적인 강도와 욕정의 양이 집중되어 있다. 사실상 이러한 표현은 연상망에 의해 연결된 다른 표현으로부터 강도와 욕정을 받고 있다. 욕정은 그것을 정당화시켜 주는 원래의 표현과 분리되어 관심을 끌지 않는 다른 표현들로 대체되며, 이것은 원래의 욕정을 이해할 수 없도록 만든다. 〈꿈은

다르게 집중되며, 그 내용은 꿈의 생각들과는 다른 요소들 주위로 배열된다〉. 이와 같이 식물학에 집중된 그의 꿈에 관하여 프로이트는 자신은 식물학에 전혀 관심이 없었노라고 밝히고 있다. 연상들은 에로틱한 뉘앙스로 야망의 경쟁자들이나 어린 시절의 기억을 향한다. 어떤 부분은 엄청나게 중요성을 가지고 있는데, 분석만이 그것을 이해하도록 도와 줄 수 있다.

전치가 우리에게 가르쳐 주는 것은 일차과정(무의식)의 차원에서이다. 거기에서는 욕정과 표현이 결정적으로 관련되어 있지 않다. 욕정은 〈항상 옳다〉. 그러나 한 표현에서 다른 표현으로 슬그머니 바뀐다. 그러므로 전치는 꿈의 형성과정, 특히 응축과정에 항상 존재한다. 프로이트로부터 명확한 예를 인용하기로 하자. 그가 자신의 과장된 눈으로 볼 때는 동료의 생리학적인 발견을 과장되게 격찬하면서 동료의 논문을 읽는다. 다음날 그는 이러한 문장을 꿈꾸게 된다. 〈이것은 진정으로 NOREKDAL의 스타일이다〉. 이 이상한 단어에 대하여 그는 이렇게 말하고 있다.

내가 이 단어를 어떻게 만들었는지를 이해하는 데는 상당한 어려움이 있었다. 이것은 분명 최상급의 패러디였다. 거대하고 엄청난. 그러나 나는 그 단어가 어디로부터 유래했는지를 알지 못하였다. 마침내 나는 이 괴상한 단어에서 Nora와 Ekdal이라는 입센의 유명한 두 극작에 관한 기억을 찾게 되었다. 일전에 나는 어떤 신문에서, 내가 꿈속에서 비판했던 작가가 쓴 입센에 대한 논문을 읽었었다.

— 《꿈의 해석》

〈욕정은 옳다〉. 그는 공격성을 말했지만 입센과 동료, 생리학 논문과 극작이 전치되었으며, 다음에는 자신도 애매모호한 단어 속에 응축되었다. 이제 무의식적인 소망에 대한 분석이 시작될 수 있다.

● 형상화: 무의식적인 사고들은 영상으로 바뀐다. 왜냐하면 꿈이란 꿈꾸는 사람에게 실제의 장면으로 인정되는 시각적인 산물이기 때문이다. 따라서 가장 추상적인 사고라도 영상화된 대치물이 되는 것을 감수해야만 한다. 프로이트가 〈꿈의 형상화 과정들〉을 분석할 때에 그는 종종 그림의 기법을 사용하였다. 이와 같이 논리적인 관계는 삭제될 수도 있고, 연속적인 이미지로 대체될 수도 있고, 어떤 이미지가 다른 이미지로 되기도 하며, 빛의 강도 혹은 표현의 확대, 여러 가지 차원의 조직 등으로 변형될 수도 있다. 문장이나 단어에 대해서 말하자면 그것들은 〈마치 사물처럼 다루어진다〉. 다시 말하면 단어나 문장은 언어에서 가지고 있던 의미로는 쓰이지 않고 꿈의 원초적인 통사론 안에 있는 시니피앙의 요소들처럼 취급된다. 만약 프로이트가 〈상형문자〉나 〈수수께끼〉에 대하여 말한다면 그것은 우연이 아니다.

이러한 꿈의 법칙은 문학적 담화와 거리가 멀어 보일 수도 있다. 하지만 꿈의 법칙은 희극적 기법, 서술적 통사론의 특징, 소설적 기술의 중요성, 메타포의 생성 등을 이해하는 데 도움을 줄 수 있다. 특히 꿈의 법칙은 글쓰기를 순수하게 언어적인 작업(형식주의자)이 아니라, 언어에 의한 상상력, 그리고 상상력에 의한 언어의 작업으로 만들어 준다. 물론 표현과 단순한 현실의 모사를 혼동해서는 안 될 것이다.

● 꿈의 이차적인 가공: 꿈의 작업 중에 이러한 마지막 시행은 좀더 일관성 있거나 납득할 수 있는 〈외관〉을 주기 위한 전의식의 개입에서 기인한다. 전의식은 마지막 순간에 개입하여 꿈을 개작한다. 사람이 자신의 꿈을 이야기할 때도 역시 이와 같은 일이 일어난다. 독서로

부터 기인되는 완전히 짜여진 각본, 깨어 있는 상태의 몽상, (따라서 좀더 통제된) 일반적인 상상작용의 상투적인 유형 등이 종종 사용된다. 따라서 프로이트는 체포, 결혼, 축일의 식사, 왕과 왕비 등의 각본을 예로 제시하고 있다.

우리는 어린 시절부터 우리를 구성하고 있거나 가장 정교한 문화적 산물 속에서 다시 발견되는 이러한 상상력의 모델들을 생각한다. 그러나 프로이트는 완전히 짜여진 이러한 각본과 꿈의 독창적인 산물 사이의 관계에 대한 숙고의 방향을 바꾸어 놓는다. 그는 그것들을 대립시키지 않는다. 그는 그것을 아직도 해석되어야 할 것이 남아 있는 무의식의 산물을 위한 가면이나 은닉 장소로 여기며, 어떤 때는 우리가 그 속에서 읽어낼 수 있는 무의식적인 사고의 상징화로 여기고 있다. 그러므로 우리는 은연중에 문학작품을 보는 다른 두 가지 방식이 나타나는 것을 보게 된다.

● 한편으로는 미학적이고 합리적인 베일이 가식 없는 무의식의 진실을 은폐하고 있다.

● 다른 한편으로는 꿈의 〈드러난 내용〉으로서의 드러난 텍스트는 무의식편에 위치한 〈잠재된 내용〉과 더불어 상징화와 긴밀한 관계가 있다. 예술 창조의 이러한 두 가지 개념들은 항상 경쟁을 할 것이다.

좀더 후에 프로이트는 꿈의 작업은 처음부터 종종 완전히 만들어진 각본을 사용한다고 강조한다. 한편으로 보면 무의식은 이러한 각본들에 의해서 형성되었을지도 모른다. 아니면 적어도 집단적 요소의 형태로만 우리에게 이르게 될 뿐이다. 어쩌면 이차적 가공은 〈단번에 꿈에 대한 사고思考의 토지 위에 귀납적이고도 선별적인 영향력을 행사할지도 모른다〉. 이것은 무의식/전의식/의식이라는 것이 일시적인 연속 요소가 아니고 과학적인 이해를 위한 필수적·논리적 요소라는 말이다. 모든 메커니즘이 동시에 작용할 것이다. 무의식은 원시적인 마그마나 저장고가 아니며 일상생활, 상상과 창작생활에 있어서 갈등적으로 항상 존재하는 인간 심리의 활동일 것이다.

결국 〈꿈은 무의식 속에 있는 욕망의 왜곡을 재생하고 있을 뿐이다〉. 왜 그럴까?

■ 욕망과 억압

프로이트는 무의식의 역동적 이론을 제안한다. 그것은 그가 꿈을 〈억압상태의 욕망을 심리적으로 배출시키는 것〉으로 여기기 때문인데, 이러한 욕망의 실현은 〈가장된 실현〉에 불과하다. 왜냐하면 만족을 추구하는 무의식적인 욕망은 의식의 검열, 심지어는 한편으로 전의식과도 부딪치게 된다. 그러므로 모든 심리적 산물은 욕망의 힘과 의식의 억압 능력 사이에서 타협된 형성물이다. 우리는 〈심리적 갈등〉이 매우 중요한 개념이라는 것을 이해하고 있다. 그것은 욕망과 금지, 무의식적 욕망과 의식적 욕망, 무의식적 욕망들(예를 들면 성적 · 공격적 욕망) 사이의 갈등이다. 이러한 갈등은 연상 작업 안에서도 계속된다. 프로이트는 잠재적인 생각들이 자신에게조차 얼마나 낯설고, 고통스럽고, 인정할 수 없을 정도로 창피하게 보이는지, 그리고 가장 큰 저항을 불러일으킨다는 사실을 종종 지적해 준다.

메타 심리학에 그 과정이 자세하게 기술되어 있다. 〈욕망의 움직임은 그 본질에 있어서 무의식의 충동적인 욕구를 나타내며, 전의식에서는 꿈의 욕망(욕망을 성취한다는 환상)으로 이루어진다〉. 성적 혹은 공격적 충동의 압력하에서 어린 시절의 장면, 모든 종류의 최근의 기억들, 문화로부터 기인된 표현과 상징의 총체는 이미 전의식 상태에서 동기가 주어지고 구성된다. 그와는 반대로 일상생활의 사건, 들은 말, 독서가 무의식적인 충동을 일깨우는 경우가 있다. 무의식적인 충동은 이런저런 심리적 형성물을 불러일으키면서 억압으로부터 발산되기 위해서 그러한 사건들을 이용하기도 한다. 그러므로 무의식의 직접적인 산물도 없고, 더구나 무의식을 직접 읽을 수도 없으며, 무의식을 자동으로 번역하는 체계도 없다. 하지만 너무나 많은 문학비평가들이 이 점을 잊고 있다.

프로이트에게 있어서는 동일한 과정과 동일한 갈등이 모든 심리적 형성에 나타나고 있다. 비록 이러한 산물이 명확하게 같지는 않지만, 그것은 꿈·오류·실수·징후·예술 창조들이다. 그것들 모두에 공통되는 구조는 환상이다. 〈이러한 상상의 각본에는 주체가 존재하며, 그 각본은 방어과정에 의해서 다소간 왜곡된 방법으로 욕망의 성취, 궁극적으로 무의식적 욕망의 성취를 상징한다〉(《정신분석 어휘집 *Vocabulaire de la psychanalyse*》, 라플랑슈와 퐁탈리스). 우리는 이미 몇 번이나 욕망의 조직적인 각본을 환기한 바 있다. 그러나 문학적인 독서에 있어서 그 개념은 너무나 조작적이기 때문에 우리는 우리의 연구의 맥을 따라서 다시 그리로 돌아가야 할 것이다.

해 석

〈우리는 정신분석의 특징을 그 해석, 다시 말해서 소재의 잠재적 의미를 분명하게 드러내는 것으로 볼 수 있다〉, 〈해석은 방어적 갈등의 양태를 밝혀 주고, 궁극적으로 무의식의 모든 산물 속에서 형성되는 욕망을 대상으로 한다〉(《정신분석 어휘집》, 라플랑슈와 퐁탈리스).

정신치료에서 해석은 역동적인 역할을 하는데, 우리는 여기에서 치료에 있어서의 해석의 기술적 문제를 다루지는 않을 것이다. 다만 우리에게 중요한 점들에 대하여 강조할 뿐이다.

• 분석자에게는 **모든 담화가 애매모호하다.** 거기에는 의식적·무의식적인 의미화와 과정들이 연결되어 있기 때문이다.

• 사람들은 정신분석을 **탐정의 작업**과 비교할 수 있을 것이다. 눈에 띄지 않거나 무심하게 넘겨진 미지의 징후들을 수집하고 선별해서, 그것들 사이의 관계 그리고 가장 명확한 징후들과 관련지어 보고, 타당성 있고 효과적인 해결책을 찾기 위해 그것들을 편성한다.

이러한 두 경우에 있어서 모든 것은 징후가 될 수 있다. 몸짓·말·어조 같은 사건에 대한 여러 가지 설명들 사이의 일치점과 변조·누락·여담·고백처럼 보이는 거부 등이 모두 징후가 될 수 있다. 이 두 경우에 있어서 우리는 이야기를 재구성한다. 또한 그 법규를 정의하는 데 어려움이 남아 있기는 하지만 진실을 향하게 된다.

• 해결책이 **알고자 하는 욕망**을 결정적으로 진정시키기는커녕 더욱 격심하게 만든다는 사실에 주목해야 할 것이다. 이번에는 중단된 채 놓아두었던 요소들을 해석하기로 하는데, 이러한 요소들은 우리로 하여금 타인의 해석을 수정할 수 있도록 해 준다. 문학비평에 나타나기 전에 이러한 현상은 정신분석 텍스트들 속에서 명백하게 보인다. 정신분석에서는 동일한 경우가 10개 정도의 예로 다르게 재해석될 수 있다. 결국 우리는 끊임없이 우리 자신의 해석을 수정하고 있는 것이다. 왜냐하면 어떤 의미도 구체적인 말이나 체험·상상의 의미화의 가능성을 철저하게 규명시킬 수는 없기 때문이다.

• 《데바 *Débat*》에 실린 논문에서 긴즈버그는 정신분석을 〈징후〉, 혹은 〈흔적〉·〈기호〉의 해석에 근거한 학문의 〈기호학의〉 체계들 중의 하나로 설정한다. 임상의학·역사·경찰의 수사와 더불어……텍스트의 주석으로 보고 있다. 이러한 학문의 양식은 그 독자성에 있어서

항상 고려되고 있는 대상들을 개별화시켜 준다. 따라서 양적인 학문과는 반대로 〈간접적이고 징후적이고 추측에 바탕을 둔 학문〉이 문제시되는 것이다(기호·흔적·종적). 이러한 판단에 경멸의 뜻은 없다. 긴즈버그는 인문과학의 〈난처한 양도논법兩刀論法〉(딜레마)을 강조하고 있다. 즉, 〈중요한 결과에 이르기 위해서는 약한 과학적 규칙을 차용하고, 별로 중요하지 않은 결과에 이르기 위해서는 강한 과학적 규칙을 적용하라는 것이다〉.

정신분석은 이러한 두 위치 사이에서 망설이고 있다. 우리 입장에서는 여기에서 이러한 규칙으로 해석의 새로운 이론과 기술을 만드는 가설과 조작 개념을 설명하기로 선택하였다. 우리는 공통적인 규칙과 이론들을 가질 수 있다. 해석하는 주체를 퇴장시키기는 불가능하다.

정신분석적 독서

■ 정신분석 문학비평은 해석비평이다

정신분석=심리분석, 소위 텍스트 분석이라고 말한다. 우리는 어떤 방식의 특성을 강조하기 위해서 신조어가 많이 생겨나는 것을 보게 될 것이다. 〈심리분석비평〉·〈기호분석〉·〈텍스트 분석〉·〈심리분석 독서〉 등이 그러한 예이다.

양탄자 속의 그림: 작가는 장인匠人처럼 자신의 텍스트를 눈에 보이는 의도적인 이미지들로 짠다. 그러나 그 씨실은 또한 눈에 보이지 않는 무의지적인 것을 그리고 있다. 실의 교차 속에 숨겨진 이미지, 그것이 작품의 비밀이다(작가에게나 독자에게나). 해석에는 함정이 있다. 왜냐하면 이러한 이미지는 도처에 있는 동시에 그 어디에도 없기

때문이다. 사실상 가능한 이미지들은 엄청나게 많고, 명백하게 끝난 텍스트도 독서할 때에는 무한한 변형의 장소가 된다. 우리가 보기에 진정한 함정 같은 시력조사표를 생각해 볼 수도 있다. 마찬가지로 상상력·말·독서자나 관람자에게도 활동의 도움을 기대할 수 있다.

■ 정신분석비평은 해석의 특별한 실행이다

이 점에 있어서 정신분석비평은 부분적이며, 다른 비평 형태와 관련하여 볼 때 그 한계를 받아들여야만 한다. 정신분석비평은 매번 그 선택과 목적과 방법을 정해야 한다. 이렇게 함으로써 우리는 바벨 탑을 떠날 수 있을 것이다!

■ 분석비평은 변형의 실행이다

그러나 〈변이〉는 〈작가의 구조나 작품이 아니라 읽혀진 작품 구조〉와 관련이 있다. 그리고 〈비평은 해석된 담화의 주체와 그 해석을 받아들이는 자 사이에서 함정에 빠져 있다〉(〈읽혀진 작품〉, 스미르노프). 다시 말하면 작가와 비평작품의 독자 사이에서 잔퇴양난에 빠져 있는 셈이다. 이러한 상황이 긴 의자와 안락의자 사이의 상황과 얼마나 다른 것인가를 보게 될 것이다.

사람들은 치료 장면과 독서 장면 사이에 무수한 차이점을 지적한 바 있다. 사적인 말/공적인 저작, 비조직적인 말/공들인, 심지어는 계획된 저작, 신체적인 가까움/역사적인 것을 포함한 거리감, 해석을 확립하고 시험하기 위한 자유연상의 존재/부재들이 바로 그 차이점이다. 작가가 그의 상상적이거나 실제적인 독자에게 요구하는 것은 분석자가 그의 정신분석자에게 요구하는 것과 다르며, 독자의 기대는 정신분석자의 기대와 다르다는 것을 덧붙이도록 하자. 마지막으로 라캉이 말한 것처럼, 정신분석자들이 〈상징의 전문가〉(《작품집》)라면 작가들에 대해서는 무엇이라고 말할 수 있을까?

우리가 문학 텍스트의 특성, 그 생산의 특성, 그리고 텍스트 주위에 연결되어 있는 상호 주체적인 관계의 독창성에 유의하면 할수록, 엄격하게 분석적 상황에 관련된 방법을 독서를 위하여 어떻게 적용해야 할 것인가에 대하여 자문하게 될 것이다.

2. 문학에 대한 정신분석의 도전

문학 텍스트는 임상과 이론 사이에서 중개자의 역할을 하였다. 생겨나는 가설들을 명확하게 해 주고, 그 가설들을 지지하고, 마침내 의료 영역에 한정되었던 특이한 발견들을 보편화시켜 준다. 가장 놀랄 만한 예는 프로이트의 〈오이디푸스 콤플렉스〉의 고안이다. 우리는 또한 라캉이 포의 소설을 가지고 무의식에 있어서 〈편지〉의 기능을 이론화시킨 〈도둑맞은 편지〉를 살펴보게 될 것이다.

그러나 문학 텍스트는 좀더 분명하게 학설의 특이한 양상을 검증하거나 밝히기 위해서 정반대의 언급을 사용할 수도 있다.

프로이트와 오이디푸스 콤플렉스의 발견

오늘날 어머니에 대한 근친상간적인 욕망과 아버지를 살해하고자 하는 욕망인 오이디푸스 콤플렉스에 대한 최소한의 정의를 누가 무시할 수 있겠는가? 이론적인 대혼란에 빠진 프로이트는 소포클레스의 비극 《오이디푸스 왕》을 기억해 내었다. 그 작품은 이 두 가지 욕망과 처벌의 실현을 명백하게 보여 준다. 그것은 구원이다. 프로이트는 마침내 어린 시절에 대하여 인정된 개념들, 인성과 인간의 욕망의 구조를 뒤엎을 만한 개념을 구축할 수 있었다. 그러나 작품의 편에서 볼 때 사라진 사회의 이러한 작품은 현대 서구 문화 속에서 예외적이고도 뜻하지 않은 힘과 자리를 되찾게 된다. 그 다음부터 사람들은 쉬지 않고 그 작품을 다시 읽고 있다.

프로이트는 네 가지 다른 요소들을 관련짓고 있다. 환자들의 연상, 자신의 연상, 《오이디푸스 왕》과 《햄릿》. 이러한 이질적인 총체가 한 가지 수렴의 주위에 구성된다. 프로이트는 수많은 차이를 통하여, 부모에 대해 적대적이면서도 애정적인 욕망의 동기가 반복되는 것을 찾아낸다.

존스의 《햄릿과 오이디푸스 *Hamlet and Oedipus*》의 저자 서문에서, 스타로뱅스키는 프로이트적 사고의 움직임을 다음과 같이 요약하고 있다.

- 자아自我, 그것은 오이디푸스와 같다.
- 그러므로 오이디푸스는 우리였다.
- 햄릿, 그는 억압된 오이디푸스이다.
- 햄릿, 그는 내가 일상적으로 돌보아야 하는 신경증 환자요, 히스테리 환자이다.

■ 프로이트는 오이디푸스 왕에 대해 말한다
프로이트에게는 비극에 대한 체계적인 독서가 존재하지 않는다. 스타로뱅스키의 서문은 프로이트가 그의 이론적인 관심에 따라 《오이디푸스 왕》과 《햄릿》에 바친 저작에 대해 처음으로 행한 완벽한 연구이다. 우리는 여기에서 그의 견해 가운데 몇 가지를 다시 생각해 보기로 한다.

• 《오이디푸스 왕》과 함께 프로이트는 자신이 환자들과 더불어 공유하는 개인적인 욕망에 대한 〈비개성적이고도 집단적인 표현〉을 발견한다. 〈신화적인 패러다임은 새로운 가설의 필연적 귀결인 동시에 그 보편성의 보증으로 보인다〉. 그러나, 오이디푸스가 우리의 현대 문화적인 상황 속에 들어왔기 때문에 변치 않는 이러한 보편적인 가치를 부여받은 사실을 어떻게 잊을 수 있겠는가. 꿈·징후·분석의 말·다른 예술작품 등이 그 보편성을 보증하는 새로운 망을 형성한다.

• 비극의 주인공은 우리가 잊었었고, 또한 우리들 속에서 잃어버린 어린 시절의 욕망에 대한 상징적인 인물이 된다. 오이디푸스에서 주인공을 촉진시킨 것은 어린 아이이다. 프로이트가 극의 의미를 변화시키고 있는 점도 바로 그 점이다. 〈오이디푸스는 무의식을 가지고 있지 않다. 그가 바로 우리의 무의식 자체이기 때문이다. 나는 우리의 욕망이 감싸고 있는 중요한 역할 중의 하나를 의미하는 것이다〉.

• 비극의 주인공은 이중적인 지위를 가지고 있다. 그는 조사의 주체인 동시에 객체, 즉 〈조사를 받는 조사원〉이다. 비극의 움직임은 놀라운 진실을 알아보지 못함과 알아봄이라는 이중적인 작업을 구성한다. 내가 추적하고 있는 범죄자는 바로 나 자신이다. 프로이트는 자신을 오이디푸스와 동일시하고 있으며, 정신분석을 맹목에 사로잡힌 진실의 고통스러운 추구와 동일시하고 있다. 거기에서 사람들은 자신

속에 들어 있는 미지의 타자와 직면하게 된다. 주체는 항거할 수 없도록 나누어진다.

프로이트는 소포클레스와 자신을 동일시하며, 자신이 이론에 있어서 그러했던 것처럼 비극에 있어서도 소포클레스가 자신의 존재와 태생, 그리고 내력을 묻는 한 인간의 모험을 구성할 수 있으리라고 생각한다.

■ 프로이트가 햄릿을 읽는다

프로이트는 다음과 같이 쓰고 있다.

위대한 비극 가운데 다른 하나인 셰익스피어의 《햄릿》은 《오이디푸스 왕》과 동일한 근원을 가지고 있다……《오이디푸스 왕》에서 어린 아이가 품고 있는 소유자 불명의 환상-욕망들은 드러나고, 꿈에서처럼 실현된다. 《햄릿》에서는 환상-욕망들이 억압된 채로 남아 있다. 우리는 신경증에 있어서 그 욕망들이 일으키는 금지 효과에 의해서만 그 존재를 알 수 있다. 이 드라마가 항상 상당한 영향력을 행사해 온 반면에, 우리는 주인공의 성격에 대하여 특이한 사실을 명확하게 볼 수는 없었다. 이 극은 자신이 해야 할 복수에 대한 햄릿의 주저에 근거하고 있다. 텍스트는 햄릿이 주저하는 이유가 무엇인지 그 동기가 무엇인지 말하지 않는다. 그 텍스트를 해석하는 수많은 에세이에서도 이유를 발견할 수가 없었다……대체 무엇이 아버지의 망령이 햄릿에게 준 임무를 이루지 못하게 하는가? 이것이 바로 임무의 본질이라는 사실을 인정해야만 한다. 햄릿은 행동할 수 있다. 그러나 햄릿은 그의 아버지를 몰아내고 어머니 곁에서 아버지의 자리를 차지한 남자, 어린 시절에 억눌려 있던 욕망을 실현시킨 남자에 대해 복수할 수가 없었다. 햄릿으로 하여금 복수하도록 부추기던 공포는 후회와 양심의 가책으로 대체되었으며, 좀더 자세히 살펴보면 자신이 벌 주고자 했던 죄인보다 그 자신이 더 나은 사람은 아니라는 생각이 들었던 것 같다. 나는 주인공의 영혼 속에 무의식적으로 머물러 있는 것을 의식적인 용어로 해석하였다. 만일 햄릿이 히스테리 환자라고 말한다 하여도 그것은 나의 해석의 결과들 중 하나에 불과할 것이다. 오필리아와의 대화에서 드러나는 성욕에 대한 혐오는 이러한 징후와 일치한다.

──《꿈의 해석》, P.U.F., 1967.

그 다음 프로이트는 셰익스피어의 인성人性에서 햄릿의 근원을 찾는다.

이 텍스트는 오늘날 사람들이 〈응용 정신분석〉에 대하여 비난하는 모든 것을 제공하고 있는 것 같다. 인물에 대한 심리적인 연구, 임상적 판단, 작품을 세밀하게 읽지 않고 내린 해석, 저자와 인물의 동일시 등이 비판되었다. 하지만 가장 치밀한 독서조차도 이 분석의 정당성을 다시 문제삼지 못하였다.

우리는 정신분석 창시의 순간에 있는 것이지 인습의 시대에 있는 것은 아니다. 《햄릿》은 자가-분석과 너무나 긴밀하게 연결되어서 프로이트는 이러한 해석을 만들어 낸 연상 작업을 우리에게 제시할 수 없을 정도였다. 왜냐하면 햄릿은 프로이트의 히스테리 환자일 뿐만 아니라(스타로뱅스키), 자기의 〈신경증〉(névrotica)에 사로잡힌 프로이트 자신이기 때문이다. 셰익스피어는 자신의 아버지가 죽은 후에 《햄릿》을 썼다고 프로이트는 말하고 있는데, 프로이트 자신은 그의 아버지가 죽은 1년 후에 햄릿을 해독하고 자신 속에서 스스로를 해독하였다……

프로이트가 그의 해석 속에 남겨둔 자신에 대한 개인적인 암시는 정신분석의 해석에 가장 풍성한 길 가운데 하나를 열어 주었다. 문학 작품은 징후도 아니고 분석의 말도 아니며, 우리에게 잃어버린 무의식적인 심리상태에 대한 상징화된 형태를 제공해 준다.

결국 〈억압의 회귀〉에 근거한 비극(《오이디푸스 왕》)은 억압에 근거한 다른 비극(《햄릿》)의 이해를 도와 준다. 만일 오이디푸스가 무의식이라면 햄릿은 오이디푸스가 상징하는 무의식을 가지고 있다. 역으로 《햄릿》은 그 자체가 히스테리적인 억압의 〈전형〉이 되기 전에 보편적인 설명의 원리로서 《오이디푸스 왕》의 진리에 대한 증거이다. 이러한 작업은 하나의 텍스트에 의해 다른 텍스트를 설명하려는 방법의 시초가 된다.

이와 같이 《오이디푸스 왕》과 《햄릿》은 프로이트의 과거와 그의 환자들 사이에서 〈중재적 이미지〉가 된다(스타로뱅스키). 그 작품들은 또한 프로이트와 프로이트 사이의 〈중재적 이미지〉이기도 하다. 그 작품들이 〈공통적인 언어의 보증〉이라면, 또 우리의 문화 속에 점차로 이러한 새로운 공통의 증거를 부과하게 될 것이라면, 그 작품들은 프로이트와 우리들 사이의, 우리들과 우리들 사이의 〈중재적 이미지〉가 될 것이다.

문학 텍스트의 이러한 중재적 기능은 중요하다. 문학작품은 그것이 살아 있을 때, 다시 말하면 읽혀질 때에만 그러한 기능을 완수할 수 있다. 즉, 문화적·역사적 거리에도 불구하고 독자와 대화가 되는 그러한 독서를 의미한다. 그 양식이 어떻든간에 이러한 독서는 항상 〈창조적 왜곡〉이다(《문학의 사회학 La Sociologie de la littérature》, 에스카르피).

라캉과 포의 〈도둑맞은 편지〉

〈도둑맞은 편지〉에 대한 세미나(《작품집》)는 어려운 텍스트이다. 정신분석에 구조언어학의 모델을 도입하면서 라캉은 상호 주체적 관계를 조정하는 법칙들과 무의식에 대한 새로운 이론을 고안하고자 한다. 사실상 그는 무의식, 상호 주체성, 진실과의 관계에 대한 논리를 찾고자 한다. 1956년에 그는 유명한 뒤팽이 성공적으로 해 낸 경찰의 수사, 포의 텍스트(《오이디푸스 왕》과 《햄릿》 다음에 오는 작품)의 독서 덕분에 그 논리에 이른다고 생각한다.

포의 이야기는 꿈이나 환자의 연상, 혹은 프로이트처럼 기록하는 정신분석자와 관계가 없다. 라캉은 자신의 논리를 만들기 위해 텍스트의 두 가지 유형과 관계를 맺고 있다. 하나는 프로이트의 것(이론)이고, 다른 하나는 포의 것(허구)이다. 그는 이 두 가지 유형과 더불어 그 〈진실〉을 추출해 내기 위해서 생각한다. 그는 자신이 가르치고 싶은 〈진실을 밝혀 줄 수〉 있는 이야기를 가지고 프로이트의 텍스트를 다시 생각하고 있다. 이야기의 위상은 애매모호한 채로 남아 있다. 그러나 그렇다고 해서 이 수수께끼에 대해 다른 해결책을 찾기 위한 뒤팽의 수사를 다시 해 보는 것으로 만족하지 못하는, 이러한 연구의 흥미를 조금도 감하지 않는다. 해결책은 수수께끼와 수사의 법칙을 찾고 있다.

■ 상호 주체성의 드라마
이야기 속에서 라캉은 줄거리를 이루는 두 장면을 추출한다.

● 첫번째 장면은 왕실의 규방에서 일어난다. 왕비가 한 통의 편지

를 받고 왕이 들어온다. 왕비는 편지를 〈수신인의 주소가 위에 오도록 뒤집어서〉 탁자 위에 올려놓는다. 장관은 왕비가 당황하는 것을 보고 그 원인을 알아차리며, 동일한 편지를 주머니에서 꺼내어 왕비의 편지와 바꿔치기한다. 왕비는 장관의 절도 행위를 보고 있지만 아무런 조치도 취할 수가 없다. 왕비는 장관이 그 편지를 가지고 있다는 사실을 알고 있으며, 장관 또한 왕비가 그 사실을 알고 있다는 것을 알고 있다.

● 두번째 장면은 장관의 사무실에서 일어난다. 경찰이 그 편지를 되찾기 위해 장관의 방을 수색하지만 허탕을 친다. 뒤팽은 장관에게 자신의 방문을 알리고, 초록색 안경 뒤에 눈을 감추고, 벽난로 한가운데에 매달려 있는 편지함 속에서 모든 사람의 눈에 띄도록 구겨져 있는 편지를 알아본다. 그는 다음날 다시 오고, 장관의 관심을 돌릴 만한 사건을 일으키게 한 후 그 틈을 이용하여 편지를 훔친다. 장관은 자신이 더 이상 편지를 가지고 있지 않다는 사실을 모른다. 하지만 왕비는 그 사실을 알고 있다. 뒤팽은 장관에게 편지가 없다는 사실을 알고 있으며, 그 편지를 장관이 빈정거린 편지와 바꾸어 놓고 장관이 자신의 패배를 발견하게 될 순간을 기다린다. 그 편지는 왕비에게로 돌아갈 것이다.

라캉은 인물들의 심리에 대한 연구를 완전히 무시하고 구조적인 독서에 착수한다. 그는 두번째 장면을 첫번째 장면의 반복으로 분석하고 있다. 편지를 둘러싼 절도, 즉 같은 사건에 연루된 세 명의 인물에 대한 동일한 체계. 라캉은 이것을 획득한 다음에 논리적인 구조화를 추구한다.

■ 진실에 대한 관계의 논리

라캉은 우선 시선의 움직임을 분석함으로써, 보는 것=아는 것이라는 등식에 따라 진실에 대한 주체의 여러 가지 위치를 정의하고 있다.

따라서 세 인물에 의해 유지되는 세 시선을 배열하는 세 가지 시제는 매번 다른 인물들에 의해 구현된다.

첫번째, 아무것도 보지 못하는 시선이 있는데, 그것은 왕과 경찰이다.

두번째, 첫번째가 아무것도 보지 못한다는 사실을 알고 있으며, 자기가 감춘 것이 안전하다고 착각하는 시선이다. 여기에는 왕비와 장관이 해당된다.

세번째, 이 두 시선에 대해 그들이 감추어야 할 것을, 그것을 빼앗으려고 하는 사람에게 드러내고 있다는 사실을 알고 있는 사람이다. 여기에는 장관, 결국은 뒤팽이 해당된다.

우리는 이와 같은 엄밀한 체계 속에서 두 가지 요소가 사라졌음을 발견하게 된다. 장관과는 다르게 왕비는 자신에게서 편지를 훔쳐가는 것을 보고-안다. 그녀는 또한 완전히 다른 정보이기는 하지만 뒤팽이 제2의 장관이 아니며, 그녀에게 편지를 가져다 줄 것이라고 알고 있다. 따라서 그녀는 진실과 싸우고 있는 주체를 정의하는 것으로 여겨지는 이러한 시리즈에 전적으로 속한 것 같지 않다. 처음부터 끝까지 장님이나 다름없는 왕은 마치 무대 밖에 있는 것처럼 상당히 애매모호하게 남아 있다.

■ 상호 주체성의 논리

라캉은 한 장면에서 다른 장면으로 왕비·장관 그리고 뒤팽이 같은 장소에 편차를 두고 교대로 나타나는 것을 지적한다. 편지(시니피앙의 상징이며, 알파벳의 글자)는 돌아가면서 고정된 몇몇 장소의 내부에서 인물들을 순환시킨다. 어느 누구도 편지의 소유자가 아니다. 이러저러한 지위를 부여받는 것은 편지를 소지했는지 아닌지에 달려 있다. 이 사실은 〈주체가 시니피앙의 행로로부터 받는 것은 중요한 결정〉임을 입증한다. 모든 주체는 그 자신을 초월하고, 그의 위치를 정의해 주는 〈상징적 질서〉에 종속되어 있다. 〈타고난 재능, 사회적인 경험, 성격, 성이 무엇이건간에〉 그러하다.

이 모든 것은 매우 추상적이다. 그러나 만일 편지가 〈팔루스〉(phallus) 혹은 〈여성의 거대한 육체〉(남근화된 혹은 남근의 부재를 상징하는)를 나타낸다고 가정하면 모든 것은 훨씬 더 명확해진다. 이 두 장면은 거세 콤플렉스의 주위에서 형성된 오이디푸스의 이야기를 구조화한다. 세 가지 위치: 아버지·어머니·아이. 사실상 왕비와의 (거의 분석되지 않은) 거래에 의해 장관은 불성실한 아들로, 뒤팽은 결국에 가서 최초의 좋은 질서를 바로잡아 주는 성실한 아들로 이동하고 있을 뿐이다. 그들은 주체의 유일한 (이분된) 모습이다.

사실상 라캉은 여기에서 무의식적인 담화의 특이성에 대한 모든 분석을 거부하고 있다. 그것은 저속한 상상적인 포장에 불과할 것이다. 하지만 이러한 특이성은 논쟁의 기초가 된다. 데리다는 〈진실의 요소〉에서 라캉의 세미나가 마리 보나파르트가 행한 포에 대한 연구의 구체적인 점들을 얼마나 가져다 쓰고 있는가를 강조한다. 라캉은 남근을 중심으로 상호 주체성의 일반적인 법칙을 정의한다. 왕은 남근으로부터 부여받은 권력을 장악하고 있다. 그것을 왕비에게 맡긴다

하여도 왕비는 그 힘을 지니지 못하며, 단지 전달할 능력만 있을 뿐이다. 왕비는 〈신하〉로서 왕에게 맹세한 서약(결혼 서약)에 충실해야만 한다. 장관은 편지를 소지함으로써 자신이 매우 막강하다고 여긴다. 그러나 그는 〈여성화되고 있다〉. 그리고 뒤팽은 왕비에게 편지를 되돌려 줌으로써만 이 운명에서 빠져나올 수 있다. 우리는 무의식 속에 기입된 이 법칙이 가부장제 사회의 법칙들과 조화를 이루고 있음을 알 수 있다. 이 법칙은 또한 가부장제 사회의 보편적인 필요성을 보증해 준다. 이 이야기를 읽은 덕분에 라캉은 친족의 질서 안에 있는 주체의 일반적인 논리를 만들기 위해서 오이디푸스를 변형시키고 있다.

■ 무의식의 논리

라캉에게 〈무의식은 언어처럼 구조화되어 있다〉(《작품집》). 말하자면 랑그(langue)처럼 구조화되어 있다. 그러므로 한정된, 그러나 복수이면서도 그들 사이에서 차별적으로 관계를 맺고 있는 요소를 가지고 무한정한 결합을 기대하고 있다. 언어학에 있어서 각자는 타인의 부재, 그리고 타인에게 결핍되는 것의 현존에 의해 나타난다. 여기에 더 나은 것은 없다. 무의식은 더 이상 개인을 특징짓는 욕망과 욕정 같은 시니피앙의 특이한 조립이 아니다. 편지·시니피앙·욕망의 유일한 대리자인 팔루스가 있는데, 팔루스는 그것을 지배한다. 정신분석은 성욕의 유일하고도 〈분할할 수 없는〉 상징인 페니스나 팔루스의 우세함을 긍정하는 것에 근거한다. 여기에서 무의식은 팔루스(편지)의 현존과 부재라는 반복적인 교대에 따라 (마치 기계처럼) 작동한다.

이야기는 〈이러한 모험에도 불구하고 항상 목적지에 도달한다〉는 순환적인 특성을 덧붙이면서 이러한 체계의 불가피한 기능을 드러내

줄 것이다. 왕비가 소지하고 있던 편지는 왕비에게로 돌아온다. 그러는 동안에 편지는 왜곡되거나 미결된 채로 있게 된다. 그러나 편지의 행적은 그것을 출발점으로 되돌려 준다. 편지의 유일한 역사는 이러한 도둑질과 횡령과 원래 있어야 할 곳으로의 회귀의 끝없는 반복이다. 논리적인 질서에서 최초의 발신자, 왕비의 당황, 편지와 그 메시지의 다양성에 대한 망각을 전제로 하는 질서로 돌아간다. 게다가 이 〈돌아가는 길〉은 〈벽난로 발치〉의 왕비(여자의 다리)에게서 장관의 집무실로 간다. 소위 여성적인 거세를 둘러싸고 벌어지는 남성적인 오이디푸스의 환상적인 유위 전변은 이러한 분석을 만들게 되는데, 이 분석은 상징적인 〈우화의 모럴〉 법칙으로 화한다.

이러한 라캉의 논리 위에 정신분석적인 읽기를 확립하는 것은, 만일 세미나에서 다루고 있는, 행간에 존재하는 최초의 해독 작업을 무시한다면 아무런 소용이 없을 것이다.

문학과 이론의 테스트

《그라디바 *Gradiva*》의 책머리에서 프로이트는 시인에 대해 말하면서 다음과 같이 적고 있다. 〈우리는 같은 샘에서 길어내고 같은 반죽을 하는데, 각자 우리에게 고유한 방법으로 하고 있다〉. 우리가 방금 살펴본 두 가지 분석은 비록 다르게 발전되기는 하였지만 문학작품이 무의식에 관한 동일한 지식을 지니고 있음을 인정한다. 문학과 정신분석 텍스트는 상호적으로 서로 밝혀 준다. 그러나 이 놀랄 만한 두 가지 방식의 만남이 만들어 낸 진리 효과에 의해 관심이 야기될 정도로 문학적 작업의 특수성이 고려되질 않았다.

정신분석적 발견의 비약에 있어서, 신화와 문학은 이론을 수립하고

테스트하고 정당화하는 데 상당한 역할을 한다. 《빈 사회의 기록 *Les Minutes de la société de Vienne*》은 무질서하지만 생생하고 창의력이 뛰어난 이러한 독서의 팽창을 보여 주고 있다. 예를 들면 우리는 오토 랑크의 《영웅의 탄생 신화 *Der Mythus von der Geburt des Helden*》·《분신에 대한 연구 *L'Etude du double*》·《동 쥐앙 *Don Juan*》을 항상 열정을 가지고 읽는다. 《출생의 외상 *Das Trauma der Geburt und seine Bedeutung für die Psychanalyse*》을 셈에 넣지 않더라도 그러하다. 랑크는 이 책에서 오이디푸스 콤플렉스로부터 출발하지만 심리적인 삶의 최초 시기의 중요성을 발견함으로써 그 우위성을 거부한다. 사람들은 〈검증하거나〉, 〈예시하기〉 위해서 책을 읽는다. 그리고 다른 것을 발견한다. 그것은 바로 아직 개념이 확립되지도 않았고 서열도 정해지지 않았기 때문이다. 문학은 아직도 표류하는 임상적인 직관에 상상적인 형태·상징화·말을 제공하고 있다.

그렇지 않으면 사람들은 독서의 즐거움에 빠진다. 마찬가지로 프로이트는 젠센의 《그라디바》에서 자신의 꿈과 망상에 대한 이론을 〈검증하려고〉 결심한다. 그는 이중 의미를 가진 담화의 실행 위에 소설 전체를 확립하는 기술을 발견한다.

3. 연구 대상으로서의 문학작품

이번에는 문학 텍스트가 임상학과 이론 사이에서 더 이상 중개적인 역할을 하지 않는다. 작품과 독자 사이에서 **중개자** 역할을 하는 것이 바로 정신분석이다.

작품의 위상 / 작가의 위상

이 두 위상은 함께 놀랄 만한 변이를 겪는다. 젠센의 《그라디바》에서의 망상과 꿈 가운데 한 페이지는 이러한 관점으로 보면 시사적이다. 서두에서 프로이트는 시인들(=창조자)의 우월성을 확증한다.

영혼에 대한 지식에 있어서 그들이 우리의 스승이다……왜냐하면 그들은 우리가 과학으로는 아직 접근하지 못한 샘물에서 물을 마시고 있기 때문이다.

끝에 가서 이 관계는 역전된다. 소설을 분석하는 것은 아마도 꿈에 대한 우리의 지식에 아무런 보탬이 되지 않을 것이다. 반대로 그것은 〈시적인 창작의 본질에 대해 약간의 통찰력을〉 가져다 줄 수 있을 것이다. 그러나 우리가 2장에서 제시했던 것(태도는 다르지만 〈결과의 일치〉라는 명목하의 문학적 시행과 분석적 시행의 동등성)과 이미 모순되는 이러한 두 의견을 어떻게 화합시킬 수 있을까? 다음에 인용할 페이지에서 답이 제시될 것이다.

사실상 프로이트는 이 두 유형의 지식 사이에 위계를 세움으로써 복종에서 지배로 넘어가고 있다. 작가들은 〈보여 주는 데 그치고 있으며〉, 바로 거기에서 정신분석자는 〈발견한다〉. 즉, 아는 사람은 있으나 자신이 알고 있다는 사실을 모른다. 반면에 그의 지식을 사용하는 사람이 있다. 라캉은 《롤 스타인의 황홀》의 작가 마가리트 뒤라스에

경의를 표하며〉에서 이러한 위계적인 관계를 잘 요약하고 있다. 〈그녀는 내가 가르치는 것을 내가 없어도 알고 있음이 분명하다〉. 그는 〈결과의 일치〉에 놀라고 있으며, 뒤라스(여자이면서 작가)가 분석적 이론이 알지 못하는 어떤 것을 알 수 있다는 사실이 그에게는 생각할 수도 없었던 일로 보인다. 이제는 욕망과 무의식의 유일한 교사인 정신분석자가 아니면 누가 이러한 〈일치〉를 결정하는가?

프로이트에 따르면 분석자는 〈법칙을 판별하고 표현하기 위해서 타인의 비정상적인 심리적 과정을 의식적으로 관찰〉할 필요가 있다. 자가-분석은 사라진다. 학자와 타인, 즉 지식의 대상이 있다. 예술가는 저절로 아는 것에 몰두한다. 다시 말하면 〈예술가는 우리가 타인들을 통해서 배우는 것을 자신의 내부에서 터득한다〉. 이러한 은근한 경쟁심은 의사와 신경증 환자 중간쯤의 불확실한 지위에 있는 〈시인〉에게 돌려진다. 우리는 시인을 매우 중요시하기 위해 이러한 미숙한 학문을 거부할 수도 있다. 어떤 환자에게는 글을 쓴다는 것이 하찮은 목발이나 감정의 배출구처럼 쓰일 수도 있다. 최면을 걸기 위해 환자를 긴 의자 위에 눕히는 것이 더 나을 수도 있다. 그것이 안 되면 환자로 하여금 종이 위에 쓰게 한다.

이러한 상황에서 〈유추에 의한 문학 현상〉(환자의 파롤과 분석자의 담화)은 〈병리학과 의학 사이의 아이러니컬한 정지에 있다〉(《정신분석과 심리비평 사이에서 Entre psychanalyse et psychocritique》, 멜만). 그것은 다음과 같은 양자택일 속에서 증발될 수도 있다. 미학은 이제 상징화 작업이 아니라 진실을 감추는 베일이므로, 진실은 미학자들에게 맡기게 될 것이다. 《그라디바》에서 프로이트는 〈정신의학적인 연구〉와 저자가 알려지지 않은 정신적 갈등의 표현을 연속적으로 본다. 다른 사람들은 라포르그가 보들레르에게 행한 것처럼 작품 속에서 〈정신병의 고백〉을 읽는 데서 그칠 것이다. 어쨌든 문학은 거대한 임상자료의 저장고가 된다.

문학작품의 정신분석비평 학문에의 종속은 관례가 되어가는 경향이 있다. 정신분석만이 허구로부터 진실을 되살려 내는 힘이 있는 것 같다. 비평의 한부분은 이러한 지배의 모델 위에서 기능한다. 게다가 발전된 학리적인 체계를 따르고 있는 비평은, 무의식의 〈과학〉이라는 이름으로 해석하고 판단하는 비평의 힘에 문학작품을 종속시키기 위하여 쓰인다. 〈응용 정신분석〉은 라캉의 학파(파리 프로이트 학파)를 포함하여 정신분석협회의 모든 프로그램을 이루고 있다. 이러한 의미에서 정신분석은 모든 인문과학과 공유하면서 문학 텍스트와 똑같이 애매한 관계를 가지고 있다. 문학 텍스트는 이론에 의해 만들어진 모델, 혹은 진실에 대한 경험적(따라서 대략적인) 접근으로 여겨지고 있다.

이와 같이 사람들은 독서를 그 계획의 한계 안에서 기여도에 의해 판단한다. 그러므로 비평 계획의 다양성은 배척되지 않고 대체되어야만 한다. 하지만 두 가지 질문을 기억하고 있기로 하자. 사람들이 장차 발견하게 될 것을 속단하지 않고 하나의 방법을 적용할 것인가, 아니면 언급된 〈학문〉 안에서 이미 발전된 개념들을 한꺼번에 모두 다 적용할 것인가? 문학 작업을 상징화 작업으로 여길 것인가, 그렇지 않을 것인가.

인물과 작품의 병리학……

허구의 인물을 〈실제 인물〉로 동일시하는 경향을 가지고 있지 않은 사람이 누구인가? 혹은 작품으로부터 직접적으로 작가의 심리를 끌어내지 않는 사람이 있는가? 라캉(〈도둑맞은 편지〉)처럼 프로이트(《그라디바》)는 그들이 독서를 하던 중에 부딪친 이러한 문제로 당황하였다. 환자가 쓴 이야기와 문학작품은 예의 그 문체에서만 차이가 날 뿐이다. 문학작품은 이와 같이 독자들에게 카타르시스와 자각의 효과를 주기도 하고, 진실과의 (견딜 수 없는) 직접적인 부딪침을 피하게 해 주는 미학적인 베일을 쳐 줌으로써 〈최고의 기쁨〉을 느끼게 하기도 한다. 요컨대 플로베르가 〈보바리 부인은 곧 나다〉라고 말할 때, 그는 미학적인 작품에서 작용하는 투사와 동일시의 복합성을 말한 것이다.

그러면 여러 가지 비평적인 입장을 살펴보기로 하자.

● **프로이트**는 슈라이버 회장의 《회고록 *Mémoires*》을 읽고 그 사실에 근거하여 편집증에 대한 그의 이론을 수립했다. 결국 그는 텍스트에 대한 믿음에 근거해서 임상적 개념을 창조하였다. 그러나 이러한 저작의 상징적이고 신비한 능력에 민감한 그는 편집증적 지식의 형태와 자신의 이론화 양식들을 묶고 있는 관계에 대해 의문을 가지게 된다.

● **라포르그**는 《보들레르의 실패 *L'Echec de Baudelaire*》를 가지고 작가의 병리학에 이르는 작품의 병적인 서법(pathographie)을 만들어 보려는 시도를 한다. 시적인 언어를 임상학적인 언어로 번역하면서(때로는 단어와 단어를 한 자 한 자 번역한다), 그는 보들레르의 상징과 그가 구성하는 징후의 단순한 비유를 가지고 강박증을 추출해 낸다. 우리는 여기에서 일반적으로 분석적 독서의 회화戱畵를 보게 된다. 그의 진단학에서 문학작품을 강박증의 직접적인 표현으로 환원시킬 정도는 아니다.

● **라캉**은 실제 인물로 여겨지는 인물의 분석을 상징적인 해석으로 변형시킨다. 이와 같이 햄릿은 욕망의 드라마에 사로잡힌 현대인

을 상징한다. 왕비는 아들과 아버지를 유혹하는 어머니이며, 오필리아는 〈남성적 욕망의 올가미에 갇힌 여성적 대상의 드라마〉이다(《욕망과 그 해석 *Le Désir et son interprétation*》).

● **줄리아 크리스테바**는 우울증을 다룬 최근의 책인 《검은 태양 *Soleil noir*》에서 진단학에 전념하고 있다. 그녀는 우울증에 관한 미학적인 변증법을 연구하는 반면에 뒤라스의 작품을 중개되지 않은 우울증의 표현으로 분석하였다. 우선 〈서투른 짓의 미학〉에 대해 무엇이 유망한가를 말하면서(비록 뒤라스의 글쓰기를 설명하는 데 불충분하지만) 그녀는 상징화에 대한 진정한 작업이 없다고 결론짓고 있다. 〈이 소설들을 끝낼 때, 어떤 정화淨化도 병과 직접 관련되어 우리를 기다리지 않는다. 병의 회복이나 내세에 대한 약속, 심지어는 나타난 악 이외에 즐거움의 보너스를 구성하게 될 문체나 아이러니의 매혹적인 아름다움조차도 우리를 기다리지 않는다〉. 이러한 결정적인 판단은 불행하게도 구성이나 작품의 문체에 대한 정확한 연구에 근거한 어떤 논증도 동반하지 않는다.

그러나 크리스테바는 〈연약한 남녀 독자에게〉 뒤라스의 독서를 만류하면서 중요한 문제를 제기한다. 죽음과 고통은 텍스트를 덮고 있는 거미줄이며, 그 매력에 압도되어 공감하는 독자는 불행하다. 실제로 매력은 있을 수 있다. 그러므로 세 가지 질문이 제기된다.

왜 뒤라스는 비방하면서 아르토 · 말라르메, 혹은 셸린은 칭찬을 하는가? 사실상 모든 문학작품은 개인의 위기를 초래할 수 있다. 그 다음에 이러한 정신적 고통의 전염을 미적 동화의 결함으로 돌려야 하는가? 혹은 당시대의 혁신적인 텍스트들이 우리의 방어를 좌절시킴에도 불구하고 그것이 문화적인 규칙 안에 아직도 편입되지 않았기 때문인가? 마지막으로 이러한 결과들이 대부분 정신분석적 독서 그 자체에서 기인한 것이 아닌가? 우리가 선先이해의 격자틀을 적용시키지 않거나, 혹은 다른 사람에 대한 진단 뒤로 도피하지 않고 텍스트의 구체적인 상징화를 파괴할 때는 항상 위험이 따른다. 우리 자신을 지지할 수 없는 영역 쪽으로 몰고 가는 상징화 파괴 작업은 어디까지 진행될 것인가? 사실상 우리는 지지자를 간직하고 있다. 지지자들이란 증가된 능력을 가진 텍스트의 상징화로 돌아가는 것, 상징화의 다른 양식들을 제공하는 분석적인 담화의 요소들과 맺고 있는 관계, 비평적인 쓰기에 의해서 그 자신의 상징화를 추구하는 것 등이다. 각 개인은 이러저러한 텍스트를 찾아가는 것(읽는 것)을 멈추게 된다. 그러나 책이나 작가들을 정신분석이라는 이름으로 배척할 수 있을까?

심리적 전기

정신분석은 주체의 문제를 떠날 수가 없다. 앙드레 그린은 다음과 같이 쓰고 있다. 〈인간과 그 창작물 사이에 어떤 관계도 설정하지 않는 일이 가능할 것인가? 만일 창조자에게 있어서 작품에 쏠린 힘이 아니라면 창조물은 어떤 힘으로부터 자양을 공급받을 것인가?〉(《여분의 눈 Un Œil de trop》). 무의식과 심리적 갈등의 개념들은 다른 방법으로 개인의 생성과 역사, 그리고 작품과 창조적 활동의 기원을 밝혀 준다. 심리적 전기의 계획은 우리가 방금 살펴본 것보다 훨씬 더 방대하다. 그러나 문제도 상당하다. 게다가 우리는 이 문제를 모롱과 함께 다시 검토할 것이다. 왜냐하면 작가의 전기를 연구함으로써 열려진 새로운 전망들로 넘어가기 전에 우리는 여기에서 몇 가지 고전적인 예를 드는 것으로 만족할 것이기 때문이다.

■ 심리적 전기의 근거들

심리적 전기는 마리 보나파르트의 《에드거 포 *Edgar Poe*》 서문에서 보면 프로이트의 프로그램에 근거하고 있다. 〈정상에서 벗어난 개인들에 의거하여 인간의 심리의 법칙을 연구하는 것〉이다.

보나파르트는 특히 시간屍姦을 중심으로 포의 신경증을 정의하려고 하였다. 그러나 그녀의 방법은 이러한 계획을 넘어서고 있다. 그녀는 여러 작품에 공통된 구조를 찾으면서, 상상 속에서 발전된 심리적 갈등의 다양한 형태를 보여 주는 복합적이고 환상적인 구성분자들로부터 텍스트의 구성과 상징을 추출하고 있다.

라캉은 앙드레 지드의 젊은 시절에 관한 들레의 책을 칭찬하면서 개인의 경우를 일반화시키고 있다. 지드는 〈극히 개인적인 문제, 개인에 대한 궁색한 문제, 즉 존재와 나타남의 문제를 제기한다〉. 그의 가족소설은 어머니적인 상징의 덫과 아버지적인 언어의 사라짐 사이에 놓인 주체(남성)의 본보기적인 행로가 되고 있다. 라플랑슈는 《횔덜린과 아버지의 문제 *Hölderlin ou la question du père*》라는 책에서 삶과 시인을 통해서 광기를 설명하는 결핍이 무엇인지 밝혀보고자 하였다. 그것은 아버지의 이름(Nom-du-Père)이라는 기본적인 시니피앙의 〈상실〉이다(라캉에 의하면 이것은 주체의 상징적 세계를 넘어선 중요한 거부이다). 다음의 훌륭한 공식은 횔덜린을 정당화시켜 준다. 〈정신분열증을 문제삼아 시야를 넓혀 주기 때문에 그는 시인이며, 시인이기 때문에 이 문제를 다루기 시작한다〉. 그러나 여전히 모호하다. 진단학이 다름에도 불구하고 목표와 방법은 여전히 고전적인 채로 남아 있다.

페르낭데즈는 《파베즈의 실패 *L'Echec de Pavese*》 서두에서 심리적 전기의 원리를 〈그 아이에 그 작품〉이라고 분명하게 재정의한다. 〈인간은 작품의 근원이 된다. 그러나 그 사람 됨됨이는 작품 속에서만 파악될 수 있다〉고 페르낭데즈가 다시 언명하고 있지만, 그는 보나파르트의 모델에 근거하여 연구를 하고 있다. 첫번째는 상세한 전기를 다루고 있으며, 두번째는 특히 주제비평적인 방법으로 작품을 분석하였다. 이러한 맥락은 비평가가 담당하고 있는 단조로운 결정론과 일치한다. 〈파베즈가 단 한 줄도 쓰기 전에 그의 책은 그의 유년시절의 갈등으로 억눌려진다〉. 그리고 작가에 대한 밀도 있는 지식이 없다면, 우리는 그의 작품을 이해할 수 없게 된다. 그가 라포르그의 《보들레르의 실패》라는 제목을 다시 사용한 것도 우연이 아니다. 이 작품은 카타르시스적인 가치조차도 없는 〈긴 고백〉에 불과하다. 왜냐하면 작품이 인간의 〈좌절〉(불안·광기·자살)을 막아 줄 수는 없기 때문이다.

사라 코프먼은 《예술의 유년기 L'Enfance de l'art》에서 어느 정도 전기 비평적 계획의 기초를 이루는 이러한 결정론을 비판한다. 그녀는 결정론에 심리적인 드라마를 가지고 작품의 구조를 만드는 다른 형태의 인과관계를 대립시키고 있다. 뿐만 아니라 작품을 가지고 이 드라마의 생성과 상징적 구조를 만든다. 결국 〈작품은 그 아버지를 낳는다〉.

만일 우리가 체험한 환상과 쓰기 사이의 복잡한 관계를 설명하지 않는다면, 그리고 의식적인 시간성 안에 무의식이 개입하는 것을 잊는다면, 스미르노프가 〈새로운 임상적 실체인 창조적 신경증〉(〈읽혀진 작품〉)이라고 아이러니컬하게 부른 것을 초래할 위험이 있다.

■ 심리적 전기에 대한 분석적 연구

필리프 르죈은 이 분야의 개척자이다. 만일 우리가 《자서전적인 계약 *Le Pacte autobiographique*》에서 루소와 사르트르에 대한 구체적인 독서 혹은 레리스(Leiris)에 대한 그의 저작을 고려한다면 본질적으로 두 가지 물음이 제기된다. 하나는 추억의 진실성에 대한 문제이고, 또 하나는 발화에 대한 문제이다.

그는 프로이트가 어린 시절의 추억을 〈추억-화면〉으로 분석한 것을 계승한다. 즉, 억압된 것과 방어 사이의 타협, 하찮은 내용으로 이루어진 것 같지만 감정적인 가치가 큰 응축, 실제적인 요소와 환상적인 요소들은 유년시절의 여러 시기에 속하고 있다. 따라서 그의 진실은 사실에 관한 것이 아니고 심리적인 것이다. 자서전적인 쓰기는 어린 시절을 다시 쓰는 것이며, 우리가 살아가면서 모든 것을 개작하는 이야기를 다시 쓰는 것이다. 따라서 해체는 텍스트망의 분석을 거쳐야만 한다. 왜냐하면 여기에서는 삶이 텍스트가 되었기 때문이다. 우리는 페르낭데즈와 거리가 멀다. 그는 자유연상을 〈전기적인 상황의 접근〉으로 대치하고자 하며, 모든 기억의 중심에 욕망과 금지를 적어 두는 환상의 구조화를 빼놓고 있다.

기술된 내용, 즉 발화 내용의 주체와 발화 행위 주체 사이의 관계로부터 출발한 르죈은 상상과 언어 사이에서 글을 쓰고 있는 주체의 작업을 분석하고 있다. 이러한 최근의 연구는 쓰기 그 자체에 더 관심을 기울이는 분석적인 독서의 변화에 포함되어 있다.

해석의 굴곡

비평 텍스트의 관심은 공표된 의도에 따라 평가되는 것이 아니다.

작품의 발전과정과 보이지 않는 특성에 대한 관심이 중요하다. 거기에 바로 방법의 문제가 개입된다.

프로이트는 꿈속에 나타난 상징들을 직접적으로 번역하는 것을 반대하였다. 그에게 있어서 상징(예를 들면 성적 상징)은 하나의 꿈, 혹은 하나의 주체의 심리적 갈등이라는 독특한 상황 속에서만 그 진정한 의미를 찾을 수 있다. 이러한 상징의 번역은 융의 비평에서 상당한 비난을 받았다. 하지만 샤를 보두앵은 예외이다. 왜냐하면 1924년부터 《베르하렌의 상징 Le Symbole chez Verhaeren》에서 그는 〈응축〉을 해체하여 〈전치와 억압을 밝히고자〉 하였기 때문이다. 그는 〈상징을 이루는 이미지들의 응축은 2개 이상의 용어〉를 가지며, 따라서 〈번역될 수〉 없다고 강조한다. 만일 〈예술가의 개인적인 상징주의〉가 어린 시절의 어떤 갈등 혹은 감정과 〈연관〉되어 있다면, 그 상징은 그 생애와 작품에 따라서 발전한다. 〈어쨌든 우리는 어느 시인에 대한 상징의 용어집을 만들 수 없다〉.

이러한 신중한 시행은 모롱의 방법을 예고해 준다. 사실상 이 방법은 사라 코프먼이 프로이트로부터 시작하여 《예술의 유년기》에서 정의한 분석적 읽기의 두 축으로 귀착된다. 그 하나는 〈징후적〉인 독서이고, 다른 하나는 구조적인 독서이다.

■ 징후적인 독서

이 명칭은 〈담화 그 자체가 징후들을 구성한다〉고 말한 프로이트에게서 차용해 왔다. 물론 징후는 무의식과 의식 사이의 타협으로 여겨진다. 또한 긴즈버그를 따라서 표지적 독서(〈표지〉에 대한 독서)라고 말할 수도 있다. 여기에서 우리는 〈방법의 문제〉로 돌아간다. 왜냐하면 텍스트 안에 무의식이 개입한 흔적을 측정하는 것이 진정으로 분석적인 비평의 기본적인 근거이기 때문이다.

《그라디바》에 대해서 프로이트는 다음과 같이 말한다. 〈망상과 진실을 동일한 형식으로 표현하는 능력은 정신의 승리이다〉. 그의 분석은 단어·이미지·말·서술상황의 모호함으로부터 시작하여 이 소설의 동시적인 이중적 독서를 구성한다. 그러나 무의식의 활동에 대한 측정은 훨씬 더 방대하다. 강박적인 반복, 주제와 효과 사이의 불일치, 괴이함, 오류, 낯섦, 모순, 예기치 않은 말, 놀라운 현존과 부재, 전경(premier plan)에 나타난 세부 등이다. 그러한 것들로부터 읽기 가능한 다른 공간이 열린다. 이러한 타입의 독서에 입문하기를 원한다면 옥타브 마노니의 《상상력 입문 Clés pour l'imaginaire》을 읽어야 한다.

분석적 독서는 거기에서 멈출 수 있다. 그러나 해석을 확증하고 일반화시키는 구조적인 독서를 초래할 수 있다.

■ 구조적 독서

이 독서는 두 방향으로 펼쳐진다. 특별한 심리적 구조를 찾아내기 위해 사람들은 한 텍스트의 독서로부터 같은 작가의 여러 텍스트의 관계로 넘어간다. 프로이트는 《그라디바》의 끝에서 이 방법을 지적하였고, 모롱은 이 방법을 체계화하게 된다. 또한 일반적인 구조를 밝히기 위해서 기원이 다른 텍스트들을 연관시키기도 한다. 그러므로 프로이트의 〈세 가지 상자〉에서는 남성적 주체를 위한 여성적 형상의 삼중적인 기능이 제시된다. 실제로 앙드레 그린은 이러한 비평의 흐름을 잘 나타내고 있다.

《여분의 눈》은 에슐레·에우리피데스·셰익스피어·라신의 희곡을 통해서 오이디푸스적 구조의 다양한 결합을 연구하고 있다. 오이디푸

스적 구조는 인간 심리의 보편적인 불변체인 동시에 비극의 모델이
다. 그린은 여성적인 오이디푸스의 가능성을 일깨웠다. 그러나 여기
에서 그는 소극적인 남성의 오이디푸스에 몰두한다.〈일반적으로 예
술작품의 분석이 소년의 적극적인 오이디푸스 콤플렉스에 대하여, 즉
어머니를 사랑하고 아버지와 경쟁하는 상황에 대하여 행해지는 반면
에 우리의 세 가지 시론은 어머니에 대한 아들의 적대관계, 부인에
대한 남편의 적대관계, 딸에 대한 아버지의 적대관계를 연구의 대상
으로 삼고 있다〉. 이 연구는 분석적인 관점에서(사실상 그 개념은 임
상학에서 나왔다), 그리고 문학적인 관점에서 활발하다. 왜냐하면 우
리는 각 연극의 특별한 구조와 언어적인, 혹은 표상적인 시니피앙들
의 작용을 발견하기 때문이다(예를 들면 데스데모나의 손수건). 하지
만 매우 제한된 자료만 가지고 비극 장르의 오이디푸스적인 특성을
정확하게 확증할 수 있는가?

  덜 치밀한 비평가들의 위험은 바로 스타로뱅스키가 〈해석의 원〉이라
고 부른 절망적인 단조로움이다(《비평의 관계 *La Relation critique*》).
우리는 마지막에서야 비로소 출발시의 (때로는 진부한) 가설을 찾을
수 있다. 사람들은 알지도 못했고 원하지도 않았으며, 감히 문학 텍스
트에 의해서 놀라움을 당하도록 내버려 둘 수도 없었다.

4. 샤를 모롱의 심리비평

문학작품은 모롱 같은 열정적인 독자의 작업 중심에 있다. 주네트

가 말한 것처럼 모롱은 비평에 봉사하기 위하여 정신분석적인 도구를 〈심리적 독서〉에 사용하였다. 하지만 정신분석은 도구화되지 않았으며 비평의 방식 안에 필요성으로 개입한다. 1938년에 그는 텍스트를 하나씩 하나씩 설명함으로써 말라르메의 시를 해독하였다(당시에는 완전히 난해한 것으로 판단되었다). 그가 발견한 메타포의 그물망 앞에서 오로지 꿈의 해석에 쓰인 프로이트의 원리들만이 작품의 이해와 그 생생한 목적을 좀더 이해할 수 있게 하는 것 같았다. 이와 같이 말라르메와 프로이트 사이에서 암중모색함으로써 모롱은 자신의 방법과 비평 어휘를 만들어 내었다.

작가 버나드 핑고는 이러한 비평방식에 대하여 이중의 전제사항을 알려 준다.

우리가 그 열쇠를 가지고 있지 않은 모든 연상작용은, 우리가 모르는 사이에 우리가 통제하고자 하는 텍스트를 끊임없이 파괴하는 동시에 조직한다. ── (〈쓰기와 치료〉)

그리고 사람이 꿈꾸는 일에 만족할 수 있다면 쓰지 않을 것이다……우리는 타인을 위해 쓴다……타인을 향하는 작품은 동시에 타인의 무엇이다. ── 〈작품과 분석가〉

1948년 모롱은 그의 목적, 즉 미학의 생산을 위하여, 〈고유한 도구〉를 만들어야 하는 방법의 자율성을 강조하기 위하여 〈심리비평〉이라는 용어를 만들어 낸다. 그는 특수한 방법의 유일한 창시자라고 할 수 있다. 그것은 분석적인 방법 그 자체의 절차들과 유사하지만 동일하지는 않다. 그의 저작은 상당하여 말라르메·라신·보들레르·몰리에르·발레리·위고 등을 섭렵하고 있다.

　방법론이 비효과적인 처방으로 변하지 않게 하기 위해서는 오랜 학습기간을 전제로 한다. 더욱이 텍스트들을 오랫동안 보아야 한다. 모롱은 말라르메의 시를 암송하였다. 하지만 나는 이 연구가 시작된 이래 행해져 온 숙고가 진정으로 **문학적인 독서**를 위한 이 개척자의 공헌을 평가하도록 도와 주기를 희망한다.

　학위 논문인 〈강박적인 메타포에서 개인의 신화로〉에서 모롱은 교육적으로 자신의 방법에 대한 네 가지 시기를 발표한다.

● 연상망의 주위에 작품의 구조화를 가능하게 해 주는 〈중첩〉만 들기.

● 상징, 그리고 환상적인 생산과 관련된 극적인 상황 밝히기.

● 〈개인적 신화〉, 그 생성과 발전, 그것은 무의식적인 인성과 그 역사를 상징화한다.

● 전기적 자료에 대한 연구.

　그것은 해석에 대한 검증에 쓰인다. 그러나 텍스트의 독서를 통해서만이 그 중요성과 의미를 부여받는다.

　하지만 이러한 제시에 몇 가지 주의점이 환기되어야 한다.

● 연구는 이 네 시기 사이를 끊임없이 왕복함으로써 이루어져야 한다. 따라서 말라르메의 **정신분석**은 정신분석적 경험의 보고서가 될 수 있을 정도의 〈작업 현장〉이다. 결국 방법을 논리적으로 재구성하는 것은 정신분석에 있어서 이론-실행의 텍스트 안에서처럼 행해진다. 특히 중첩과 해석 작업은 수정과 조절을 하면서 끝까지 개입한다.

● 방법은 징후적인 동시에 구조적(공시적)이고, 역사적(통시적)이다.

● 결국 모롱은 처음에는 알지 못하던 심리적 갈등의 상징적 구조화를 찾아내기 위해 텍스트와 함께 모험을 시작한 몇 되지 않는 사

람들 중의 하나이다.

중첩의 방법

〈읽는 것, 그것은 말 사이의 관계 체계들을 인정하는 것이다〉. 그러나 문학의 독서에 〈자유연상〉과 〈유동적流動的 주의注意〉라는 원리를 도입함으로써 〈맹목적인 증거〉가 되어 있는 〈보이지 않는〉 관계를 알아보는 일이 중요하다. 모든 텍스트는 타자와 관련된 상황에 사용될 수 있으며, 모든 독서는 텍스트 안에서 다른 사람의 메아리를 듣는다. 그 근저에는 응축·이동·이차적 진화 등의 무의식적 과정들이 있다. 우리는 여기서 프로이트의 첫번째 논점(무의식/전의식/의식)과 함께 작업한다.

중첩은 비교하는 것이 아니다. 사람들은 표면적으로 유사한 대상들을 비교한다. 그리고 그 닮음과 동시에 차이점을 명확하게 구분한다. 중첩, 그것은 분명하게 다른 텍스트들 안에서 언어적 혹은 형상적 시니피앙들의 일치점을 찾는 것이다. 그것은 의식적인 의미의 〈혼란〉, 통사적이고 의미론적인 구조의 전복, 〈시선의 어떤 개조〉를 전제로 한다. 비교에 있어서 텍스트는 구별된다. 중첩에 있어서는 텍스트들은 〈말에 주도권을 양보하고자 하는〉 욕망과 관련된, 말라르메가 〈몰래 비추기〉라고 부르는 것과 다른 구조화에 (잠정적으로) 자리를 내어 준다.

우리는 단 하나의 요소를 중첩시키는 것이 아니라 주네트가 매우 잘 지적한 대로 〈망〉을 중첩시킨다. 일치는 〈강박적 메타포〉의 총체나 체계에서 기인한다. 그러므로 연상적인 망이란 여러 텍스트들에 공통된 텍스트의 구조이며, 각 텍스트의 의식적인 주제와 관련해서 볼 때

〈자율성〉을 지니고 있다. 연상망은 각 텍스트 안에 산발적으로 나타난 어떤 〈형상〉을 그리고 있다.

따라서 모롱은 〈헌신〉·〈시의 재능〉·〈성녀〉·〈레이스가 풀어지다〉·〈아날로지의 악마〉 등에서 찾아낸 〈메타포들의 건축〉으로부터 출발하여 〈음악의 천사〉에 대한 상징을 만든다. 그는 단어와 이미지와 효과를 묶고 있는 몇 가지 사항들 주위에 망을 조직한다. 잃어버린 행복/향수에 찬 몽상/추락/상실 등이 그것이다. 그러나 텍스트의 중첩은 끝없이 복잡하다. 우리는 낯섦과 친숙함이 공존하는 독서의 세계로 들어가는 것이다. 예를 들면 〈천사〉는 〈천사 같은 아이〉(séraphins)·〈천사의 등불〉·〈날개〉·〈도구적인 깃털〉·〈깃털〉·〈깃이 빠진〉·〈새〉 등으로 재편성된다. 〈시의 재능〉에서 〈종려나무!〉라는 매우 애매한 출현은 〈아날로지의 악마〉에서 나오는 〈날개 혹은 종려나무〉 덕분에 겨우 이해가 된다. 따라서 망의 여러 요소들은 만화경의 무한한 결합 속에서 계속 변형된다.

그러나 어떠한 시나 시인의 작품 안에는 여러 망들의 연속과 얽힘이 있다. 말라르메에게는 천사의 망에 에로틱한 머리채와 다른 것들이 결합될 수 있다. 그러므로 우리는 메타포 구성의 특이한 다양성을 따르기 위해 어떤 시의 독서로 제멋대로 되돌아올 수 있다. 또한 라캉식의 정신분석에 의해 행해진 시니피앙의 해체로부터 시작하여 상징과 언어 사이의 상징화 작업을 심화시킬 수도 있다. 그것은 마치 언어가 혼자서 말하는 것처럼(순수한 코드처럼) 만드는 독서의 자의성을 배제하면 가능하다. 글쓰는 주체와 공통적으로 변형할 텍스트를 가지고 있는 읽는 주체 사이를 대화가 이어 주고 있다. 그러므로 〈쓰라린 휴식에 지친〉에서 〈갈대〉(roseaux)는 남근적인 이미지-번역과 직접적인 관련은 없다. 우선 그것은 〈장미〉와 〈물〉의 압축이다. 이 두 요소는 전통적으로 여성의 상징 코드로 여겨져 왔는데, 말라르메의 텍스트는 그것을 독창적인 방법으로 변형시키고 있다. 마찬가지로 〈만도라〉(mandore)는 〈금〉·〈금도금하다〉·〈자다〉·〈내가 잠들다〉와 〈어머니가 잔다〉의 압축인데, 거기에는 죽음과 다섯 살 때에 잃은 어머니에 대하여 말하기 불가능한 현존이 새겨져 있다. 이러한 해석들은 심리비평의 엄격하고도 인내심 있는 추적 덕분에 지지될 수 있다. 그렇기 때문에 나는 그 방법 중 가장 상궤를 벗어나고 가장 혁신적인 것을 다루는 데 지체하였다.

상징과 극적인 상황

모롱에게 있어서 〈이러한 시적인 구조들은 상징과 극적인 상황을 빠르게 나타낸다〉. 그러나 우리는 희곡과 더불어 직접적으로 이 단계에 이른다. 라신의 작품을 읽으면서 비평가는 다음과 같이 말한다. 〈드라마 전체의 요소는 인물이 아니라 적어도 두 인물 사이의 관계, 즉 극적인 상황 그 자체이다〉. 이것은 주체의 상호 주체적 관계, 특히 주체의 내적인 심리상황을 이루는 환상에 근거한 독서와 심리적 독서와의 차이이다. 여기에서 프로이트의 이차적 논점, 즉 초자아/자아/무의식이 모델이 되는 것이다.

모롱은 자아의 상징으로서 〈모든 관계들이 교차하는 곳〉이라고 상징을 정의한다. 따라서 모님-크시파레스는 셈에 넣지 않더라도 피루스·네론·티투스·아실·입폴리트와 엘리아신은 중첩된다. 마찬가지로 욕망 되는 인물측에서 보면 앙드로마크·주니·아탈리드·이피제니 등도 마찬가지이다. 억압받는 인물들은 에르미온느·아그리피느·록산·에리필·페드르, 혹은 아탈리이다. 베레니스는 두 계열에 걸쳐 나타난다. 우리는 매번 유니크하고 비극적인 허구 안에서 얼마나 다른 드라마의 논리를 보게 되는지, 즉 인생의 여러 가지 다양한 단계에서 일어나는 심리적 갈등의 논리를 구분하게 되는지를 알게 된다.

그러므로 〈인물들〉은 (실제적이건 환상적이건) 이미 주체와 대상들 사이의 관계, 따라서 무의식적인 인성의 양상들의 산물이다. 헤로디아는 말라르메뿐 아니라 욕망 되는 여성적 대상, 즉 유혹자이며 금기를 상징한다. 왜냐하면 여성적 대상은 〈Yx의 소네트〉 혹은 〈주사위 던지기〉의 지배자와 중첩되기 때문이다. 멜만은 관계의 다양성과 층위 안에서 발견해야 할 〈자아와 비자아 사이의 유동적인 형상들〉에 대하여 말한다(《정신분석과 심리비평 사이에서》). 리오타르는 《마르크스와 프로이트로부터 나온 편류 Dérives à *partir de Marx et de Freud*》에서 〈생성적인 환상〉에 대하여 정확하게 이야기하고 있다.

모롱은 사실상 멜라니 클라인으로 대표 되는 영국의 정신분석과 더불어 작업을 한다. 환상적인 생산은 합체, 내부로의 투입, 투사, 투사적 동일시, 분열, 비탄, 회복 등과 같은 모든 심리적 과정들(우리에게 계속해서 습관화되는 것이다)과 함께 시작하는 창조 활동이다. 라캉 이후에 종종 인간을 소외시키는 것(aliénant)으로 여겨지는 이러한 상상력은 예술의 생생한 근원으로 남아 있게 된다. 이러한 의미에서, 상징이나 이미지들에 대해서보다는 프로이트와 클라인에 의해서 다시 차용된 융의 개념인 이마고(imago)에 대하여 말해야 할 것이다. 보편적인 표상(구조)도 아니고, 어린 시절의 실제 인물의 재현도 아닌 혼합적인 심리적 산물들이 문제시된다.

모롱은 앙드레 자리가 〈텍스트의 정신분석적 실행〉이라고 명명한 것으로 우리를 인도한다.

모롱의 〈개인의 신화〉

각 경우에 있어서 문학의 장르가 무엇이건간에 방법을 적용하면, 소그룹의 인물들과 그들 사이에서 행해지는 드라마의 고정관념이 드러난다. 인물들은 변신한다. 그러나 우리는 그들을 알아보고 그들 중 각각이 이미 작가를 잘 특징화하고 있다는 것을 확인한다……이와 같이 특이성과 반복은 특징적인 인물들을 창조한다……따라서 인물들에 대한 이러한 지적은 상황에 따라 반복될 수 있다. 발레리의 잠자는 여인은 말라르메의 춤추는 여인처럼 생각되지는 않는다. 이와 같이 우리는 각 경우에 있어서 소수의 극적인 장면으로 귀착되는데, 그 작용은 작가뿐 아니라 연기자의 특징이기도 하다. 극적인 장면을 모아보면 개인적 신화가 구성된다.

〈개인적인 신화〉를 작가에게 있어서 가장 빈번하게 나타나는 환상, 혹은 작품들의 중첩에 저항하는 이미지로 명명하는 이러한 경험적인 정의에 만족할 수도 있다. 그러나 그것은 우리 자신의 결론을 이미 넘어선 곳에 머물고 있지 않을까? 우리는 이 신화적 상징들이 어떻게 형성되는지를 살펴보았다. 이 상징들은 〈내적인 대상〉을 나타내 주며, 연속적인 동일시에 의해 구성된다. 외적인 대상이 내면화되어 사람 안에서 사람이 된다. 역으로 말하면, 사랑과 증오로 가득 찬 내적인 이미지 집단들은 사물에 투사된다. 이와 같이 끊임없는 교환의 흐름이 내면의 세계를 가득 채운다. 곧 전체의 구조화 속에 통합되고 다소간 동화된 인성의 핵심부를 가득 채운다. 〈세 마리 황새〉에서 드보라의 이미지는 아마도 다른 공헌(예를 들면 독서의 추억)으로 풍요롭게 된 마리아의 기억으로 남아 있다. 그러나 그녀는 이미 말라르메의 일부이다(반은 설교자, 반은 댄서)……라신-바자제는 라신-록산과 대립된다. 각 인물은 자아 혹은 초자아나 무의식의 어떤 양상만을 나타낼 뿐이다. 하지만 그 조합의 수는 실제로 무한대이며, 그 질은 예측이 불가능하다.

——〈Des Métaphores obsédantes au mythe personnel〉, J. Corti, 1983.

우리는 텍스트의 구조화로부터 무의식적인 인성의 구조화로 향하는 비평방법이 함축하고 있는 주요한 공식들을 강조하였다. 〈개인적 신화〉는 2개의 무의식적인 환상(무의식적인 과정의 어떤 群에 의해 구조화된 항구성과 일치성)과 의식적인 허구를 구성하는 전의식적인 시나리오라는 둘 사이의 경계선이 될 것이다. 우리는 라캉이 〈주체의 커다란 강박적 불안〉(프로이트의 《쥐사나이 L'Homme aux rats》와 괴테의 《시와 진실 Didtung und Wahrheit》로부터)이라고 정의한 신경증 환자의 개인적 신화에서 그리 멀지 않다.

물론 비평의 구조가 중요하다. 말라르메에게도 그러하다. 〈나는 혼자 불안 속에서 밤을 샌다. 왜냐하면 나의 죽은 누이가 이 칸막이 벽 뒤에 있기 때문이다. 그녀는 음악가로 나타날 것이다〉. 어떤 텍스트에도 누이가 실제로 존재하지는 않는다. 심지어는 마리아의 죽음 후에 바로 씌어진 독백인 〈세 마리 황새〉에서도 죽은 딸의 방문을 받는 노인(철학자이며 시인인 고양이의 분신)이 나올 뿐이다. 게다가 모롱이 삶과 쓰기에 공통된 기본적인 환상을 가정한다 해도 그는 〈개인적 신화〉로 환상을 만들고 있다. 환상은 쓰기를 지탱하며, 쓰기는 특별히 환상에 의해 구조화된다. 따라서 〈사회적 자아〉와 〈창조적 자아〉는 동일시되지는 않더라도 상호 교통된다.

이러한 종류의 불변하는 것으로부터 우리는 텍스트로 되돌아간다. 이번에는 〈그 차이점들이 유사성과 마찬가지로 우리의 흥미를 끈다〉. 더구나 정지된 환상으로부터 우리는 언어와 상상을 변형시키는 상징화와 환상화의 움직임으로 넘어간다.

사람들은 환상의 변이와 치환을 발견한다. 우선 변이에 대해 살펴보기로 하자. 빈사상태의 환자가 〈창문〉 뒤로 보이기를 원하던 경치가 드보라·헤로디아, 혹은 〈목신〉의 님프들에게 중첩된다. 독서, 문화적인 전통은 쉴새없이 환상의 극점에서 새로운 화신들을 제공한다. 시인 자신은 대체의 망을 통해서만 창작을 한다. 다른 한편으로 치환은 환상의 극점 사이에서 생겨난다. 장소의 이동, 능동에서 수동 혹은 숙고로의 이동, 부정, 욕구의 전도 등 이러한 모든 상징적 작업들은 충동적 힘의 역동적인 활동과 관련이 있다.

모롱에 있어서 개인적 신화는 역사를 가진다. 생성(청년기의 텍스트)과 다양한 유위 변전, 예를 들면 세 사람의 인물(한 사람은 남자, 두 사람은 모순적인 여자)로 된 비극에 네 사람으로 이루어진 비극이 연속될 때(《미트리다트 Mithridate》에서 아버지라는 인물의 출현으로 인해), 극작가 라신에게는 상징적인 동시에 심리적인 커다란 전복이 일어난다. 페드르(Phèdre: 나의 아버지가 어머니의 교사를 받아 나를 죽인다)에서 아탈리(Athalie: 아버지가 어머니를 죽이고 나를 구원한다)로 넘어가면서 그 변화는 상당히 커진다.

개인적인 목적은 저자가 자신의 의사에 반하여 운반자가 되어 버린 성별과 세대 사이의 사회-문화적 목적을 분명하게 포함하고 있다. 모롱의 힘은 보편적인 법-진리의 뒤에다 갈등을 감추지 않는다는 것이다. 그 갈등이 일반적인 관념(더 상술하면 정신분석적인 관념)과 충돌함에도 불구하고 그 특이성을 분석하는 데 집착한다. 등장인물이나 작가를 보편적 인간을 정의하는 분석 개념의 상징으로 만들기 거부하는 모롱의 윤리학이 있다. 사람들은 그것 때문에 〈휴머니즘〉이라면서 모롱을 비난한다. 하지만 그것이 바로 그의 작업에 구체적인 진실의 가치를 주는 점이다. 다른 여러 해석들, 특히 주관성에 대한 역사적 변형에 대하여 길은 열려 있다.

전기적 연구의 위치

우리는 심리적 전기의 문제를 다시 생각해 보겠다. 어떻게 어떤 존재와 구체적 역사와 작품을 떼어놓을 수 있겠는가? 동시에 어떻게 이러한 인과 체계에 의해 그것을 간략하게 설명할 수 있겠는가?

모롱이 〈전기에 의한 검증〉에 대하여 말할 때, 그는 개인적 신화와 〈무의식적인 인성〉에 대한 해석을 시험해 보기를 원하였다. 하지만 중요한 것은 사실 그 자체가 아니라 그것들의 심리적 반향인 것이다. 그러므로 긴 의자 위에서 행하는 연상작용 없이, 작품만으로 어떻게 주체가 자신의 이야기를 하고 재구성하는가를 지적할 수 있어야 한다. 따라서 모롱이 말라르메에 있어서 그의 전기가 무시해 버린 사건, 즉 그의 누이동생 마리아의 죽음에 대한 중요성을 발견한 것은 다름아닌 그의 시를 읽음으로써이다. 마찬가지로 유추의 악마는 〈부조리한〉 문장의 불가사의에 강박관념의 수수께끼를 제기한다. 〈끝에서 두번째가 죽었다〉는 문장은 〈음악의 천사〉 망에 속하는 감각과 이미지에 연관되어 있다. 시인이 현악기 제조인의 진열장이라는 현실 속에서 결합되어 있는, 텍스트를 짜는 내적인 이미지를 볼 때는 거의 공포에 가깝다. 모롱은 이 수수께끼를 푼다. 마지막 죽은 사람은 마리아이고, 끝에서 두번째로 죽은 사람은 말라르메가 결코 환기한 적이 없는 죽은 어머니이다. 이 치유될 수 없는 슬픔은 심적 외상(trauma)과 연결되어 있는데, 그것은 프로이트의 이론과 일치하며 두 가지 사건의 결합에서 생겨난다. 그 중의 하나는 철저히 무의식으로 남아 있다.

우리는 다음과 같은 말라르메의 문장으로 끝맺고자 한다. 〈작가는 그의 불행, 그가 아껴둔 근심 혹은 환희로부터 텍스트로 옮겨와 정신적인 어릿광대가 되어야만 한다〉(〈책에 관하여〉). 우리는 〈정신적〉이라는 말의 이중적 의미에 주목해야 할 것이다. 그리고 모든 작가에 있어서 욕망의 드라마는 쓰기의 욕망으로 변형된다고 하는 모롱의 판단을 숙고해야 할 것이다.

5. 새로운 동향들

오늘날 정신분석과 마찬가지로 정신분석비평은 역사를 가지며, 우리 문화풍속의 일부가 된다. 정신분석비평은 다른 인문과학, 즉 텍스트의 형성과 텍스트에 관한 새로운 이론들로부터 태어난 독서 양식들과 대립된다.

모롱의 방법에 충실한 그의 후계자들은 다른 관점 쪽으로 향한다. 안 클랑시에는 무의식적인 인성의 분석과 시적 상징화의 분석 사이에서 작업을 한다. 그러나 그녀는 모롱이 언급하지 않고 지나쳤던 것, 텍스트에 대한 독자의 위치(전이/역전이)를 강조한다. 이브 고행과 세르주 두브로브스키는 〈심리비평〉이라는 용어하에 텍스트의 특이성에 들어 있는 무의식적인 구조와 의식적인 구조 사이의 관계를 밝히는 데 전념한다. 나로 말할 것 같으면 나는 발화 작업에 관심을 가지고 있다. 고정된 환상의 표현에서 벗어난 환상화, 발화의 장면들이 만들어 내는 거리, 혹은 모순들에 관심을 가진다. 데리다는 라캉이 무시한 이러한 문학 텍스트의 양상을 거듭 강조하였다(〈진실의 우체부〉).

이러한 비평적 태도는 그것이 암시된 것이 아닌 억압된 것을 목표로 한다는 점에서, 또한 무의식이 유아기의 성적 충동을 지니고 있다는 점에서 테마 비평적인 독서와 구별된다. 사르트르의 《집안의 천치 *L'Idiot de la famille*》라는 분류할 수 없는 저작은 별도로 하자. 플로베르에게 헌정된 이러한 대하-습작은 오랫동안 상술詳述 가치가 있다. 이러한 인류학적인 계획은 정신분석을 포함한다는 것을 강조하자. 우리는 소위 기본적인 개념에 대한 몰이해를 비난할 수도 있다. 하지만 〈실존적인 정신분석〉은 개인적 심리의 구성요소뿐 아니라 미래-인간의 프로이트적인 이론을 역사화한다.

장 벨르맹 노엘의 〈텍스트의 무의식〉

《텍스트의 무의식을 향하여 *Vers l'inconscient du texte*》는 방법과 이론이라는 이중적인 양상을 제시한다. 〈텍스트 분석〉은 〈심리적 독서〉와 비슷한 시기에 시작된 독서 전략이다. 그러나 이 비평은 작가와 〈개인적 신화〉의 〈너무나 인간적인〉 개념들을 거부하고 있다. 벨르맹 노엘은 우선 〈쓰는 행위(écrivance)의 무의식〉이라는 행복한 공식을 제의한다. 그것은 텍스트와 관련하여 주체를 중심 이동시키는 것이다. 그러나 〈텍스트의 무의식〉은 모호한 공식이기도 하다. 이브 고행은 〈작가의 부재〉는 〈비개인적인 무의식〉을 가정하기에 이른다고 정확하게 지적한다. 이러한 라캉식의 구조주의는 무의식을 파롤이 아닌 단순한 랑그로 만든다고 말할 수 있다. 그렇지만 개인 없이는 더 이상 무의식도 없고, 말하는 주체가 없으면 랑그도 없다(소쉬르). 사실상 위험은 글쓰는 주체를 읽는 주체로 대체하고, 더 나아가서는 이론가를 유일한 대화자로 여기는 것이다.

하지만 아름다운 문장은 비평가로 하여금 그 현실적인 관행으로 되돌아가게 한다. 〈반은 벙어리인 그와 반은 귀머거리인 나 사이에〉 타인과의 〈올바른 대화〉를 가능케 한다. 우리는 어떤 텍스트의 주위에서 이러한 어긋난 만남의 특이성을 다시 발견한다. 뮈장의 말처럼 작가는 〈자신의 내적인 대중〉을 위해 글을 쓰고, 독자는 그의 글을 읽으면서 자신을 작가로 만든다.

줄리아 크리스테바의 기호분석

크리스테바의 이론화에는 변동이 있다. 《시적 언어의 혁명 *Pour une Révolution du langage poétique*》이후 그녀는 점점 더 정신분석으로 향하고 있다. 우리가 말했던 《검은 태양》 외에 《사랑의 역사 *Histoires d'amour*》·《공포의 권력 *Les Pouvoirs de l'horreur*》을 예로 들어보자.

기호분석을 가지고 크리스테바는 당대의 모든 지식을 총괄하는 이론을 만들어 낸다. 기호학과 정신분석을 연결하려는 배려는 우리에게 대단히 중요한 것이다. 여기서 이 두 측면을 다시 검토해 보려면 르 갈리오가 《정신분석과 문학 언어 *Psychanalyse et langages littéraires*》라는 저서에서 한 장章을 할애한 곳으로 돌아가야 할 것이다.

■ 기호학과 상징학의 대립

이 이론에서 대립은 기본적이다. 기호학(〈géno-texte〉, 즉 텍스트의 생성 측면에서)은 가장 어린 시절 혹은 정신분열증의 언어적 실행, 충동적인 것, 원형적인 것과 관련되어 있다. 그것은 모성-여성적인 것으로 지칭된다. 상징학은 언어의 법칙과 관련된다(기호·통사론·선적 의미학·〈현상-텍스트〉(phéno-texte)를 구성하는 담화). 라캉과 마찬가지로 상징학은 아버지-남성적인 것과 혼동된다. 우리는 여기에서 서구 철학의 토대가 되는 어머니-육체-자연/아버지-언어-문화라는 이분법을 다시 발견하게 된다. 그러나 크리스테바는 시적인 텍스트들을 이 두 이질적 계열의 이분법적인 대립으로 읽으려고 한다. 기호학의 활동에 가치를 부여함으로써, 그리고 부분적으로는 심리언어학자인 포내기의 저작을 따름으로써, 그녀는 시에 충동적인 힘(음악성·의미의 분산·기표화 작업·반향 언어……)을 복원시킨다.

■ 사행事行의 주체

그것은 기호학과 상징학 사이에서, 충동적이고 갈라지고 〈분해된〉 주체와 발화 내용에 나타나는 〈명제의〉 주체 사이에서 파악된다. 말하고 있는 주체의 유일한 자유는 기호와 더불어서, 혹은 기호와 대립되면서 행해지는 예측 불가능하고도 특이한 작용으로부터 온다. 크리스테바는 현대의 시인들(말라르메·아르토·바타유·조이스·셀린) 안에서 사행중의 주체의 속성에 대한 모델을 본다. 정신분석은 〈이러한 의미·주체·구조의 위기〉에 관심을 가져야만 한다. 크리스테바는 문화적인 산물에 남자 혹은 여자라는 말로 성적 특질을 부여하기를 거부하였다. 왜냐하면 〈말하는 것〉(언술 행위중인 주체)은 이러한 범주화를 빠져나가기 때문이다. 사실상 사람은 이러한 고정된 역할이나 표현들로부터 벗어나기 위해서 쓴다. 그러나 여성과 남성이라는 범주는 이 이론의 질문을 받지 않은 채 토대로 남아 있다는 것을 지적하도록 하자.

요컨대 크리스테바는 이론화가 불가능한 것들에 대해 이론을 설립하는 일의 어려움을 환기시킨다. 역설적으로 이론의 주체는 〈끝없는 분석〉 안에 있어야 한다. 즉, 〈그녀가 존재의 허무로부터 기인한다는 것을 알고 있는 어떤 여자는 결국 다른 사람과 더불어 그것을 인정할 수 있다〉(〈事行중인 주체〉). 이론적인 산물들을 성별화할 수 있을까? 〈아마도 여자가 되어야만 할 것이다. 즉, 그것이 상징적인 부권 기능의 와해를 넘어서 사회성의 궁극적인 보장이 될 것이며, 부권을 갱신하고 확장할 고갈되지 않는 생산자가 되는 것이다. 왜냐하면 이론적인 이유를 거부하지 않도록 여자에게 자신의 한계를 벗어나는 높은 대상을 줌으로써, 그녀의 능력을 신장하도록 강요하기 위해서이다〉. 왜 이론적인 영역에서는 그렇게 확고하게 확증된 것이 문학의 영역에서는 거부당하는가? 왜 여성작가들은 〈단절〉(historicisation), 그리고 개인에 따라 다른 다양한 이의異意를 가정한다면 무엇 때문에 이러한 〈의미·주체·구조의 위기들에〉 대하여 협력하지 않겠는가?

크리스테바는 사고의 측면에서 성별의 문제를, 문학적 생산의 측면에서 농장(ferme)의 문제를 제시한다. 그것은 유감이다. 왜냐하면 상상력·욕망·세상·타인, 그리고 언어가 맺고 있는 관계의 기이함 가운데서는 이러한 인간적인 차원을 몰아내기가 어렵다. 적어도 〈끊임없이 그리스인의 상상력을 사로잡고 있던, 순수하게 부권적 상속의 꿈〉(베르낭)은 존재가 혼합될 수 있다는 관념, 다시 말하면 두 성의 끊임없는 교환의 산물을 거부함으로써 서구 문화를 계속해서 장악하지 못하고 있다. 여기에서 환기된 비평들과 문학적·이론적 텍스트의 총체는, 인간에 의해서 씌어진 텍스트라는 것을 지적할 수 있다. 성욕에 대한 이론인 정신분석은 남성-일반이라는 이데올로기를 벗어나지 못하였다. 정신분석은 걸림돌이 되는 여성의 문제로 끊임없이 돌아오는데, 뤼스 이리가라이는 그것을 〈맹목적인 작업〉이라고 명한다. 요컨대 이중의 성화(sexuation)는 도달하지 못할 목표로서 프로이트 이론의 지평선에 남아 있다.

발견하기 위해, 분석적 방법으로 뒤라스의 텍스트를 읽고자 한 것은 다름 아니라, 내가 분석하는 동안에 겪은 경험을 계속하기 위한 것이다. 이론 그 자체에서는 어떤 위치도, 말도 찾아낼 수 없다는 경험이었다. 보편성이나 성문화된 여성이라는 명목하에 뒤라스의 텍스트를 배제하지도 않고 축소하지도 않았다. 만일 분석 이론이 상상의 형성과 상징화, 그리고 서술 구조를 감당하지 못한다면 이론은 바뀌어야만 한다. 그것이 여성의 영역(Territoires du féminin) 안에서의 나의 위치이다. 우리가 이 장을 시작하면서 행했던 (무의식의 과정들에 대한) 시행적인 개념과 정신분석의 사회-역사적인 특성과 관련된 설명적인 개념 사이에서 행해진 구분을 다시 찾아보게 된다.

분석의 정통성은 미래-인간을 정의하고자 하는 규범적 개념들의 사회-역사적 특성을 정확하게 거부한다. 그 규범적 개념들이란 오이디푸스, 부자관계와 부친의 기능 우월성, 성과 욕망의 남근적인 단일성 등이다.

베르낭은 〈역사심리학〉이라는 이름으로 프로이트의 이론을 사용하여, 오이디푸스 신화에 대해 한쪽으로 치우친 설명적 특징을 비판한다. 레비 스트로스는 프로이트의 이론을 사용하여 이 신화의 〈이본異本〉을 만든다. 여기에 대해서 그린은 가족이 존재하는 한 오이디푸스는 존재하게 될 것이라는 의심스러운 독단주의로 대답한다. 기본적인 문제들(이 두 가지, 즉 성과 세대 차이에서 생겨난 문제들)과 고전적으로 오이디푸스와 남성이 연결되어 있다는 대답을 그가 혼동하는 것은 아닐까? 그와는 반대로 〈큰 돛배 La Nef〉에서 라플랑슈는 다음과 같이 말한다. 〈무의식과 환상의 구조는 교환과 가족의 구조와 더불어 진화할 수도 있다〉.

개념에 대한 맹목적 숭배는 문학이 이론보다 항상 좀더 이르게 생겨나는 집단적 변화에 귀기울이는 것을 위협하는 것처럼 보인다. 고대식으로, 집단적으로 무시된 여자들에 관한 텍스트에 귀를 기울이는 것, 관념과 형태, 그리고 받아들여진 상상력으로 환원되거나 소외된 남자들의 텍스트에 귀를 기울이는 것을 위협한다. 분석 이론은 다양한, 때로는 모순되는 연구의 장으로 여겨져야 하며, 공동체의 정통성을 위협하는 것을 배제하기 위한 교리로 여겨져서는 안 된다. 이제 우리는 우리 시대가 안고 있는 문제들의 핵심부에 도달하였다.

【참고문헌】

많은 텍스트가 인용되었다. 우리가 여기에 인용하는 일반적인 저작 가운데는 위에서 인용한 텍스트가 들어 있을 것이다. 그것은 또한 훌륭한 참고문헌이 될 것이다.

1. 정신분석비평에 관한 저작들

Bellemin-Noël Jean, *Psychanalyse et littérature*, Que sais-je? P.U.F., 1972(탁월한 참고문헌이 있다).

Clancier Anne, *Psychanalyse et critique littéraire*, Privat, 1973, Rééd. 1989(모롱에 대한 장).

Le Galliot Jean, *Psychanalyse et langages littéraires*, Nathan, 1977(크리스테바에 관한 시몬 르쿠엥트르의 장을 볼 것).

Gohin Yves, 〈Progrès et problèmes de la psychanalyse littéraire〉, in *La Pensée*, Octobre 1980(새로운 참고문헌).

2. 참고문헌

Laplanche et Pontalis, *Vocabulaire de la psychanalyse*, P.U.F.

Beugnot et Moureaux, *Manuel bibliographique des études littéraires*, Nathan, 1982.

3. 프로이트와 크리스테바에 관한 저작

Mannoni Octave, *Freud*, Ecrivains de toujours, Seuil, 1968.

Robert Marthe, *La Révolution psychanalytique*, 2 vol. PBP, 1969.

Segal Hanna, *Introduction à l'œuvre de Mélanie Klein*, P.U.F., 1969.

Marini Marcelle, *Lacan*, 〈Dossiers〉, Belfond, 1986, Rééd. 1988.

4. 그 밖의 책들

Irigaray Luce, *Speculum de l'autre femme*, éd. de Minuit, 1974.

Lévi-Strauss Claude, *Anthropologie structurale*, éd. Plon, 1958.

Vernant Jean-Pierre et Vidal-Naquet Pierre, *Mythe et tragédie en Grèce ancienne*, éd. Maspero, 1974.

Ⅲ
주제비평
—— 다니엘 베르제 ——

서 문

수십 년 전부터 우리는 문학 연구에 있어서의 〈주제〉에 대해 말하여 왔다. 그러한 주제군群들은 몇몇 경연대회와 바칼로레아 구두 시험, 학교 교과서의 프로그램에 등장하였다. 따라서 그 개념은 자명한 것 같다. 하지만 주제비평이라고 이름 붙여진 비평의 흐름과 관련지어 볼 때, 주제라는 개념은 문제가 있다.

50년대에 주제비평은 대체로 〈신비평〉과 동일시되었다. 그런데 신비평은 현대성을 지지하는 사람과 반대자들 사이에 격렬한 논쟁을 불러일으켰다. 따라서 이러한 동일시는 잘못된 것이다. 신비평은 특히 언어학·구조주의·정신분석학의 간판 구실을 하며 발전되어 갔는데, 이 세 가지 흐름과 관련하여 주제비평은 항상 자율성을 보존하려고 하였다. 이러한 혼동은 그릇된 연합을 만들어 내었다. 롤랑 바르트와 장 폴 사르트르는 이와 같이 때로는 비평의 흐름에도 연합하였다. 하지만 그들은 정신적인 기반을 공유하지 않았으며 서로 점차 멀어졌다. 롤랑 바르트의 《미슐레 *Michelet*》와 《*S/Z*》, 사르트르의 《보들레르 *Baudelaire*》──〈실존적인 정신분석〉의 최초의 시도── 와 《집안의 천치》 사이에는 이러한 거리가 있다. 이 두 사람은 주제비평에 근접하게 지나가지만 그들의 비평적 고찰이 펼쳐지는 것은 주제비평의 주변이 아니다.

우리가 이 장에서 환기하기 위해 선택한 모든 사람들의 경우는 반대이다. 조르주 풀레 · 장 루세 · 장 스타로뱅스키 · 장 피에르 리샤르는 모두가 가스통 바슐라르 저작의 영향을 받았다. 그리고 〈주네브 학파〉의 창시자인 알베르 베갱과 마르셀 레몽의 영향을 좀더 은밀하게 입고 있다. 이 비평가들은 우호적이고 존경하는 관계를 맺었거나 맺고 있으며, 또한 깊은 호기심도 가지고 있다. 그러므로 알베르 베갱의 논문집 서문을 마르셀 레몽이 썼고, 베갱은 그의 동료인 가스통 바슐라르와 장 루세에게 그에 걸맞는 논문을 헌정하였다. 장 스타로뱅스키는 조르주 풀레의 《원의 변형 Les Métamorphoses du cercle》의 서문을 썼고, 풀레는 장 피에르 리샤르의 《스탕달과 플로베르 Stendhal et Flaubert》의 서문을 썼다. 이 비평가들은 그들의 방법에 대해 서로 질문하기 위하여 작업하는 것을 지켜본다.

주제비평의 관점은 어떤 교리도 가지고 있지 않다. 그것은 어떤 교리집 둘레에서 뚜렷하게 드러나는 것이 아니라 중추적 직관에서 출발한 연구로 발전된다. 아마도 그 출발점은 문학에 대한 형태론적이거나 유희적인 모든 개념을 거부하는데, 그것은 문학 텍스트를 과학적인 연구로 말미암아 그 의미를 소진시켜 버릴지도 모르는 대상으로 보기를 거부하는 것이다. 그 중심 개념은, 문학은 알아야 할 대상이라기보다는 경험의 대상이며, 경험이 바로 정신적인 정수라는 것이다. 마르셀 레몽은 루소의 〈신비적 질서의 경험〉에 매료되었다고 말한다 (《장 자크 루소, 자아의 탐구와 몽상 Jean-Jacques Rousseau, la quête de soi et la rêverie》). 조르주 풀레는 20세에 자신의 문학 경험담을 환기하면서 다음과 같이 쓰고 있다.

문학은 나에게 관대하게 수여된 정신적 자산의 풍요로움으로 나의 시선을 열어 준 것 같다.

——《비평의 의식 *La Conscience critique*》

이러한 상황에서 이 비평가들이 시를 더 선호한 것은 당연한 일이다. 알베르 베겡의 가장 심도 있는 텍스트도 시에 바쳐진 것이며, 가스통 바슐라르가 가장 많은 질문을 한 부분도 시에 대해서이다. 그에게 있어서 〈시는 각성의 기능을 한다〉(《물과 꿈 *L'Eau et les rêves*》). 이 모두는 로맨티시즘 이후에 시가 담당한 실존적인 성향에 민감하다. 〈2세기 전부터 시는 의식적으로 존재론적인 기능을 담당하였다. 내가 의미하는 것은 존재의 경험과 존재에 대한 숙고이다〉(이브 본프와의 《디스토마의 운동과 부동에 대하여 *Du mouvement et de l'immobilité de Douve*》의 서문, 스타로뱅스키).

1. 역사적인 상황

주제비평은 사실상 이념적으로 로맨티시즘의 딸이다. 하지만 문학연구에 있어서 〈주제〉에 대한 언급은 더 오래 되었다. 이 용어는 고대 수사학에서 유래되었는데, 고대 수사학은 주어진 텍스트 안에 있는 결정적인 의미화의 요소인 〈진술〉(topos)에 커다란 중요성을 부여하였다. 하지만 19세기 초에 비교주의 ── 언어학과 문학 ── 가 발전되고서야 비로소 그 중요성이 인식되었다. 따라서 주제는 의미화나 영감의 공통요소를 제공하고, 동일한 〈목록〉으로 여러 작가의 작품들을 비교할 수 있게 한다.

낭만주의의 유산

같은 시기에 낭만주의의 흐름, 특히 독일 낭만주의의 흐름은 예술작품에 대한 이론을 발전시켰다. 그 이론은 1세기가 지난 후에 주제비평에 의해서 계승될 것이다. 〈예나 그룹〉에게는 예술작품이란 재생산하기에 편리한, 선결되어야 할 모델과 관련하여 더 이상 생각되지는 않는다. 예술작품은 창작자의 의식, 작품의 우발적이고도 형식적인 모든 요소들 —— 영감의 주체·〈방식〉·구성 등 —— 에 종속되는 인간의 내면성을 참조한다. 독일적 사고의 영향은 〈주네브 학파〉의 비평가들에게 여전히 느껴질 것이며, 하이데거의 철학을 경유하여 주제비평가들의 정신 속에 계승될 것이다. 주제비평이 낭만주의 시대를 가장 선호하는 것은 놀랄 일이 아니다. 베갱·레몽·풀레·리샤르는 낭만주의 시대에 많은 연구를 바쳤다. 그들은 거기에서 그들 자신의 방법과 일치하는 의식에 대한 문학의 승리를 보고 있다. 〈그 도착점은 각각 다르더라도 모든 낭만주의자의 유일한 출발점은 분명히 의식의 행위이다〉(《자아와 자아의 사이에서 Entre moi et moi》, 풀레).

낭만주의적 관점으로 볼 때 우선적으로 예술은 형태적인 구조가 아니다. 예술은 경험의 생성자이며 삶을 반향하는 의미의 생산자이다. 주제적인 영감에 대한 모든 비평은 이 점에서 일치한다. 〈만일 경험(독서와 해석)에서 나올 때, 세상과 해석자의 삶은 의미의 증대를 발견하지 못한다. 거기에서 모험을 할 필요가 있을까?〉(《비평의 관계》, 스타로뱅스키). 이러한 이중적인 경험에서 —— 이 경험이 작가뿐 아니라 독자에게도 관여되기 때문에 —— 작품의 형식적인 실재는 그 자체를 위해 연구될 수 없다. 예술작품은 〈구조와 사상의 동시적인 개화……형식과 경험의 혼합이며, 그 생성과 탄생은 서로 연합되어 있다〉(《형태와 의미 *Forme et signification*》, 루세). 스타로뱅스키에 의하면, 루소는 프랑스 문학의 역사에 있어서 〈자아와 언어의 협정〉을 실천하고, 인간의 운명을 언어의 창작에 종속시킨 선구자들 중의 하나였다(《장 자크 루소, 투명성과 방해물 *Jean-Jacques Rousseau, la transparence et l'obstacle*》). 따라서 루소에게는 존재, 숙고와 문학 작업 사이에 혼란이 있었다. 작가는 단어들의 앙가주망 속에서 스스로 말하고 스스로를 창조한다. 루소와 그후의 낭만주의자들은 이와 같이 창작 행위에 대한 정신적인 동시에 역동적인 개념을 제안하였다. 작품은 정신적인 운명의 모험이며, 그것은 그 창작의 운동 속에서 현실화된다.

프루스트의 계열

마르셀 프루스트는 이러한 개념을 《잃어버린 시간을 찾아서 *A la Recherche du Temps perdu*》의 몇몇 장 속에서, 또한 《생트 뵈브에 반박하여 *Contre Sainte-Beuve*》 속에서 계승한다. 전기적인 관점을 초월할 필요성을 확증하고 창조 작업에 대한, 전적으로 수공업적인 모든 개념과 문체에 대한 제한적인 모든 정의를 거부함으로써, 그는 주제비평 미래의 기반을 거부하면서도 낭만적인 유산을 계승하였다. 문체는 테크닉이 아니라 비전의 문제이고, 작품은 그것이 이루어지는 소재와 합일되는 독특한 세계를 인식하는 데 참여해야 한다고 주장하면서, 그는 감각세계와 언어적 창조라는 분리할 수 없는 이중 실체 안에 문체를 정의하곤 하였다. 프루스트의 독서방식은 그를 문학비평에 의해 사용되어질 주제의 개념에 가깝도록 인도하였다.

이러한 독특한 세계에 대한 미지의 특질은……아마도 내가 알베르틴에게 늘 말해 온 것처럼, 작품 자체의 내용보다는 가장 진정한 재능의 증거에 있을 것이다……나는 알베르틴에게 위대한 문학가들은 단 하나의 작품을 만들 뿐이며, 여러 환경을 통해 그들이 세상에 가져다 주는 동일한 미를 굴절시키는 것이라고 설명을 해 주곤 하였다……당신은 스탕달에게서 정신적 삶과 관련된 어떤 고도의 감정을 보게 될 것이다. 쥘리앵 소렐이 갇혀 있던 높은 곳, 파브리스가 감금된 높은 탑, 블라네스 신부가 천문학에 몰두하고, 파브리스가 아름다운 눈길을 던지던 종탑.

—— 《갇힌 여인 *La Prisonnière*》

2. 철학적 · 미학적 기반

창조적 자아

형식과 내용의 전통적인 구분을 뛰어넘는 프루스트의 개념은 필연적으로 창조적 자아에 대한 정의를 새롭게 하는 데 관여하게 된다. 프루스트는 《생트 뵈브에 반박하여》 안에서 그것을 분명하게 설명하고 있다. 〈책은 습관 · 사회 · 악에서 우리가 드러내는 것과는 다른 자아의 산물이다. 이러한 자아를 우리가 이해하고자 한다면, 즉 그것을 우리 안에 다시 창조하면서 우리가 이를 수 있는 곳은 바로 우리의 내부이다〉. 프루스트의 성찰은 모순적으로 보일 수 있다. 그가 말하는 자아는 예술가의 심층 심리의 소재이면서 동시에 (재)창작의 대상이다. 창조적 자아는 움직임 속에서 만들어지며, 창조적 자아는 그 움직임에 의해 말해진다는 것을 이해하도록 하자. 따라서 창조적 자아는 자신을 초월함으로써 표현되며, 창조 행위는 이러한 창립운동과 불가분의 관계에 있다.

주제의 영감을 받은 비평의 대부분은 자아의 역동적인 신축성의 감정을 공유하고 있다. 《말라르메의 상상적 세계 L'Univers imaginaire de Mallarmé》의 제사題詞에서 시인의 말을 인용하여, 리샤르는 시인에 관하여 〈예술가는 종이 앞에서 만들어진다〉고 말한다. 이 말은 아마 프루스트의 생각과 가장 근접한 것 같다.

> 문체, 인간은 쉬지 않고 혼돈스럽게 문체를 지향하고 있으며, 문체에 의해서 무의식적으로 자신의 경험을 조직한다. 그는 문체 속에서 스스로를 만들고, 진정한 삶을 만드는 동시에 발견한다.
>
> ──《생트 뵈브에 반박하여》

마찬가지로 스타로뱅스키도 〈작가는 그 작품 속에서 자신을 부정하고 초월하며 변형된다〉고 생각한다(《비평의 관계》). 문학 형태에 대하여 누구보다도 관심이 있는 장 루세는 서슴없이 〈생산이나 표현이 되기 이전에 작품은 창조적 주체에게 있어서 스스로에게 자신을 계시하는 방법이다〉라고 말한다(《형태와 의미》).

따라서 주제비평은 작가가 온전히 자신의 계획의 주인이라는 〈고전적인〉 개념뿐만 아니라, 작가보다 앞서는 심리적 내면성에서 작품이 기인한다고 여기는 정신분석적 방법도 거부한다. 하지만 주제비평은 이러한 지배나 무의식의 부분을 잊지 않는다. 그러나 작품의 진실을 형성되고 있는 역동적인 의식의 탓으로 돌린다. 때문에 스타로뱅스키는 《장 자크 루소, 투명성과 방해물》에서 비평가들에 의해 사용된, 작가에 대한 심리적이고 의학적인 조사에는 별로 취미가 없다고 고백한다. 비평가들은 〈이 시체를 해부대 위로 밀고 나간다. 마치 자기들이 손상된 유조직 속에서 작품의 비밀스런 동기를 발견할 준비가 되어 있는 것처럼〉. 아니면 〈만일 예술가가 어떤 허물을 남겨놓는 것처럼……그러나 우리는 그의 허물 속에서는 결코 그의 예술에 도달할 수 없을 것이다〉.

작품이 창조와 동시에 스스로 벗는 기능을 하는 이상, 주제비평은 작가의 의식 행위에 아주 특별한 관심을 부여한다. 만약 이러한 의미에서 바슐라르가 〈꿈꾸는 자의 코기토〉에 대해 말한다면, 그 개념에 있어 풀레는 좀더 지적인 차원을 회복하게 된다. 그렇지만 개념은 여전히 데카르트의 코기토와는 아주 거리가 멀다. 사실상 데카르트에게 있어서 〈나는 생각한다. 고로 존재한다〉는 확신과 명확함 속에서 모든 사람에게 공통된 존재론에 근거하고 있다. 반대로 바슐라르와 풀레에 있어서, 그 개념은 다른 것으로 환원될 수 없는 최초의 직관에 의해 특수한 세계와의 관계를 결정함으로써, 창조세계와 의식을 특이하게 만든다. 그렇기 때문에 풀레는 특히 《자의식에 관한 비평적 시론 *Essais critiques sur la conscience de soi*》을 재편성한 《자아와 자아의 사이에서》에서 작가들에 있어 이러한 가상의 순간을 정하고자 시도한다. 이 순간에 자아는 특이하게도 의식 행위 안에, 그리고 의식 행위에 의해 존재한다. 스타로뱅스키는 이와 유사하게 루소에게 있어서 어떻게 진실의 분출이 〈양심의 폭로〉와 분리될 수 없었는가를 보여 주고 있다(《장 자크 루소, 투명성과 방해물》). 스타로뱅스키는 몽테뉴에게서도 유사한 문제를 발견한다.

의식은 그것이 나타나기 때문에 있다. 그러나 의식은 그것과 밀접한 관계를 가지고 있는 세계를 솟아오르게 하지 않으면 나타날 수가 없다.

── 《동요하는 몽테뉴 *Montaigne en mouvement*》, 갈리마르, 1982.

작품과 동시대적인 이러한 자아의 폭로를 설명하기 위해서 주제비평은 종종 작가의 역사적인 개인과 의식을 관련짓는 일을 피한다. 몽테뉴에 대한 연구에서 스타로뱅스키는 종종 작가의 이름을 〈자아〉·〈주체〉·〈존재〉라는 말로 대치하고 있다. 존재라는 개념은 주제비평을 가장 쉽게 분별할 수 있는 언어적 습관 가운데 하나이다. 리샤르·풀레·바슐라르처럼 루세도 이러한 방법에 의지하고 있다. 마르셀 레몽은 〈루소의 작품은 해석하기가 거북하다. 그의 존재의 움직임은 통합적인 분석으로 쉽게 환원되지 않는다〉고 언명하면서, 이러한 선호의 이유를 밝히고 있다(《장 자크 루소, 투명성과 방해물》). 루소의 한 가지 경우를 넘어서서 그는 사실상, 비평 작업이란 그 변동 속에서, 특히 본질적이고도 기본적인 움직임 속에서 자아를 포착하려는 것이라고 시사한다. 이러한 움직임을 통해서 자아는 작품 안에 참여함으로써 자신을 실현한다.

세상과의 관계

의식작용을 강조하는 것은 필연적으로 세상과의 관계에 대한 생각을 끌어들이는 것이다. 현대철학은 모든 의식이 무엇인가에 대한, 자아 혹은 우리를 둘러싸고 있는 사물의 세계에 대한 의식이라고 사실상 우리를 설득했다. 조르주 풀레는 그러한 입장으로부터 다음과 같은 일반적 법칙을 연역해 낸다.

　네가 시간과 공간을 생각하는 방식, 그리고 원인 혹은 수의 상호작용을
인식하는 방식, 외부세계와의 관계를 맺는 너의 방식을 이야기해다오. 그
러면 나는 네가 누구인지 말할 수 있을 것이다.
　　　　　　　　　　　　　　　── 《자아와 자아의 사이에서》, 코르티, 1977.

　그러므로 주제비평의 주요 개념 가운데 하나는 관계의 개념이다.
자아가 확립되는 것은 자신과의 관계이며, 자아가 정의되는 것은 그
를 둘러싸고 있는 것과의 관계이다. 시선── 특별히 관계의 행위 ──
이라는 주제를 강조하는 것은 아마도 상당 부분이 이러한 직관에 연
유한다. 바슐라르에게 있어서 〈시선은 우주의 원리이며〉, 루세는 《그
들의 눈이 서로 맞부딪쳤다 Leurs Yeux se rencontrèrent》에서 〈소
설에 있어서 첫번째 만남의 장면〉에 대한 일련의 연구를 하였다. 스
타로뱅스키는 비평 행위를 〈살아 있는 눈〉의 가르침이라고 하였다.
　이러한 관계 맺기의 철학은 현상학의 발달에 상당한 영향을 입고
있다. 바슐라르는 후설에 의해서 주목받게 되었다. 그 후계자들은 메를
로 퐁티에 의해 영향을 받게 될 것이다. 메를로 퐁티는 현상학을 〈실
존 안에서 본질을 대체하는 철학, 그리고 사람과 세상을 그들의 〔사
실성〕(facticité)에 의거해서만 이해할 수 있다고 생각하는 철학〉으로
정의한다(《인식의 현상학 La Phénoménologie de la perception》). 이
러한 관점에서 엠마누엘 르비나스에 따르면 〈감각들도 방향이 있다〉.
베갱으로 하여금 〈나와 사물 사이의 잘못된 구분을 거부하게 만드는
것, 그것은 나로 하여금 나의 〔정상적인〕 인식 기관들이 〔현실〕에 대한
정확한 복사를 기록한다는 것을 믿게 만든다〉(《낭만적인 혼과 꿈

L'Ame romantique et le rêve》).

현상학적인 접근은 이미 프루스트에 의해 선호되었으며, 특히 《잃어버린 시간을 찾아서》의 서두에서 화자가 잠에서 깨어날 때 그의 방 모양을 묘사한 유명한 구절에서 잘 나타나고 있다. 이러한 관점은 문학 텍스트로부터 출발하여 〈세상에서의 존재〉 양식을 정의하고자 한 주제비평에서 지배적인 것이 되었다. 스타로뱅스키가 루소와 몽테뉴에게 바친 위대한 두 권의 저서에서 세운 계획도 이러한 것이다. 그는 루소에 대해서 다음과 같이 말한다. 〈타인에게 다가가는 것이 중요하다. 그러나 자신을 떠나지 않고, 자신이 되는 것에 만족하면서 있는 그대로를 드러내면서 말이다〉(《장 자크 루소, 투명성과 방해물》). 또한 몽테뉴에 대해서는 〈개인은 타인들, 모든 타자들과의 관계가 고려된 형태로만 자신을 획득할 수 있다〉고 설득한다(《동요하는 몽테뉴》).

따라서 작품들의 주제에 따른 독서는 종종 인식과 관계의 범주에 따라서 이루어진다. 시간·공간·감각……. 풀레에게는 〈나는 누구인가?라는 질문이 자연스럽게 나는 언제 존재하는가?라는 질문과 혼동되었다……이 질문에 자연스럽게도 유사한 다른 질문 나는 어디에 있는가?라는 질문이 대응한다〉(《비평의 의식》). 《인간의 시간에 대한 연구 *Etudes sur le temps humain*》라는 네 권의 저서가 여기에 답변하고 있다. 이러한 선입견이 주제비평의 다른 대표 비평가들에게서보다 덜 체계적으로 보인다 하여도, 여전히 선입견이 그들의 사고를 은밀하게 주도한다. 이와 같이 장 루세는 〈움직이는 다양성의 경험에 흔쾌히 몸을 맡기는 사람들과, 그것을 거부하거나 그것을 초월하려는 사람들〉을 대립시키면서, 바로크 시대의 시간에 대한 태도의 두 가지 유형을 구분하고 있다(《프랑스 바로크 시대의 문학 *La Littérature de l'âge baroque en France*》). 바슐라르가 이러한 관점에 대해 길을 제시하였다. 그는 예술가에게 고유한 〈세상에서의 존재〉를 계시하는 모델에 따라 창조적인 상상력이 어떻게 시간과 공간에 적응하는지를 최초로 보여 주었다.

인식의 범주들을 폭넓은 은유적 용법으로 만듦으로써 주제비평의 표현 양식은 이러한 경향의 영향을 받는다. 특히 공간에 대해서는 더욱 그러하다. 스타로뱅스키가 루소의 몽상을 주해한 것을 예로 들어 보자.

> 이 순간부터 새로운 공간이 전개될 수 있을 것이다. 자아에 집중되고, 감정의 확장에 의해서 생기를 띠고, 증가된, 시간화된 공간이다. 이것이 산책의 공간이다.
>
> ──《장 자크 루소, 투명성과 방해물》

유사한 의미에서 인식의 양식들은 종종 실체적인 실재를 얻게 되는데, 그것은 예술가에게 〈세상에서의 존재〉 안에서 그 중요성을 제시한다. 리샤르에게 있어서 꺼칠꺼칠한 것, 부드러운 것, 대리석 같은 것, 시든 것, 광택이 있는 것 등은 진정한 실체가 되기 위해서 그 속성인 기능을 잃어버린다. 마찬가지로 스타로뱅스키는 몽테뉴에게서 〈운동의 이미지와 떼어놓을 수 없는 충만과 공허, 무거운 것과 가벼운 것의 물질적인 특성〉의 중요성을 강조한다(《동요하는 몽테뉴》). 이와 같이 주제비평가들의 쓰기는 특징화하는 작업을 확장하고 대치한다. 비평적인 감상은 의식·대상·존재에 대하여 행해질 뿐만 아니라, 그것들을 묶고 있는 방식과 관계 양식에 대하여도 행해진다. 이와 같이 감각적인 인상은 숙고된 사고와 마찬가지로 중요성을 지닌다.

상상력과 몽상

　예술작품의 테두리 안에서 인식은 창조와 분리될 수 없다. 따라서 창조보다 우선시되는 자료와 인식을 관련지어야만 창조된 작품을 분석할 수 있다. 창조는 그 자료의 전사轉寫에 불과하다. 우리는 창조하는 자아에 대한 프루스트의 숙고의 모순을 여기에서 다시 발견한다. 만일 예술가가 작품 속에 자신을 계시한다면, 그는 또한 작품에 의해서 자신을 세운다. 그러므로 주제비평은 주체와 객체, 세상과 의식, 창조자와 작품 사이에 상호적인 관련이라는 이중적인 관계를 전제로 한다. 〈사람들이 자기 손을 다른 손에 올려놓음으로써 변형시키는 것처럼〉이라는 엘뤼아르의 이미지 인용을 즐기는 바슐라르는 〈우리는 푸른 하늘을 바라본다고 생각한다. 그러나 갑자기 우리를 바라보는 것이 푸른 하늘이 된다〉고 썼다(《공기와 꿈 L'Air et les songes》). 스타로뱅스키는 《비평의 관계 La Relation critique》에서 〈대상의 해석과 자아의 해석 사이에 필연적인 관계〉가 있음을 확증하면서 이러한 직관에서 결론을 이끌어 낸다.

　주제비평이 텍스트 안에서 쓰기의 역동성을 드러내는 모든 것에 특별히 관심을 보이는 것은 바로 그러한 이유 때문이다. 스타로뱅스키는 〈루소에 있어서 이야기의 사고를 지배하는 구조틀〉을 보여 주려고 애쓰며(《비평의 관계》), 《수상록 Essais》의 저자에 대한 연구서에 《동요하는 몽테뉴》라는 제목을 붙였다. 특히 그는 거기서 〈연속적인 발아에 의한 구조가 몽테뉴의 소재이다〉라고 밝히고 있다. 리샤르는 말라르메를 주해하면서 〈입구〉에 머물기보다는 작품의 〈전개〉를 지지할 작정이라고 한다(《말라르메의 상상적 세계》). 작가의 작업을 연구의 대상으로 환원시킴으로써 작품을 화석화하지 않고 창조적인 움직임 속에서 파악하려는 방법이다.

　따라서 주제비평은 그 대표자들, 특히 스타로뱅스키와 리샤르가 정신분석에 빚지고 있기는 하지만, 정신분석과 갈등관계를 유지할 수밖에 없다. 사실상 그 수렴점들은 중요하다. 이미지에 대한 특별한 관심, 텍스트의 드러난 의미를 초월하고자 하는 욕망, 접근을 가능하게 하고 유추에 의해서 상징과 지배적인 도식을 나타나게 해 주는 작품의 〈횡단적〉 독서에 의지하고 있다. 그러나 이 두 가지 접근방법이 창조하는 주체와 작품 사이에서 가정할 수 있는 관계에 대해서는 철저하게 대립된다. 정신분석은 작품이 승화의 역할을 하도록 하면서 이전의 심리상황을 반향하는 기호들의 집합체로 만드는 경향이 있다. 예술은 환상을 이용하여 이전에는 금지되었던 욕망이 드러나도록 한다. 질베르 뒤랑은 〈프로이트에게 이미지들이란 다소간 수치스러운 가면에 불과하다. 즉, 억압으로 인해 거세된 리비도를 감싸고 있는 가장이다〉라는 결론을 내린다(〈융 혹은 프시케의 다신교〉, 《문학잡지》, n° 159/160). 반대로 바슐라르에서는 이미지를 그 생성과 연관짓는다든가 이 앞일과 관련을 시켜서는 안 된다. 그러나 이미지가 생겨날 때는 그것을 포착하고 미래에 살도록 내버려 두어야 한다. 전기주의 (biographisme)와 정신분석적 조사는 축소적이고 훼손적이다. 〈작품이 과거의 운명과 상상된 미래에 종속되어 있기 때문에〉(《비평의 관계》, 스타로뱅스키) 작품은 상호적인 인과관계의 도식을 파괴한다.

　상상력에 대한 개념을 고집하는 언급보다 이러한 비평의 경향을 더 잘 보여 주는 것은 없다. 그것은 주제비평가들로 하여금 인간 심리의 기능주의적인 개념을 멀리하고, 창조적이고 현실적인 기능을 만들도록 해 준다. 이 분야에서 모든 비평가들에게 주제에 따른 영감의 길을 열어 준 가스통 바슐라르에게 있어서 상상력은 조직하는 활력이다. 상상력은 사르트르가 부여한 현실의 〈무화無化〉의 영향과는 거리가 멀다. 상상력은 예술가에게 고유한 세계를 만들도록 한다. 왜냐하면 상상력은 존재 현상이기 때문이다. 〈단순한 영상은 그것이 새로운 것이라면 하나의 세계를 열어 준다. 상상력이라는 수천 개의 창문으로 보이는 세계는 변화한다. 따라서 그것은 현상학의 문제를 새롭게 한다〉(《공간의 시학 La Poétique de l'espace》).

주제비평에서 자주 등장하는 몽상이라는 개념은 이러한 견해를 밝혀 준다. 이 개념은 루소의 《고독한 산책자의 몽상 Les Rêveries du promeneur solitaire》에 결정적인 영향을 미쳤고, 몽테뉴의 생각에 대한 〈몽상〉 작용을 연구한 스타로뱅스키뿐만 아니라 레몽(《낭만주의와 몽상 : 장 자크 루소, 자아의 탐구와 몽상》)과 베갱(《낭만적인 혼과 꿈》)의 관심까지 끌었다. 여기에서의 몽상은 정신분석에서 이해하는 꿈과는 거의 대립되는 개념이다. 밤에 꾸는 꿈이 무의식의 언어를 위하여 의식을 와해시키는 반면, 몽상은 의식을 어느 정도의 활동상태로 유지시킨다. 몽상은 창조적 상상력이 십분 발휘될 수 있는 정해지지 않은 중간부에 위치한다. 레몽은 18세기에 쓰인 〈꿈꾸다〉라는 동사의 의미 가운데 하나를 주해하면서 다음과 같이 말하고 있다.

길잡이 실은 〈가는 대로 놓아두는〉 것이며, 기분전환으로 이어지는 이완작용이다. 논리적인 틀을 벗어남으로써 우리는 낯선 곳으로 떠나고 변하며 서로 소원해진다. 그러나……우리는 서로 만나고 다른 자아에게로 들어가는 기회를 향해 달린다.

——《장 자크 루소, 자아의 탐구와 몽상》

창조적 상상력의 직감과 몽상에 대한 관심은 화해의 기호 아래에 위치한 심리 현상의 개념에 종속되어 있다. 정신분석이 갈등을 드러내고 서로 충돌하는 충동적인 힘의 목록을 제시하는 반면에, 주제비평은 이러한 모순들이 행복하게 해결되는 균형을 작품이 어떻게 만들어 내는가를 연구하는 성향이 있다. 스타로뱅스키는 루소에게서 그것을 잘 보여 주고 있다.

　　이차적인 몽상의 기능은……모든 것이 서로 보완되고 평등화되는, 통합적인 담화를 만들어 넴으로써 체험된 경험의 불연속성과 다양성을 흡수하는 것이다.

──《장 자크 루소, 투명성과 방해물》

　　주제비평은 이와 같이 현대적 사고(특히 구조주의에 의해 대표되는)의 중요한 항구적 특징 중의 하나와 대립된다. 그것은 의미·가치 등은 항상 변별적이며, 가장 의미가 있는 것은 편차(écart)라는 개념이다. 주제비평은 오히려 르네 지라르의 철학과 유사하다. 그에게는 바로 유사성이 의미의 일반법칙이다. 요컨대 〈주제〉는 반복에 의해서 정의되고, 텍스트의 변이를 통해서 영속성이 지속된다. 주제비평의 방식은 이러한 동일시에 의한 조정법칙에 따른다.

3. 주제비평의 방식

총체로서의 작품

유사성의 관계들, 즉 〈행복한 상상력〉과 연관이 있는 것에 부여된 특권은 주제에 의해 영감을 받은 비평가들로 하여금 작품의 독서를 균등하게 만들고 있다. 그들은 작품 속에 잠재된 일관성을 드러내고, 흩어진 요소들 사이에서 은밀한 연관성을 찾아 계시하고자 애쓴다. 따라서 이러한 비평적인 태도는 〈총체적〉이 되기를 원하며, 그 방법뿐만 아니라 목적에 있어서도 그러하다. 왜냐하면 비평가가 파악하고자 하는 것은 〈세상에서의 존재〉의 경험, 즉 작품 속에서 실현되고 있는 경험 그대로이기 때문이다. 그리고 비평가는 고려된 텍스트의 유기적인 총체를 통해서 경험을 이해하고자 한다. 이러한 통합적인 야심은 선호되는 분석의 주체를 선택하는 데 서로 대립된다. 예를 들면 자아의 문제·단일성·일관성의 문제가 계속해서 제기되는데, 그것은 그러한 문제가 작품의 통합적인 관념, 그리고 통합적인 비평방식과 통하기 때문이다. 이러한 의미에서 스타로뱅스키는 루소의 커다란 야심들 중 하나를 정의한다.

통합의 필요성은 진리로 향한 도약과 동시에 거만한 요구이기도 하다. 왜냐하면 루소는 그의 인생을 고정시키기를 원하고, 인생에다 가장 변함없는 근거——진리와 자연——를 주기 원하여, 차후로 그 자신에게 성실하기를 스스로 확신하기 위해서 소리 높여 자신의 각오를 선언할 것이기 때문이다. 그는 세계 전체를 증인으로 세울 것이다.

이러한 〈유사성에 대한 열정〉(이것은 루세가 티보데에게 헌정한 연구 논문의 부제목이다)은 쉽사리 동일시될 수 있는 언어학적인 결과를 초래한다. 특히 작품 전체를 몇 마디의 결정적인 단어로 응축하고자 하는 일반화된 표현들이 풍부하다(〈따라서 더 고정적인 것은 없다……〉, 풀레의 《자아와 자아의 사이에서》 ; 〈더 계시적인 것은 없다……〉, 스타로뱅스키의 《장 자크 루소, 투명성과 방해물》; 〈사실상 모든 것이 여기에서 시작된다……〉, 리샤르의 《셀린의 구토 Nausée de Céline》). 루세는 이러한 방법의 위험을 느꼈다. 15년 만에 그의 최초 저작인 《프랑스 바로크 시대의 문학》으로 돌아오면서 그는 방법론적인 원리를 검증하고 있다. 〈여러 가지 기록들이 필연적으로 서로서로 통하게 되는 단일한 체계〉의 개념이 있다(《내면과 외면 L'Intérieur et l'extérieur》). 조르주 풀레는 《폭발된 시 La Poésie éclatée》의 서문에서 〈우리가 따로 떼어놓은 사람들의 독창성을 분리해내고자 하는 순간부터 더 이상 유사성은 없다(아니면 유사성이 이차적인 것이 되어 버린다). 중요한 것은 재능 있는 어떤 사람을 다른 사람과 동일시되도록 내버려 두지 않는 질적인 차이이다〉라고 설명하면서 이러한 위험에 조심하고 있다. 이러한 주장은 시사하는 바가 크다. 그것은 액막이인 동시에 고백이기도 하다.

주제비평은 이따금 통합의 목적으로 미묘한 의미의 차이를 잃어버리기도 하고, 동일한 이유로 작품에 대한 담화의 유동성 덕분에 잃어버린 의미를 보상하기도 한다. 전통적인 구분 —— 작가·문맥·계획·의미·형태 등 —— 을 전개하는 확실한 위계들은 서로서로 인과관계에 따른 것이지만, 사실상 창조적 상상력의 보호하에 놓인 작품의 유기적인 전체성의 개념에 의해 전복되었다. 그 다음부터 비평의 파롤은 작품의 내부에서 〈행로〉만을 지시할 수 있게 된다. 《현대시에 대한 11개의 연구 Onze études sur la poésie moderne》를 발표하면서 리샤르는 〈그것은 단순한 영역의 명세서에 불과하다……독서, 그것은 다시 말하면 어떤 구조의 추출과 의미의 점진적인 드러남을 겨냥한 인간적인 노정〉이라고 언명한다. 작품에 대한 단일적인 전제가 각 요소들에게 동등한 의미적인 가치를 주는 이상, 그것은 시작도 끝도 없는 노정이다. 바로 거기에서부터 한 모티프에서 다른 모티프로 끊임없이 옮겨가는 리샤르의 독특한 방식이 비롯된다.

각 대상은, 이러한 구성적 범주 안에 일단 인정되면……다른 것들의 다양성을 향해 열리고 퍼져나간다……게다가 수많은 측면적인 가지치기의 관점, 수많은 간접적인 관계의 관점도 마찬가지이다.

——1974년 베니스 회의에서 발표: 편집되지 않은 리샤르의 텍스트에서

따라서 작품은 자연히 여러 개의 중심을 가지고 있다. 주제비평은 전통적인 피라미드의 개념(그것은 위계, 의미를 조직하고 구성하는 가치 체계를 전제로 한다)을 버리고 모든 것이 의미를 만드는 파노라마식 망의 비전을 채택하였으며, 독자로 하여금 예측 가능한 귀결 없이 유사한 노정을 더듬어 보라고 초대한다.

불필요한 지식들

이와 같이 평가의 방법과 개념을 바꾸고 습관적으로 구분된 인식론적인 영역 사이에 참신한 관계를 설립하였기 때문에, 주제비평은

개념들 사이에서 새로운 순환을 만들고, 새로운 (무)질서 속에 문학 분석의 관습적인 방법들을 재분포시켰다. 비평의 정통성에 친숙한 사람들에게 주제비평은 우선 한계의 초월, 과학적인 목록의 인습적인 토지대장을 교란시키는 이러한 오만한 건너뛰기로 인해 유명해졌다. 이러한 전복이 시작될 시기에, 작품은 무엇보다도 정신적인 모험이고, 작품은 어떤 명확한 지식으로도 철저하게 고찰할 수 없는 경험의 흔적이고 방법이며 기회라는 확신이 있었다. 거기에서 반지성주의적 입장이 생겨나는데(마르셀 프루스트와는 다른 평행점), 반지성주의는 너무나 속박적인 인식론적인 근거에서 시작된 담화, 혹은 현학적인 비평의 거부로 해석된다. 하지만 무지에 대해 별로 의심이 없는 스타로뱅스키는, 비평가는 〈가장 낮은 것 ——즉, 완전한 무식, 완전한 무지 —— 으로부터 좀더 큰 이해에 도달하는 것을 목적으로 하는 데 동의한다〉고 상상한다(《비평의 관계》).

　텍스트의 과학과 모든 인문과학들은 주제의 영감에 의한 비평들에 부족함이 없다. 루세는 《프랑스 바로크 시대의 문학》에서, 예를 들면 바로크의 출현에 대한 역사적인 이유들에 관하여 묻고 있다. 그는 책의 말미에서 바로크 시대를 〈다시 태어나는 고전주의〉와 〈1665년 이후의 바로크적인 색채의 오랜 고전주의〉 사이에 위치시킨다. 17세기 전반의 희곡처럼 프랑스의 문학사에서 별로 알려지지 않은 이러한 영역에 대해 특별하게 정통한 발전을 제안하고 있다. 말라르메의 《아나톨의 무덤에 대하여 Pour un tombeau d'Anatole》에 대한 비평본에서, 리샤르의 방식은 여전히 전통적이며 그 진술은 보편적이다. 언어학적인 분석들은 사실상 드물다 —— 아마도 그것들은 언어적인, 즉 〈객관적인〉 유일한 실재에 대한 작품의 동일시를 전제로 하기 때문일 것이다. 바슐라르와 풀레에게는 거의 전적으로 드물고, 리샤르와 스타로뱅스키의 경우는 미묘하게 개입하고 있는데, 리샤르의 경우는 빈번하게 나타난다.《형태와 의미》의 저자는, 예를 들면 바로크 문학에서 〈날개 달린 바이올린〉의 메타포를 세밀하게 연구하고,《소설가 나르시스 Narcisse romancier》에서 서술학의 분석을 발전시키며,《내면의 독자 Le Lecteur intime》에서는 〈텍스트 안의 수신자〉에 대하여 자문하고 있다.

하지만 루세의 예는 이러한 〈기술적인〉 목록들이 그것들을 초월하는 비평 계획을 위한 보조적인 것에 불과하다는 것을 보여 준다. 그가 환기시킨 쓰기의 문제는 로브 그리예의 《질투 La Jalousie》에서 화자의 위치에 대한 주제의 중요성을 보여 줄 때와 같이 항상 중대한 실존적 목적과 연결된다.

〈독자〉의 관점

만일 지식들이 주제비평을 위한 보조자로 여전히 남아 있다면, 주제비평은 가설적인 명확성을 주장할 수 없다. 결백한 담화란 없다. 그러므로 비평이 시작되는 위치는 무엇인가? 문학이 처음부터 창조적 의식의 정신적인 경험으로 여겨지는 이상, 이러한 위치란 의식 그 자체가 될 것이다. 그러므로 텍스트를 배태하는 이러한 운동과 합체하는 것이 중요할 것이다. 풀레가 바슐라르에 대하여 언급한 것처럼 〈타인의 상상력을 수용하고, 그것을 자기의 것으로 다시 취해서 이미지를 만들어 내는 행위에 이르는 것〉이 중요하다(《형이상학과 모럴에 대한 잡지 Revue de métaphysique et de morale》, 〈가스통 바슐라르와 자아의식〉, 1965, n° 1). 결과적으로 텍스트를 연구하는 것, 그것은 미메시즘에 속하는 것이다. 이 점에 대해서 주제에 따른 영감靈感 비

평가들의 대부분은 놀랄 만한 일치감을 나타낸다. 풀레에 대하여,

> 읽는 행위는 (모든 진실한 비평적 사고가 귀착되는) 두 의식의 일치를 전
> 제로 한다. 하나는 독자의 의식이고 다른 하나는 저자의 의식이다……내
> 가 보들레르나 라신을 읽을 때, 그것은 실제로 내 안에서 다시 생각되고
> 다시 읽혀지는 보들레르와 라신이다.
>
> ──《비평의 의식》

루세는 〈통찰력 있는 독자는 상상력의 움직임과 구성의 의도들과
결합하기 위해서 작품 속에 자리잡는다〉고 생각한다(《형태와 의미》).
리샤르도 같은 생각이다.

> 정신이 자기 안에서 작품이 반향을 일으키는 의식 행위를 재생산해 내
> 지 못한다면, (물론 절대적으로 그러한 경지에 이를 수는 없지만) 한 작품,
> 한 페이지, 한 문장, 한 단어조차 소유하지 못할 것이다.
>
> ──《말라르메의 상상적 세계》, 쇠이유, 1962.

주제비평의 방식은 이 점에서 19세기 생트 뵈브에 의해서 특별히
표현된 〈공감의 비평〉과 결합되며, 〈신비평〉 성향들의 대부분과 철저
하게 멀어진다. 신비평은 반대로 텍스트의 관찰 가능한 요소들에 근
거한 객관성의 연구라는 특징이 있다.

작품의 진실이 작품을 관통하며 작품 속에 구현된다. 그러나 작품
이 정신의 정수인 이상 축소되지는 않는다. 따라서 〈공감〉에 의해서,
일종의 비평의 〈모세현상〉을 통해서 작품의 원리가 되는 창조적 충
동을 되찾아야만 한다. 그렇기 때문에 주제비평은 작품의 원동력이

되는 최초의 독창적인 순간에 그토록 집착한다. 비평은 작품이 시작되어 빛을 발하는 출발점, 최초의 직관을 확인하고자 한다. 풀레는 샤를 뒤 보에 대하여, 〈비평의 각 연구는……도약을 다시 찾고 출발점을 회복하는 것을 주요한 임무로 삼는다〉고 썼다(《비평의 의식》). 이러한 독창적인 신화는 특히 리샤르에게 두드러지게 나타나는데, 그는 예를 들면, 우선 〈사물과 존재에 대하여 르네 샤르를 깨운 것은 이러한 기후이다〉(《현대시에 대한 11개의 연구》)라는 글을 인용하고 르네 샤르에게 헌정하는 논문을 시작한다. 우리는 여기에서 바슐라르의 확언을 생각해 보자. 〈하나의 문학적 이미지는 탄생상태에서 하나의 의미를 지닌다〉(《공기와 꿈》).

작품에 대한 〈공감적〉 독서의 장점은 그것이 단어와의 접촉에서 생기는 거의 생리적인 즐거움을 느끼고 간직하게 해 준다는 점이다. 〈시는 숨결의 즐거움이며, 호흡의 확실한 행복〉이기 때문에 시를 읽어야만 한다(《공기와 꿈》, 가스통 바슐라르). 그러나 모든 문학 텍스트에 대해서도 이 말은 옳다.

> 《수상록》한 장을 읽는 것, 그것은 굉장히 활동적인 언어를 접촉함으로써 일련의 심리적인 움직임을 만들어 내는 것이다. 이러한 심리적인 움직임은 우리의 신체에 유연함과 힘의 인상을 전이시킨다.
>
> ──《동요하는 몽테뉴》, 스타로뱅스키

주제비평이 결합하고자 하는 이러한 정신적인 동시에 생리적인 움직임을 간직하기 위하여, 주제비평은 주석하고 있는 텍스트들로부터 가능한 한 적게 그 고유한 담화를 분리하도록 노력한다. 어떤 때는 억지로 작품의 연대기를 따라가기도 하고(루세는 《동 쥐앙의 신화 Le

Mythe de Don Juan》, 스타로뱅스키는 《장 자크 루소, 투명성과 방해물》에서 그렇다), 어떤 때는 인용문을 증가시키려고 하고, 비평과 작품의 소리를 한데 엮어서 천을 짜려는 노력도 한다. 어떤 때는 비평가를 그가 주석을 달고 있는 작품의 저자와 같은 위치에 놓기도 한다. 그래서 스타로뱅스키는 몽테뉴의 위치에 대하여 다음과 같이 말하기도 한다.

나는 죽음에 관하여 생각할 뿐 아니라, 그것을 나 자신의 죽음으로 생각하면서 죽음을 중개로 하여 나 자신을 성찰하게 될 것이다. 나의 최후의 시간이라는 단일한 불빛에서 완벽한 계속성과 거대한 일관성이 나의 모든 행위와 관련을 가지게 될 것이다.

— 《동요하는 몽테뉴》

〈나〉는 여기에서 작가와 해설가의 두 목소리가 서로 혼동되는 이중의 영역이다.

당연히 비평의 언술과 비평이 밝히는 작품 사이에 완벽한 일치를 예상할 수는 없다. 주해자의 말은 항상 다르다. 만일 주해자의 말이 점차적으로 찬성하는 말이 되기를 목표로 한다 하여도 그 말은 여전히 이질적이다. 때문에 주해자의 말은 종종 문학작품들과 관련해서 볼 때 거리가 있는 〈공감〉의 관계 속에서 정의된다. 예를 들면 스타로뱅스키는 〈돌출 부분〉의 독서와 찬성의 독서를 명백하게 교대시킨다. 루세는 〈약간 모호한 입장, 즉 대상의 내부와 외부를 차례차례로 오가는 해석자의 입장〉을 감추려고 하지 않는다(《내면의 독자》). 리샤르는 거기에 대하여 다음과 같은 결론을 이끌어 내고 있다.

중재된 성실성, 흥분적인 불성실성, 이것은 아마도 비평 기능의 이중적인 책략일 것이다.

——《낭만주의에 대한 연구 *Etudes sur le Romantisme*》, 쇠이유, 1971.

주제라는 개념

인문과학이나 언어학적 원리의 전통적인 지평을 초월하고자 하는 비평이 항상 위험한 모험을 하는 가운데, 주제라는 개념은 비평가에게 그 방식의 일치—— 의사소통성—— 에 있어 필수 불가결한 받침점을 제공한다. 주제란 텍스트에서 이러한 실존의 직관이 결정結晶되는 점이다. 이 실존은 주제를 뛰어넘지만, 동시에 주제를 나타내려는 행위 없이 독립적으로 존재할 수는 없다. 우리는 베버의 정의를 받아들일 수 없을 것 같다. 그는 주제가 〈어린 시절의 추억이 작가의 기억에 남겨놓은 흔적〉이며, 〈작품의 모든 관점들이〉 그 주제를 향하여 수렴된다고 한다(《주제의 영역 *Domaines thématiques*》). 이러한 개념은 정신분석적 차원뿐만 아니라 텍스트의 문학적 인식 차원에서도 구속적이고 제한적이고 축소적이다.

〈주제〉를 이해하는 데 가장 유용하고 가장 세밀하게 숙고한 사람은 아마 리샤르일 것이다.

그것은 작품의 공간에 있어서 의미 단위들 중의 하나이다. 즉, 작품의 공간에서 특별하게 활동적이기 때문에 인정받은 현존의 이러한 범주들 중 하나이다.

——1974년 베니스 회의

이와 같이 정의된 주제는 작품 속에서 작가에게 고유한 〈세상에서의 존재〉에 대한 특별히 의미 있는 지표이다. 리샤르는 특히 《말라르메의 상상적 세계》 서문에서 그것을 설명하고 있다. 주제는 〈구성의 구체적인 원리이며 고정된 틀이며 대상이다. 그 주위에서 세상이 구성되고 전개되는 성향이 있다〉고 확언을 한 후에, 그는 동일시의 문제를 제기한다. 가장 확실한 준거는 단어의 반복이다. 그러나 주제는 종종 언어를 초월하며, 같은 언어라도 한 표현에서 다른 표현으로 옮김에 따라 의미가 달라질 수 있다. 그러므로 가장 확실한 표지는 〈주제의 전략적 가치, 즉 위상학적인 질이다〉. 이 준거는 결정적이다. 주제비평적인 독서는 결코 빈도의 일람표로 자신을 나타내지는 않는다. 이것은 의미적이고 순환적인 관계망을 그려보려고 한다. 의미를 만드는 것은 주장이 아니라 작품이 표현되는 의식과 관련하여 그려내는 관계의 총체이다.

이러한 일반적인 정의로부터 출발하여 각 비평가는 그가 주석하고 있는 주제를 선택하기 위하여, 그에게 고유한(여기에서 주관이 나타난다) 직관에 따라 독서의 방향을 잡는다. 사실상 주제는 형태적인 실재뿐만 아니라 〈내용〉을 반향하는 성향이 있다. 예를 들면 《인간의 시간에 대한 연구》의 저자인 풀레는 또한 《원의 변형》을 분석하였다. 전자의 경우, 주제의 목록에 단일성을 주는 것은 인식의 범주이다. 후자의 경우, 선험적으로 모든 의미가 배제된 순수한 지리적 흔적, 단순한 추상적인 형태이다. 아마도 루세는 개념을 가장 크게 확장시킴으로써 주제의 이러한 신축성을 가장 잘 보여 준 것 같다. 그가 연구한 항구적 특성(constantes)은 개념뿐만 아니라 형태에, 문학뿐만 아니라 예술에도, 독립적으로 활동하는 예술가들뿐만 아니라 작가 집단에게도 관련이 있다. 그에게 있어서 주제는 원형 혹은 집단적 신화에 가깝다. 그러나 그 구현은 항상 세밀하고 감각적이며 동시에 형태적이다.

주제에 영감을 받은 비평가들은 그들이 선호하는 주제를 선택하는 방법에 의해 가장 두드러지게 구분된다. 그들이 문학 텍스트 안에서 추구하는 주관성 역시 그들의 방식을 조건짓는다. 따라서 그들의 유사성을 개괄하고 난 후에는 그들을 하나씩 떼어서 고찰해야만 한다. 그들 모두를 환기하기에는 지면이 모자라므로, 우리는 가장 의미 있어 보이는 사람들, 즉 바슐라르와 풀레와 리샤르를 선택하였다.

4. 가스통 바슐라르

《시와 깊이 *Poésie et profondeur*》에 결집해 놓은 연구들을 발표하면서 리샤르는 〈여기에서 문제삼는 것은 시이기 때문에, 감각은……그것을 내면화시키고 연장시키는 몽상과 분리될 수 없다. 그말은 이 책이 가스통 바슐라르의 연구에 덕을 입었다는 뜻이다〉라고 말하고 있다. 풀레 역시 철학자 바슐라르의 후원을 받고 있는데, 풀레는 바슐라르에게서 완전히 새로운 의식의 기호 아래에 위치하고, 이미지의 화신 속에서 파악되는 새로운 문학비평의 창시자를 발견한다.

바슐라르 이후로 더 이상 의식의 비물질성에 대하여 말할 수 없다. 왜냐하면 첩첩이 쌓인 이미지의 층들을 통해서가 아니면 의식을 인식하기가 어렵기 때문이다……바슐라르 이후에 의식의 세계, 결과적으로 시와 문학의 세계는 더 이상 전과 같지 않게 되었다.

─《비평의 의식》

인식론자와 시 연구가

하지만 주제비평 방법의 선구자인 바슐라르가 문학비평가는 아니다. 교육과 직업 철학자인 그는 우선 과학의 역사 쪽으로 방향을 돌린 인식론자였다. 특히 《과학정신의 형성 *La Formation de l'esprit scientifiq-ue*》에서 그는 진보적이고 열린 합리주의 정신을 정의하는 데 전력하였고, 그만큼 데카르트의 합리주의나 원시적 사고의 애니미즘을 멀리하였다.

어떻게 인식론자가 상상력의 철학자, 정열적인 시어의 〈몽상가〉가 되었는가? 1984년 디종의 회의가 환기한 바와 같이 〈시와 정리定理의 인간〉인 바슐라르는 합리적인 교육과 상상에 대한 그의 열정 사이에서 아무런 불양립성을 느끼지 못하였다. 그에게 있어서 과학과 시는 인간의 창조성의 동일한 직관, 세상에 의미를 주고 싶다는 동일한 욕망 속에서 다시 결합된다. 그가 시적 독서에서 기대하던 것은 가장 깊은 근원으로의 회귀였다. 이것을 통해 그는 장래의 주제비평가들의 〈독창적인〉 방법을 예고하였다. 〈학자는 자신의 직업을 떠나자마자 근원적인 가치의 회복으로 돌아간다〉(《불의 정신분석 *La Psychanalyse du feu*》).

이러한 연구에 있어서 두 가지 영향이 중요한 역할을 하였다. 하나는 프로이트주의이고 다른 하나는 현상학이다. 바슐라르는 상상력의 창조적이고도 역동적인 개념을 위하여 프로이트주의와 급속도로 멀어졌고, 현상학에서 좀더 심오한 영향을 받게 된다. 주체와 객체간의 항상 진보적인 관계 속에 세상을 존재하게 만드는 창조력과 인식이 혼합된 〈몽상〉의 의미뿐만 아니라, 바슐라르는 이미지의 개념에 있어서도 부분적으로 현상학의 영향을 받고 있다. 〈나는 세상을 꿈꾼다. 그러므로 세상은 내가 꿈꾸는 대로 존재한다〉(《몽상의 시학 *La Poétique de la rêverie*》).

바슐라르에 있어서 현상학적인 접근은 의식의 모든 현상들을 의미 있게 만드는 창조적인 휴머니즘과 결합되곤 하였다. 그러므로 그는 《몽상의 시학》에서 〈의식에 포착된 모든 것은 의식의 증대이며, 빛의 확산이며, 심리적 동질성의 강화〉라고 확언한다. 그것을 위해 〈의식만이 행위, 즉 인간의 행위이다〉. 그는 문학에서 —— 특히 그가 배타적으로 매달린 시에서 —— 의식의 가장 고매한 표현을 보았다. 다시 말하면 상상력을 자극하면서 우리의 〈세상에서의 존재〉를 계시하고 확립하는 데 바쳐진 말들의 작업 속에서 그는 그것을 보았다.

현상학과 상상력의 존재론

〈이미지는 그것이 생겨나고 비약할 때, 우리 안에서 〔상상하다〕라는 동사의 주체가 된다. 이미지는 상상의 보충물이 아니다. 세상은 인간의 몽상 안에서 상상된다〉(《공기와 꿈》). 이러한 확언은 현상학적인 직관을 그 극단적인 결과에까지 밀고 나가는 것이다. 가장 우선적이고 또한 상대적으로 인식의 주체와 세계에 대한 등급을 매기는 것도 의식이 하는 일이다. 그들의 존재를 정의하는 관계의 총체를 통하여 그들이 존재하는 것은 바로 의식에 의해서이다. 그렇기 때문에 의식이 세상과 인식의 주체의 토대가 된다.

그러므로 바슐라르에게 있어서 인간의 심리 기능의 총체를 포괄하는 상상력은 창조적이고도 현실적인 기능을 가진다. 이러한 직관을 세우기 위해 그는 독일 시인 노발리스의 교훈을 참고하였다. 노발리스에 따르면 〈시란 심리적 역동성의 예술〉이다(《공기와 꿈》). 사실상 바슐라르는 바로 이 점에 있어서 독일 낭만주의의 후계자이자 계승자이다. 독일 낭만주의는 최초로 상상력을 당당한 기능으로 만들었다. 바슐라르는 우리의 경험에서 기인하는 것이 아니라 **선험적으로** 우리의 경험을 지배한다는 상상력의 초월적인 특성을 확언한 칸트의 사고를 연장한다.

따라서 이미지는 존재론적인 창립자의 역할을 한다.

> 절대적인 상상력의 순수한 작품인 이미지는 존재의 현상, 말을 하는 존재의 특수한 현상들 중의 하나이다.
>
> ──《공간의 시학 *La Poétique de l'espace*》

이와 같이 바슐라르는 그가 인용한 이미지들에서 명백한 특질을 찾았다고 사람들은 설명한다. 시적 이미지는 그것이 나타나는 순간에 총체적으로 주어진다.

> 합리주의적 신화학자들의 심리학적인 오류는 말이 유창하다는 것이다. 시인은 종종 몇 마디 말로 모든 것을 말한다.
>
> ──《대지와 의지의 몽상 *La Terre et les rêveries de la volonté*》

따라서 이미지는 설명적인 담화에 속하지 않으며 장식적인 관심사와는 별로 관계가 없다.

자연히 이러한 확신은 정신분석적인 담화와 양립할 수 없는 상상력의 개념을 전제로 한다. 이미지는 과거에 관련되는 것이 아니고, 〈공통적인 메타포의 양식에 따라서, 이미지에는 억압된 본능을 해방시키기 위해 열어질 마개와 비교될 만한 것이 전혀 없기〉(《몽상의 시학》) 때문에 이미지는 충동적인 도식에서 기인하는 심리적인 징후와 동일시될 수는 없다. 정신분석에 매료되기는 하였지만 바슐라르는──그가 불의 상상력에 바친 연구 논문의 제목이 보여 주는 바와 같이──정신분석에서 급속도로 멀어져 갔다. 그의 글에서 프로이트에 대한 언급이 점차로 융이라는 이름으로 바뀌어 갔다. 사실상 바슐라르는 기본적인 본능에 대한 정신분석적인 움직임으로부터 이탈한 위대한 학자인 융과 의견을 함께 하였다. 개인의 무의식보다 더 결정적인 집단적 무의식의 관념, 심리적 삶에 대한 창조적이고도 역동적인 개념에서 그러하다.

물질적인 상상력에서 운동의 상상력으로

융의 사고는 원형 개념에서 시작하여 〈최초의 이미지〉와 〈생명의 과정들의 총체적 표현〉으로 연결된다. 이러한 관념과 가까우면서도 바슐라르는 그것을 암시적으로만 이용했을 뿐이다. 원형을 가지고 있는 생명의 영향, 특히 이미지들의 구체적인 화신 속에서 그것을 파악하려고 시도했다. 그 때문에 그의 숙고는 주로 독자의 경험에 의해서 방향지워진 상상력의 현상학에 속해 있다. 그로 하여금 연속적으로 상상력에 대하여 고찰하도록 인도한 유연하고도 경험적인 방식은, 그를 〈물질적인〉 구성성분으로, 그 다음에 운동적인 특성으로 인도해 갔다.

이미지는 물질이라는 것에서 그의 직관이 출발한다. 《물과 꿈》의 서론에서 그는 이렇게 설명하고 있다. 〈물질의 이미지가 있고, 또 물질의 직접적인 이미지들이 있다. 시각은 이미지들을 명명한다. 그러나 손은 그것들을 알고 있다. 역동적인 기쁨은 이미지들을 조작하고 주무르고 완화해 준다. 형태, 덧없는 형태들, 헛된 이미지들, 외관의 변전 등을 분리함으로써, 사람들은 이러한 물질적인 이미지들을 실체적으로, 그리고 친밀하게 꿈꾼다〉.

따라서 바슐라르의 작업은 물질에 대한 인간의 몽상의 양식들을 정의해 주며, 특히 시인들에게 있어서 몽상이 세계에 대한 감지할 수 있는 경험으로서의 쓰기를 얼마나 지배하고 있는지를 보여 준다. 바슐라르가 4원소들 사이의 구분을 차용해 온 것은 아리스토텔레스에게서이다. 그 4원소들이 바슐라르의 숙고를 연결해 줄 것이다.《불의 정신분석》(1937)에서《대지와 의지의 몽상》(1947), 그리고《대지와 휴식의 몽상 *La Terre et les rêveries du repos*》(1948)·《물과 꿈》(1940) 등을 거쳐서《공기와 꿈》(1942)으로 이어진다. 연금술에 대한 그의 취미는—— 융을 통해서 연금술에 입문하였다—— 아마도 이러한 선택에 있어서 결정적이었다.

이러한 분류에 의지하여 바슐라르는 원소들과의 상상적인 관계에 의해서 밝혀진 심리적 경향을 정의할 수 있었다. 사실상 〈몽상이 작품으로 씌어질 만큼 끈질기게 추구되기 위해서는, 몽상이 단순히 도피적인 시간의 공백이 되지 않기 위해서는, 몽상은 그 소재를 찾아야 하고 물질적인 원소는 몽상에다 실체와 그 자체의 법칙과 특수한 시학을 부여해야만 한다〉(《몽상의 시학》). 바슐라르 이후에 주제비평가들이 선호하게 될 것을 거의 유사하게 예고해 주는 〈주제들〉에 대한 그의 성찰의 대상으로서 바슐라르는 이것들을 취하게 되었다. 예를 들면《물과 꿈》에 나타난 〈맑은 물〉·〈사랑의 물〉·〈깊은 물〉·〈무거운 물〉·〈거센 물〉 등의 주제를 들 수 있다. 《공기와 꿈》에서는 다른 것들 중에서도 〈비행의 꿈〉·〈상상적인 추락〉·〈공기의 나무〉 등을 예로 들 수 있다. 심리적 가치의 이러한 실체적인 구현들은, 분석에 어휘적·개념적인 거대한 영역을 열어 주었고, 주제비평은 이것을 활용하게 될 것이다.

하지만 바슐라르는 이렇게 네 가지 원소로 분류하는 것의 축소적인 특성을 곧 인식하였다. 이것은 상상력의 가치의 다양성을 설명할수 없는 너무나 도식적인 구분이다. 그러므로 네 가지 원소에 4권이아닌 5권의 책을 헌정함으로써, 또한 그것들 각각의 양면성을 보여줌으로써 너무나 논리적이고 형태적인 이러한 틀을 교란시켰다. 이와같이 땅은 모호하다. 땅은 〈외향성과 마찬가지로 내향성으로〉 초대한다. 게다가 요소들은 서로 소통하며 섞인다. 《물과 꿈》의 한 장은 완전히 〈혼합된 물〉(물과 불, 불과 밤, 물과 땅)을 다루고 있다.

아리스토텔레스의 도식이 지닌 환원성을•근본적으로 초월함으로써바슐라르는, 특히 상상력의 동적인 개념을 다시 시작하고 있다. 《공기와 꿈》의 서문 이후 변화는 확실하다. 바슐라르는 거기에서 〈상상력은 본질적으로 열려 있고 애매하며〉, 〈모든 시인은 우리에게 자신의여행에의 초대를 해야 한다〉고 확언한다. 이 여행이 그 창조적인 움직임 속에서 오직 이미지 자체에 의지하는 것에 불과하다고 이해하도록 하자. 바슐라르의 《로트레아몽 Lautréamont》보다 이러한 인상에대해 더욱 충실한 저작은 아마 없을 것이다. 〈상상력은 그것이 형태를 변형시키고 형태의 미래에 활력을 줄 때에만, 단 한 가지 형태만포함할 뿐〉이라는 관념에 강하게 사로잡혀 있던 바슐라르는 〈로트레아몽의 시는 얼마나 흥분적이며, 남성적 충동의 시이며……어느 모로보아도 형태나 색깔의 시가 아니다〉라는 것을 보여 주고 있다.

독자 바슐라르

　상상력이 조직적인 활력이라고 가정한다면, 바슐라르는 직접적으로 주제비평을 예고하고 있었다. 리샤르에게와 마찬가지로 바슐라르에 있어서도 각 이미지는 그 자체로는 의미를 가지지 않고, 그것이 시작되거나 전개되는 의미망에 의해서만 가치를 가진다. 그가 자신의 비평방법적 차원에서 끌어낸 결론은, 그의 계승자들이 찾아낸 결론과 매우 유사하다. 작품을 연구하고 텍스트를 주해하는 것, 그것은 본질적으로 독서작업이며, 텍스트의 명령에 종속되고 그것이 불러일으킨 울림에 의해 자신이 동화되도록 내버려 두는 것이다. 새로워진 기쁨 속에서 읽는 것과 읽을 것을 주는 일이 중요하다 —— 아마도 바슐라르가 가장 좋아하던 시인인 엘뤼아르가 〈볼 것을〉 주기를 꿈꾸었던 것처럼. 그러므로 인용문이 많고 감탄할 만하거나, 혹은 〈몽상적인〉 해설과 때로는 서정적인 문체와, 아주 가끔은 분석적인 방법도 동원된다. 바슐라르는 《물과 꿈》의 서문에서 이러한 점에 대한 변명을 하였다. 〈물의 이미지들, 우리는 아직도 그것을 실감하고 있고, 그 이미지들에게 종종 비합리적으로 집착함으로써 그 최초의 복잡성 속에서 종합적으로 실감하고 있다〉.

　〈이미지의 존재를 체험하는 것〉이 문제시되는 이상(《공간의 시학》), 해설은 설명적이어서도 안 되고 기발한 것이어도 안 된다. 바슐라르는 이미지를 분석하는 대신 이미지의 울림을 구심점에 놓고 전개한다. 이미지에 의해서 작가의 작업을 특수화시키지 않고, 바슐라르는 오히려 거기에서 보편적 경험의 결정점을 본다. 엘뤼아르의 시 두 구절에 대한 다음의 해설을 예로 들 수 있을 것이다.

나는 갇힌 물 속에서 흘러가는 배처럼

오직 하나의 요소만 가질 수 있는 죽음과도 같이.

    갇힌 물은 그 내부적으로 죽음을 취한다. 물은 죽음을 간단하게 만든다. 따라서 물은 실체적인 요소이다. 우리는 절망 속에서 더 이상 나아갈 수가 없다. 어떤 영혼들에게 물은 절망적인 소재이다.

——《물과 꿈》

    우리는 여기에서 해설이 어떻게 전개되는가를 잘 보게 된다. 해설은 분석적인 방법이 아니라 포괄적이고도 일반적인 방법에 의해서 행해진다. 짧고 병렬적인 문장들은 논리적인 관계의 망 속에 인용문을 가두지 않고 반복적으로 연결된다. 표현은 이미지에서부터 시작된, 결과적으로 가장 일반적인 가치를 추출하기 위하여 항상 다시 시작되는 몽상의 출발을 모방한다.

    우리는 이러한 예를 통하여 문학작품에 대한 바슐라르식의 〈독서〉의 한계를 볼 수 있다. 보편적인 교훈으로 귀착되는 해설은 항상 인용된 텍스트를 다른 것들 가운데서 일반적 법칙의 예로 만드는 성향이 있다. 바슐라르는 그 위대한 구성요소들 안에서 각 작가의 고유한 상상력의 세계보다 전체 인간의 상상력에만 전념하였다. 따라서 그의 성찰은 용어의 정확한 의미에서 볼 때 〈비평적〉이 아니다. 그의 성찰은 선택하거나 구분하는 성향이 거의 없으며, 위계를 세우는 성향은 더욱더 없다. 바슐라르 이후에 주제비평을 구현할 사람들은 작품의 특이성에 더 많은 중요성을 부여함으로써 이러한 비평방법의 균형을 다시 잡게 될 것이다.

5. 조르주 풀레

아마도 조르주 풀레는 가스통 바슐라르와 가장 가까운 비평가일
것이다. 그의 모든 관심은 작품이 상상력의 그물망 안에서 펼쳐보이
는 〈세상에서의 존재〉 형태들을 통하여 창조적인 의식으로 향한다.
그는 또한 〈주네브 학파〉 창립자들의 정신론적인 관점을 연장하는데,
그가 연구하기를 원하는 〈코기토〉의 감각적인 것뿐만 아니라 지적인
정의에 의해서도 그러하다.

　자신의 내부에서 어떤 작가, 혹은 어떤 철학자의 코기토를 다시 시작하
는 것은 그가 느끼고 생각하던 방식을 되찾는 일이다. 즉, 그러한 방식이
어떻게 생겨나고 형성되며 어떻게 장애에 부딪치는지를 아는 것이다. 그
것은 삶 자체에 대하여 의식하고 있다는 의식으로부터 형성된다.

　　　　　　　　　　　　　　　　　　　　　　　　　　——《비평의 의식》

따라서 비평활동은 예술가에게 있어서 고유한 〈세상〉에 대한 주관
적인 적응으로 이루어진다. 비평활동은 〈작가의 작품 속에서 각각의
상상세계가 때로는 여성, 때로는 식물·감옥·장미꽃 문양·로케트
등으로 피어나는 이러한 행위까지 거슬러 올라갈 수 있게〉 해 준다
(《낭만적 신화에 대한 세 편의 논평 *Trois Essais de mythologie
romantique*》).

시간에 대한 성찰

조르주 풀레는 비길 데 없을 만큼 집요하게 인식의 커다란 범주인 시간과 공간에 대한 생각을 하였다. 《인간의 시간에 대한 연구》는 문학사를 통하여 시간의 인식에 대한 양식들에 관하여 방대한 질문을 제기한다. 제2권부터는 지배적인 주제의 관점이 이러한 방향을 세분해 주는 소제목들에 의해 나타난다. 내적인 거리(t. Ⅱ)·출발점(t. Ⅲ)·순간의 측정(t. Ⅳ). 제4권은 비평의 방법을 가장 잘 나타내고 있는데 시간, 여기에서는 순간이라는 세상과의 관계 범주를 특별하게 이해하는 일을 통해서 각각의 작가에게 고유한 〈세상〉을 특수화시키는 것을 목적으로 한다.

〈순간은 모든 범위와 탈범위를 지닌 것이다〉. 〈순간은 어떤 때는 순간성 자체로 환원되기도 하고, 있는 그대로에 불과하다. 그 아래로 혹은 그 위로, 과거와 미래를 관련지어 볼 때 순간은 아무것도 아니다. 때로는 반대로 모든 것에 대하여 열려 있으며, 모든 것을 포함하면서도 더 이상 한계가 없다〉. 모리스 쉐브가 그러한 경우인데, 그는 극도로 축소된 짧은 지속 안에 감각·감정·사건 등 많은 것의 복합체를 응축시켰다. 스탕달은 이러한 인식의 대척점에 있는 것 같다. 스탕달에게 있어서 순간은 가볍고 부풀어오르는데, 그것은 즐겁고 흥분된 삶의 의식을 지니고 있다. 〈놀람, 분노, 화, 복수의 욕망, 복수를 실현하려는 행위, 모든 것이 지속이 없는 동일한 순간에 일어난다〉. 이러한 덧없는 순간들을 포착하고자 하는 욕망은 의식과 지성에 대한 스탕달의 숭배를 설명해 준다. 이러한 순간들은 항상 사라지려고 하는 감각의 가장 좋은 것을 성찰에 의해서 다시 포착하게 해 준다.

조르주 폴레는 이러한 순간성, 덧없음의 감정이 어떻게 18세기 동안 증가되었는지를 보여 준다. 전기 로맨티시즘은 〈이러한 순간의 소멸에 대한 의식에 의해 어두워진다〉. 영국의 낭만주의자들은 이러한 불안에 대하여 의미 있는 반응을 했다. 그들은 〈바로크 혹은 고전주의 시대의 시인들을 사로잡았던〉 신의 영원함을 〈개인적이고 주관적인 영원함, 즉 관습적인 영원함〉으로 대체함으로써, 이 영속적인 꿈을 〈과거와 현재가 기이하게 공존하는〉 〈기억 착오적인 순간들〉 속에 포함시켰다.

이러한 분석들은 조르주 폴레의 사고에 있어, 시간의 개념 —— 매우 추상적인 범주 —— 이 획득한 극도의 가소성을 잘 보여 준다. 세상에 대한 전체적인 인식과 관련된 순간은 물질적인 실체처럼 창조자의 상상력에 의하여 만들어진다. 창조자는 관습에 따라, 또는 자신의 이미지에 따라 그것을 대상으로 만든다. 예를 들면 폴레가 지금과 이후로 나누어지는 프루스트적인 순간의 본질을 설명하는 데 사용한 물질적인 메타포는 그렇게 해서 생겨났다.

시시파리테(sissiparité)의 생물적인 세계에서처럼, 그 자체로 충만한 이러한 순간은……그 밀도 때문에 나누어지고, 그와 비슷한 것을 만들어 내게 되는데, 이것은 동시에 그 자신이면서도 다른 것이다.

공간에 대한 성찰

폴레가 《인간의 시간에 대한 연구》의 대응으로 공간에 대한 성찰을 한 것은 바로 프루스트에 관해서이다. 공간적 틀의 상징적 가치에 대한 물음은 이미 《원의 변형》에서 작업중이었다. 그 주제는 역사를 통해 볼 때, 신적인 비전에서 인간에게 중심을 둔 인류학의 인식으로의 변천이다. 풀레가 17세기에 관해 지적한 것처럼, 원의 형상에 관한 의미의 변화는 인간에 대한 특권적인 계시자로 여겨졌다.

17세기가 흐르는 동안에 종교적인 사고는 인간 존재의 〈작은 구球〉와 영원의 천공 사이의 관계를 유지해 준다. 그러나 세기말에 이르면 무한한 천공에 대한 상징은 모든 의미와 에너지를 잃고 신학과 철학의 용어들로부터 사라진다. 그래서 인간의 사고가 형성되는 작은 구는 지금 지지도 없고 모델도 없이 떠돌아다니고 더 심각하게 그 무의미를 계시하도록 강요받는다.

《원의 변형》에서 성찰은 한 가지 상징에 대한 특수한 〈읽기〉를 통해 파악한 심리상태의 역사에 한정되었다. 《프루스트의 공간 *L'Espace proustien*》에서 관점은 역전된다. 논의는 한 작품에만 행해지는데, 비평가는 작품 안에서 공간의 조직화를 지배하는 여러 가지 상징들을 통해서 독특성을 포괄하려고 시도한다. 여러 가지 상징들은 모두가 연속성을 순간성으로 변형시키는 지속의 동일한 공간화를 지니고 있다. 하지만 베르그송이 그 신비한 특성을 강조하던 이러한 역전은 프루스트에게서 전적으로 타당성을 지니게 된다. 이 역전은 전체적으로 그것을 정당화시키는 완성된 미적 방법을 지니는 정도에 따라서 타당성이 있다.

풀레는 이와 같이 《잃어버린 시간을 찾아서》에 나타난 존재와 사물들을 분리하고, 그것들을 특이한 관점 속에 위치시키는 공간과 거리의 〈흔들림〉의 중요성을 보여 준다. 요컨대 존재의 동일시와 종종 일치하는 〈공간화〉의 중요성이다. 때문에 〈프루스트의 속물주의〉는 종종 〈장소의 이름과 귀족 가문의 이름에 대한 몽상〉 형태를 띤다. 이러한 장소들은 종종 분리된다. 왜냐하면 시간과 마찬가지로 공간이 연속되지 않기 때문이다.

거리, 그것은 공간이다. 하지만 모든 적극성이 배제된 공간이며, 능력도 없고 효능도 없고 충만한 힘도 없고 조정과 단일성도 없는 공간이다. 존재들을 관계 맺게 하고, 지지하고 억제하기 위해 사방으로 발전되어 갈 일반적인 동시성 대신 공간은 매우 단순하게 모든 부분에서 드러나며, 세상의 모든 대상들 가운데에서 함께 어떤 질서를 만들 수 없는 무능함이다. 프루스트에게 거리란 비극에 불과할 수밖에 없다. 거리란 눈에 보이는 표시로서 넓이 속에 기입된 것이며, 인간에게 영향을 주고 인간을 괴롭히는 위대한 분리의 원리에서 나온 것이다.

이 두 〈방향〉—— 게르망트와 메제글리즈 방향—— 사이의 총칭적인 구분은 이 분리의 원리가 구조적으로 나타난 것이다. 이 원칙은 무의지적인 기억의 특권적 경험 속에서는 사라지는 것 같다. 이러한 경험은 〈느껴진 감정의 강도에 따라 측정되는 그 진폭이 심리적인 넓이를 전개함으로써〉 그 계속성을 회복하게 해 준다. 사실상 기억은 마치 부채처럼 감각·감정·경험의 맹아를 공간적으로 전개하고 있다. 프루스트에게서 잃어버린 시간을 찾는 일은 이와 같이 〈잃어버린 공간을 다시 찾는 것〉에 의해 배가된다. 하지만 공간의 단일성은 사실상 항상 〈마술적인〉 어떤 것을 지니고 있는 여행, 장소의 이동에 의해서만 획득된다. 그것들과 더불어 〈각 사물은 인간이 이 장소 저 장소를 지나면서 보게 되는 가능한 위치들의 무한성과 관계를 맺게 된다〉.

〈변별적인〉 비평

시간과 공간의 일반적인 범주들에 대한 고찰은 언제나 작품의 특이성을 와해시킬 위험이 있다. 풀레가 보들레르와 랭보에게 연속적으로 바친 《폭발된 시 *La Poésie éclatée*》에서 조심한 것도 바로 이러한 위험에 대비했기 때문이다. 사실상 그 책은 이전의 연구들을 연장함과 동시에 넘어서고 있다. 폭발의 이미지는 시간과 공간의 두 범주를, 그것을 무력하게 만드는 동일한 역동적 틀 안에서 연결하고 있다. 풀레에게 있어서 이 두 시인들의 작품은 마치 폭발물과도 같아서, 문학사의 그릇된 연속성을 끊고 새로운 창조의 증거로 그릇된 기준점들을 제거하였다.

따라서 풀레의 의도는 자신의 것이 아닌 것으로는 환원될 수 없다는 공통점을 제외하고는 비길 데 없는 이 두 위대한 시작품의 특이성을 설명하려고 하는 것이다. 풀레는 여전히 그의 습관적인 방법을 적용한다(텍스트에 의하여 개별적인 〈세상에서의 존재〉를 계시하는 최초의 〈코기토〉에 대한 정의). 그러나 어느 때보다도 의도는 변별적이다. 왜냐하면 그는 공통적인 근거에서 시작하여 두 시인을 대립시키기 때문이다. 보들레르는 〈그에게서 정신적인 모든 자유를 빼앗으려고 위협하는 원죄에 의해 자신은 이미 결정되어 있다고 느꼈다. 그는 과거와 후회에 사로잡혀 있다. 그는 자신으로부터 회고적인 사고의 가장 먼 곳까지 확장되는 끝없는 심연만을 본다〉. 반대로 랭보는 〈매번 새로운 존재로 깨어난다. 그는 모든 후회에서 해방되었고, 어떤 순간에도 자신의 세계와 자신의 자아를 새롭게 만들어 낸다. 그래서 그에게는 이러한 순간은 단번에 절대적인 가치를 지닌다〉.

6. 장 피에르 리샤르

독창적인 방법

리샤르는 풀레와 같은 비평 계획을 가지고 있는 것 같다. 그 역시 문학작품 속에 상징적으로 전개되는 경험에 근거하여 〈세상에서의 존재〉를 정의하려고 하기 때문이다. 그는 〈자신의 이해와 공감의 노력을 일종의 문학 창작의 최초의 순간에 놓으려고 한다. 그 순간이란 작품에 선행되며, 작품을 배태한 침묵으로부터 작품이 태어나는 순간이며, 작품이 인간의 경험으로부터 떠나기 시작하는 순간이다〉(《시와 깊이》). 그는 《현대시에 대한 11개의 연구》라는 저서의 서두에서도 〈모든 시인들은 사물과 최초로 접촉하는 단계에서 파악되었다〉고 확언한다.

이러한 〈접촉〉방식은 반대로 리샤르의 독창성을 강조해 준다. 풀레에게 있어서 〈코기토〉가 특히 지성적이라면——풀레가 종종 언급하는 타인들의 〈사고〉에 대해서 말하는 정도(예를 들면 《낭만적 신화에 대한 세 편의 논평》에서 네르발에 대하여 말할 때)——리샤르에게 있어서 코기토는 세상에 대한 감각적이고도 관능적인 이해로 대체된다. 리샤르에게 존재론은 인식 현상에서 연역되는 것으로 여겨진다. 자아의 획득은 우리를 둘러싸고 있는 것과의 새로워진 〈접촉〉에 의해 행해진다. 따라서 감각들은 이러한 비평적 태도에 대한 특권적인 분석의 장을 제공해 준다. 리샤르는 자신을 〈가장 초보적인 수준〉에 놓고자 하는 것 같다. 그것은 〈순수한 감각, 원색적인 감정, 혹은 생겨나고 있는 이미지〉의 수준이다(《시와 깊이》).

그 때문에 리샤르의 방식은 풀레의 방식보다 덜 중심적이고 덜 위계적이다. 풀레는 귀납적으로 원초적이고 독창적인 존재에 대한 직감을 강조하여 대조한다. 그의 사고는 작품의 가지치기로부터——그만큼 다양하고 특이한——작품의 원리가 되는 기본적인 경험으로 대치된다. 만약 풀레가 작품들 속에서 중심적인 깊이를 찾는다면, 리샤르는 사방으로 작품들을 찾아다니며 여전히 호기심 어린 눈길로, 눈에 보이는 모든 다양성을 발견하는 데 오히려 기쁨을 느낀다. 깊이와 마찬가지로 〈표면〉에 대한 비평은 문학작품의 다多중심적인 관점에 일치하는데, 각 부분은 실제적인 위계가 없어도 전체를 가리키는 성향이 있다. 이와 같이 비평가의 정신은 작품의 주제와 모티프 사이를 예측할 수 없을 정도로 끝없이 방황할 수 있다. 풀레는 선별하고 위계를 세우고 선택을 한다. 리샤르는 기꺼이 다양성을 받아들이고, 텍스트 속에서 지성과 기쁨이 될 수 있는 모든 것을 수집한다.

언어학적인 현실에서 인식된, 그가 연구하는 텍스트조차도 이러한 경우들의 하나이며, 그에게 제공된 이러한 기회들 중의 하나이다. 풀레는 창조적 의식에 비평의식을 접목시키는 것만이 중요하다고 확신한다. 이러한 관점에서 보면 텍스트는 타협책이며 중재물이다. 그 물리적인 실재는 텍스트가 수행하는 기능을 위해 사라진다. 리샤르의 인식은 훨씬 더 〈시적〉이다. 독자——비평가——가 속에서 만나는 것은 단순히 의식과 경험뿐만 아니라 역시 하나의 텍스트이다. 텍스트 역시 경험과 의미와 기쁨의 기회이다. 따라서 리샤르의 관점은 언어학자나 문체론자의 것이 아니다. 그는 바슐라르파이며 단어의 〈몽상가〉이지, 그를 과도평가하는 형식주의자의 시각과도 거리가 멀고, 언어에 대하여 소홀한 비평과도 거리가 멀다.

리샤르식의 〈독서〉

리샤르가 말라르메를 연구한 책 《말라르메의 상상적 세계》는 아마도 여러 텍스트에 대한 그의 비평적 〈읽기〉를 가장 잘 보여 주는 것이다. 책의 전체적인 구성은 문학 연구의 전통적인 틀―― 즉, 작가에서 작품으로 넘어가는―― 에 따르고 있다. 우리는 사실상 〈말라르메의 유년시절의 시〉와 청소년기에서 〈문학의 방식과 형태〉에 대한 연구로 넘어간다. 하지만 그 사이를 매개하는 장章들은 연대기적이고 너무나 확실한 인과적인 이러한 틀을 교란시킨다. 〈사랑의 몽상들〉·〈밤의 경험〉·〈역동주의와 균형〉·〈빛〉 등은 조직적인 주제의 각도하에 문학적인 경험과 전기적인 자료를 교차시키고 있다. 이것은 비평가로 하여금 실존적이고도 미학적인, 이중 계획에 관계되는 두드러진 경험의 양식들을 정의할 수 있게 해 준다. 예를 들면 그는 〈사랑의 장애물이 얼마나 종종 종이 화면이 되는지〉 보여 줄 수 있으며, 또는 바슐라르적인 관점에서 〈사랑의 꿈과 물의 몽상의 관계〉를 연구할 수 있다. 우리는 다양하고도 민감한 분석들을 요약할 수가 없다. 비평방법을 현장감 있게 파악하기 위해서는 말라르메의 인용으로부터 시작해서, 여기에서는 그가 제안하는 해설에 대하여 숙고해 보는 것으로 만족해야 할 것이다.

길 위에 유일한 식물, 고통스러운 껍질은 벌거벗은 신경들의 뒤얽힘. 그 희귀한 나무들. 눈에 보이는 나무의 성장은 공기의 이상한 부동에도 불구하고 끊임없이 바이올린의 탄식처럼 찢는 듯한 흐느낌을 동반한다. 그것은 나뭇가지의 끝에 도달해서는 음악적으로 나뭇잎을 뒤흔든다.

— 말라르메의 〈문학 교향악〉에서 발췌

　여기에서 바이올린은 놀랍게도 그 안에서 보들레르적인 신경의 흥분을 반향하고 있다. 우리는 그가 고양이의 창자에 대하여, 아니면 새로운 나무 기둥의 벗겨진 노출에 대하여 귀에 거슬리는 소리를 내는 것인지 알 수가 없다. 그러나 특히 그는 성장의 끝에서, 잎의 황홀한 극단에서 그의 음악을 불러일으킨다. 즉, 말라르메에게 있어서 대상과 그의 관념 사이에 열려진 경계로 종종 사용되는 형식의 이러한 지점에서 말이다. 게다가 붉은 잎으로 폭발한 나무가 여기에서는 부드럽게 음악으로 해체된다. 이러한 해체는 그럼에도 불구하고 여전히 매우 고통스럽다. 바이올린의 〈찢는 듯한 흐느낌〉은 나뭇잎의 흔들림을 동반하는데, 이것은 자아로부터 이상적으로 벗어나기 위해 여태껏 붙들고 있던 물질과 분리되려는 객체의 마지막 고통을 전제한다고 볼 수도 있다.

　이 문장은 리샤르적인 방법을 보여 주는 예이다. 그의 구조는 —— 주석이 달린 인용 —— 전체적인 관점이 〈독서〉의 관점이라는, 다시 말하면 대상과 그렇게 멀리 떨어지지 않고 인접관계를 유지하려는 이해방식이라는 것을 보여 주고 있다. 그 때문에 인용된 텍스트 속에서 단어들이 강조된다. 그것은 이미 비평의 몸짓이다. 반면에 해설은 고유한 담화 속에 단어들을 삽입함으로써 텍스트의 단어들을 다시 취한다. 작가와 비평가의 목소리는 상호 침투하며 더욱더 긴밀한 공범자가 되기 위해서만 서로 구분된다.
　이러한 모방적인 관계는, 이 관계가 너무나 개별적인 특성을 없애는 차원에서 설립되는 만큼 더욱 강하다. 비평가는 익명의 독자인 〈on〉에 불과하다. 작가는 작품의 단순한 빈사(〈말라르메를 위하여〉)로 단 한번만 지칭된다. 따라서 이 작품은 독창적인 〈세계〉의 환기 능력 안에서 유일하게 중요한 것으로 여겨지며, 마치 스스로를 위하여 존재해야 하는 것으로 여겨진다. 〈사용하다〉(servir)라는 동사의 사용에 의해 환기된다 하여도 인과관계는 거의 없다. 텍스트의 〈제작〉에 대한 전통적인 숙고(수사적인 방식을 지니고 있는 〈왜〉, 〈어떻게〉라는 질문에 대한 답변)에는 접근하지 못하고, 표면적인 목록이나 일람표에 의해 대치되었다. 기술記述은 분석의 우위를 점하게 된다.

비평은 설명하지 않는다는 말인가? 오히려 반대로 비평은 텍스트를 펼쳐보이고 텍스트가 나타내는 세상의 잠재성을 드러냄으로써 설명한다는 동사에 가치를 부여하고 있다. 이 일을 위해서 리샤르는, 텍스트의 요소들이 좀더 분명한 의미를 가지도록 그것들을 응축하고 수정한다. 예를 들면 그는 몇 가지 구체적인 자료들을 추상화한다. 따라서 〈벌거벗은 신경들〉은 〈껍질이 벗겨진 나체〉가 된다. 과거분사의 명사화는 상황보어를 존재의 한 양식으로 변형시킨다. 똑같은 변형은 우리로 하여금 〈가지의 끝〉에서 〈생장의 끝〉으로 넘어가게 만든다. 응축 작업은 더욱더 두드러진다. 그는 새로운 연상들 속에 인용된 텍스트가 분리되어 나타내는 것들을 재구성한다. 따라서 〈벌거벗은 신경들〉과 〈바이올린〉 사이에서 유추 —— 말라르메의 텍스트에 잠재된 —— 된 해설의 첫 문장에서부터 메타포로 응축된다. 바로 거기에서 문체론적인 분석은 텍스트를 암암리에 작동시키는 메타포를 찾아낼 것이며, 이러한 암시적인 글쓰기의 효과를 강조할 것이다. 리샤르의 해설은 이러한 쓰기를 실현시키고 현실적으로 만들어 준다. 그는 독자의 의식 속에서 개화開花할 수 있는 그대로의 텍스트의 잠재성을 발전시키고 있다.

리샤르는 이 점에 있어서 텍스트의 이미지에 대해 꿈꾸기를 원했던 바슐라르의 가르침에 충실하다. 그러나 그의 〈몽상〉은 여전히 그의 비평 계획에 의해 방향지워져 있다. 〈상상세계〉를 연구하는 것이 문제시되고 또 상상세계는 의식과 대상과의 관계 양식에 의해서 좌우되기 때문에 본질적인 물음 —— 관계에 대한 물음 —— 은 〈대상과 그의 관념〉 사이의 이행을 연결하면서 집요하게 되돌아 온다. 그에게 적합한 이러한 방식과 방법들을 리샤르는 문학사에 의해 영감을 받은 전통적인 해석에 접목시켰다. 보들레르식의 지향에서 출발하여 그는 〈상징주의적인 이상화〉에 이르고 있다. 그러나 역사적이고 문학적인 선결되어야 할 지식을 사용하는 대신, 그는 자신이 해설하는 작품의 비유적인 노정의 끝에 그것을 결합시키고 있다.

다양성과 수정

폴 엘뤼아르가 〈시적인 증거〉에서 쓰고 있는 바와 같이 〈시는 흰 여백이나 침묵의 커다란 여백을 항상 가지고 있는데, 거기에서는 과거 없이 망상을 재창조하기 위해 강렬한 기억이 소비된다〉. 때문에 시는 아마도 텍스트의 재창조자인 이러한 〈몽상〉에게 자연스럽게 권위를 부여하고, 몽상을 필연적인 것으로 만들고 있는 것 같다. 리샤르 역시 동일한 행복감을 가지고 위대한 서술작품에 관심을 가지게 되었다. 그의 태도 역시 동일하다. 최초에 느낀 감각의 목록(《프루스트와 감각세계 *Proust et le monde sensible*》)에 의해 〈상상세계〉(《샤토브리앙의 풍경 *Paysage de Chateaubriand*》)를 추출해 낸다. 이와 똑같은 계획이 《문학과 감각 *Littérature et Sensation*》에서 특히 〈플로베르에 있어 형태의 창조〉를 다루는 두번째 장에서 작용한다.

《말라르메의 상상적 세계》에서 다시 찾아보게 되는 사고의 틀에 따라서 세 시기로 구분된 성찰은, 존재의 감정(현실의 부질없음과 허무의 강박으로 특징지워진)으로부터 존재적인 행위들(새디즘과 매저키즘의 결합, 사랑의 무능, 페티시즘)로 이동해 가는데, 이것은 문학적인 글쓰기의 의미로 귀착되기 위함이다. 〈예술의 창조는……플로베르에게 있어서 자신에 의한 자아의 창조와 마찬가지이다〉. 사실상 작가는 자신의 문체에 의해서 현실에 항구성을 부여하고, 이러한 작업 속에서 스스로를 구원한다.

쓰는 것, 그것은 이러한 깊이에 몰두하여 거기에서 석화石化된 운동과 존재의 침전물을 발견하고, 그것을 가지고 표면으로 올라와서 완벽한 형태를 구성하게 될 껍질로 마를 수 있도록 만들어 주는 것이다.

이러한 이미지는 실체적인 몽상에 대해서 역량을 잘 발휘하는데, 몽상은 텍스트 전체를 통하여 비평의 의도를 지배하며 연결을 가능하게 한다. 예를 들면 식사의 주제는 불가능한 포만의 모티프를 분명하게 해 준다. 반면에 사랑의 경험은 유동성의 순환적인 이미지들과 결합한다. 여기에서도 문학사는 조금도 배척되지 않고 있다(리샤르는 플로베르의 서간집을 인용하고 인상주의와의 접근을 제안한다). 그러나 문학사는 독서의 인상을 확증하기 위하여 귀납적으로 조력하는 역할밖에 하지 못한다.

위대한 소설적, 혹은 시적인 토대에 대한 주제적인 연구는 아주 강한 해석의 집중을 요구한다. 〈단조로운〉 작품, 비평가는 그의 눈길에 동시에 제공된 공간에서처럼 그 작품의 주위를 맴돈다. 결과적으로 작품의 각 부분은 작품을 처음에 사로잡던 포괄적인 눈길에 종속되어 있다. 짧은 독서(t. I et II)와 더불어 리샤르는 반대의 내기를 시도하였다. 짧은 단편에 대한 세밀한 분석으로부터 문학적 〈우주〉의 총체를 솟아나게 하려고 한 것이다. 그는 제1권의 서문에서 다음과 같이 설명하고 있다. 〈독서는 더 이상 노정이나 상공 비행의 순서에 따르지 않는다. 오히려 독서는 강조·느림·근시의 희망에 속한다. 독서는 세부, 즉 텍스트의 낱알을 신뢰한다〉. 따라서 부분과 전체의 구조적인 관계는 역전된다. 그러나 이렇게 함으로써 모든 주제비평이 전제하고 있는 유추와 동일성의 심오한 법칙이 확고하게 된다.

이러한 시도의 독창성은 오히려 리샤르가 위치하기를 바라던, 좀더 자세히 말하면 충동적인 관점 안에 있다. 〈감각과 몽상(바슐라르적인 의미에서)과 마찬가지로 경치는 오늘날 나에게 마치 환상처럼 여겨진다. 다시 말해서 무의식적 욕망의 연출·작업·산물로 여겨진다〉. 그때부터 비평의 주제는 현상학적인 기술을 리비도적인 설명으로 바꾸면서 정신분석과 결합한다. 전경全景은 〈돌파구이고 결말이며, 실행의 장소이거나 복잡하고도 특이한 리비도의 자가 발견 장소가 된다〉.

이러한 수정은 텍스트의 글자에 대한 좀더 일관성 있는 관심을 동반한다. 왜냐하면 〈문학에 있어서는 모든 것이 언어이기 때문이다〉. 따라서 독서는 〈문학작품의 언어적 본질(페이지를 구성하고 있는 것)과 동시에 주제적-충동적 형태 위에 근거해야 한다. 거기에서부터 독특한 세계가 나타난다(그것이 전경을 구성하는 것이다)〉.

결 론

리샤르의 최근 저작들의 정신분석적인 억양은, 주제비평은 아직도 자기 자신을 찾고 있으며, 주제비평을 확립할 수 있는 확실한 토대를 찾고 있다는 것을 보여 준다. 비평의 모든 시도와 마찬가지로 주제비평은 이중의 위기를 겪고 있다. 대상 속에 너무 용해되거나, 혹은 대상과 너무 거리를 두고 있다는 것이다. 참가자인 동시에 창조자인 바슐라르의 〈몽상〉은 이러한 두 가지 사이에 위치하고자 하였다. 그러나 어떻게 지속적으로 처신할 수 있을까? 항상 주체와 객체의 경계에 위치한 담화의 타당성을 어떻게 확신할 수 있을까? 정신분석과 언어학에 의지하여 리샤르는 주체와 객체 모두에게 항구성을 재부여한다. 그러나 이러한 균형은 그가 여전히 그것들의 가설적인 교차의 장소에 위치하기를 원한다는 것을 잘 보여 주고 있다.

이러한 어려움은 비단 주제비평에만 있는 것이 아니다. 그것은 문학작품에 대한 모든 담화에 관련된다. 반대로 다른 약점들이 더 많이 결부되어 있다. 〈주제〉 선택의 주관성, 오직 〈공감〉에 근거한 〈독서〉의 불확실하고 때로는 축소적인 특성(바슐라르에 있어서 때때로 그러했던 것처럼, 비록 오해에 가깝지는 않다 하더라도), 작품들 사이의 충분한 구분에 대한 결여, 텍스트의 문학적 현실에 대한 진정한 숙고의 부재(예를 들면 바슐라르에게 있어서 〈이미지〉의 개념은 계속 환기되기는 하지만 결코 자세히 정의되지 않았다).

이러한 결점들은 주제론적인 시도가 결코 비평학파를 이루지 못했다는 것을 설명해 줄 수 있을 것이다. 주제적 비평은 몇몇 뛰어난, 그러나 완전히 자립적인 비평가에 의해 대표되었다. 그들은 후계자를 가지고 있는 것 같지 않다. 우리는 오늘날 리샤르의 항적航跡 안에 누가 놓일 수 있을지 알지 못한다.

마찬가지로 이러한 비평가 각각은—— 여기에서 우리가 자세히 언급하지 않은 알베르 베갱·마르셀 레몽·장 루세·장 스타로뱅스키와 같은 모든 사람들을 생각해야 한다—— 다른 것으로 환원될 수 없는 연속성과 동일성을 지니고 있는 작품을 상술한다. 주제적인 영감과 더불어 아마도 비평은 자신의 창조적 차원을 회복한 것 같다. 비평이 문학작품의 정신적인 천직을 확증해 주는 것처럼 주제비평은 관대한 시선에 의해 텍스트에 생명을 주는 풍요로운 방법으로 여겨진다.

【참고문헌】

1. 일반적인 문제

Georges Poulet, *Les Chemins actuels de la critique*, Plon, 1967(1966년에 열린 회의의 작업; 주제적 방법을 〈신비평〉의 논쟁 속에 위치시키는 데 유용하다).

La Conscience critique, J. Corti, 1971(주제비평의 대표적인 원리와 추종자들에 대한 조명적인 논문 시리즈).

Vincent Jouve, *La Lecture*, Hachette 1993.

〈Thématique et thématologie〉(1976년 브뤼셀에서 열린 회의의 작업), *Revue des langues vivantes*, Bruxelles, 1977(주제비평의 상황·전제·방

법들에 대단히 타당한 자료).

2. 인용된 저자들의 몇몇 저작

Gaston Bachelard, *L'Eau et les rêves*, J. Corti, 1942.

La Poétique de la rêverie, P.U.F., 1960.

Albert Béguin, *L'Ame romantique et le rêve*, J. Corti, 1939.

Georges Poulet, *Etudes sur le temps humain*, Plon, 4t., 1950-68.

Les Métamorphoses du cercle, Plon, 1961.

Marcel Raymond, *Jean-Jacques Rousseau, la quête de soi et la rêverie*, J. Corti, 1963.

Jean-Pierre Richard, *Onze études sur la poésie moderne*, Seuil, 1964.

Stendhal et Flaubert, Seuil, 1954.

Jean Rousset, *La Littérature de l'âge baroque en France*, J. Corti, 1954.

Jean Starobinski, *Jean-Jacques Rousseau, la transparence et l'obstacle*, Plon, 1957.

La Relation critique(*L'Œil vivant, II*), Gallimard, 1970.

IV
사회비평
—— 피에르 바르베리 ——

서 문

   사회비평? 이 표현은 최근의 것이다. 그러나 나중에 보게 되겠지만 제한적이고 자세한 의미에서 그렇다. 하지만 이 관념은(오늘날 더욱 넓어졌다) 오래 되었고, 새로 생겨나고 있는 사회과학, 그리고 사회-문화적인 상호-실재(inter-réalités)에 관한 성찰의 움직임과 관계가 있다.

   사실상 문학과 문학적 사실을, 그것들을 만들고 받아들이고 소비하는 사회로써 〈설명하겠다〉는 생각은, 19세기 초가 프랑스의 황금시대임을 인정하는 것이었다. 당시 대혁명으로 더욱 두드러진 프랑스의 모델에서 시작하여, 사람들은 사회의 운동과 기능의 비밀을 발견했다고 생각하였다.

   이 혁명은 1789년 이전의 빛이 겨우 불확실하게 밝혀 줄 수 있었던 문제에 대하여 많은 명료함을 가져다 준 것으로 보인다. 새로운 사회가 생겨나고, 새로운 대중, 새로운 필요와 새로운 가능성이 생겨났다. 어떤 〈철학자〉도 이러한 혁명사회에 살아본 적이 없었다. 그러나 이 혁명이 멈추거나 일탈될 때는 효과가 배가되었다. 1793-94년에는 〈공포정치〉의 편류에 의해, 1800년 보나파르트, 1814-15년 부르봉 왕가의 복귀로 인한 안정화와 반발의 시도, 그리고 〈극단주의자들〉의 위협에 의해 효과는 더욱 커졌다. 혁명은 과거를 밝혀 주지만 새로운 모순들이 서로 충돌하거나 솟아오르게 함으로써 현재와 미래를 복잡하게 얽어놓는다. 많은 사람들이 혁명 그 자체에 충실한, 완벽하고도 진실된 혁명을 원한다. 새로운 힘 혹은 잠재된 힘이 〈문화혁명〉의 도구였거나 아니면 도구로 존재하게 될 것이다. 자유로운 부르주아·프티부르주아, 그리고 〈생각하는 계급〉(스탕달)이 민중의 편에서 〈새로운 계층〉을 추구함과 동시에, 감베타가 말하는 바와 같이 새로운 사회 이론은 오두막에서 벗어난 노동자 계급으로 하여금 역사의 새로운 지렛대가 되도록 해 주었다.

문학은 이 모든 것을 말해 왔고 또 말할 것이다. 전쟁에 대하여, 그리고 전쟁의 어제의 의미와 내일의 의미를 말할 것이다. 문학은 실증할 뿐 아니라 알리기도 한다. 우리는 사회 운행에 대하여 명료한 관념을 가지고 있다고 생각하기 때문에 사회의 산물인 문학에 대하여도 역시 같은 생각을 가지고 있었다. 문학은 역사를 통해서 어느 정도 진실하고 아름다운 모럴을 겨냥하지 않는 것이 아니라, 스스로도 알지 못한 채 진실되고 아름다운 투사를 목표로 하고 있다. 스탈 부인이 말한 바와 같이 문학은 더 이상 예술이 아니며, 행동하고 이해하기 위한 무기이다. 심리학이나 감성과 마찬가지로 형태는 역사적이 되었다. 스탕달 역시 고전주의가 그 시대의 사람들을 위해 그 시대의 인간을 그렸다는 점에서 모든 고전주의는 낭만적이었다고 말하게 될 것이다. 라신처럼 아이스킬로스(그리스의 시인. B.C. 525/524-456/455)도 이러한 맥락에서는 〈현대적〉이다. 따라서 우리는 우리 차례로 존재할 권리와 의무를 가지고 있다.

그 당시 사회비평이라고 불렸던 것은 역사의 산물이었지, 추상적이고 지적인 단순한 태도가 아니었다. 그러나 사회비평은 다르고 새로운 역사의 틀 안에서 평가되도록 요청되었다. 새로운 역사는 사회의 기능과 운행에 대하여 더 이상 똑같은 생각을 가질 수는 없었을 것이다. 이것이 오늘날 역사화와 사회화, 반역사화 혹은 비사회화라는 문제에 대한 성찰의 출발점이 된다. 또한 이러한 역사화와 사회화의 계속적인 재독再讀의 출발점이기도 하다. 사실상 **사회**라는 말에 대해서는 언제나 약간의 애매함이 존재한다. 사회는 어느 정도 밀접하게 기능하고, 때로는 놀라운 방법으로 변하는 조직체이다. 어떻게, 무엇을 위해서? 문학/사회/역사. 인간의 문화환경 속에서 인간과 의식의 위치는 무엇이며, 그 역할은 무엇인가? 문제는 매우 철학적이다. 역사가 **의미**인가, 아니면 파스칼적인 의미에서 **디베르티스망**(divertissement; 慰戲)인가? 그렇지만 흔적이 남고 머물러 있는 어떤 것이 있다면 그것은 특별한 산물로서의 문학이 아닐까? 그러므로 우리는 다시 새로워진 용어로 **미·진실**뿐만 아니라 쓰는 행위와 읽는 행위의 **효용성**에 관해 숙고하도록 요청받는다. **연도**의 경계가 개방된 장場 안에서 **기호** 체계의 기능이란 무엇인가?

사회비평의 개념

사회비평은 특수한 산물로서, 또한 총체로서의 텍스트에 대한 〈역사적〉이고 〈사회적〉인 단순한 해석과는 다른 방식을 지칭하는 용어로, 수년 전부터 사용되어 왔음에도 불구하고 편의상 앞으로도 그렇게 사용되어질 것이다. 상류(저작의 제작조건)에 관심을 가지는 문학의 사회학과 하류(독서·보급·해석·문화적·학문적 혹은 다른 운명)에 관심을 가지는 소비와 수용의 사회학 사이에서, 클로드 뒤셰에 의해 정의된 사회비평은 어떤 사회성이 행해지고 실현되는 장소로서의 텍스트 그 자체를 겨냥하고 있다.

그러나 정확한 의미에서, 수용의 사회학으로서 문학의 사회학은 본질적인 것(텍스트 안에서 일어나는 것)과 부분적으로 관계가 없는 것으로 밝혀짐에 따라서, 사회비평은 커다란 장애 없이 그것들을 통합할 수 있을 것 같다. 물론 사용된 어휘의 차원에 한정되기는 하지만. 결정과 결과 사이에서 텍스트는 그것들을 텍스트의 독서 안으로 끌어들일 만큼 충분히 중요하다. 사회비평의 계획은 자세하고도 연대가 있는 계획이라는 것과, 요컨대 열린 계획이라는 것을 잊어서는 안 될 것이다. 〈하류〉의 사회학과 마찬가지로 〈상류〉의 사회학이 환원주의에 의해 끊임없이 위협을 당하는 반면 사회비평은 그대로 남아 있다.

사회비평은 마르크스주의를 감각적이고도 특별한 영역으로 이동시키고 진전시킨 장점을 가지고 있다. 사실상 오늘날 마르크스주의는 항구적이고 필수적인 기준이다. 동시에 그 기본 텍스트나 실행에 있어서, 마르크스주의는 규범적인 단계에서는 아무것도 인식할 수 없었지만, 무엇인가 일어나고 있고 일어났었다는 것을 인정해야 한다. 따라서 사회비평은 텍스트라는 낯선 지형 속에서 역사·사회·관념적이고 문화적인 독서를 지시하게 될 것이다. 사회비평은 현실 없이 존재할 수 없을 것이고, 극단적인 경우에 현실은 사회비평 없이는 존재할 수 없을 것이다. 그러나 우리가 인식할 수 있는 현실이 정확하게 동일할 수 있을까? 모든 질문이 거기에 집중된다. 만일 현실이 주체에게 행해진 담화에 의해서만 우리에게 인식되는 것이라면, 그것들 중에서 소위 문학적인 담화의 위치란 어떤 것인가?

사회비평적 독서의 원리

사회비평의 독서는 원리적인 텍스트에 적용될 수 없다. 그리고 사회에 대한 문화활동이나 문화적, 특히 문학적인 산물에 대하여 이미다 말해 버린 이론적인 자료들 속에서 구성되어 통용되는 방법도 아니다. 거기에는 세 가지 이유가 있다.

● 왜냐하면 이러한 이론적 자료들은 오늘날 구식이 되었기 때문이다. 따라서 보다 풍성하고 보다 복잡하게 보이는 현실에 대한 모든 단서들을 지닐 수가 없다. 몽테스키외나 마르크스가 그들보다 앞서 말해진 것보다 훨씬 많은 말을 했다 하여도, 그들이 사회와 역사에 대하여 모든 것을 말할 수는 없기 때문이다.

● 태동기의 사회비평이 구성되고 막강해진 것은 바로 그들이 만들어 낸 텍스트 그 자체와 성찰 안에서이다.

● 모든 독서는 창조이며 추구이다. 그리고 적절한 수준에서 독서는 사회-역사적 의식의 발전과 풍요에 기여하기 때문이다. 쓰기와 창조뿐 아니라, 해석도 그것이 어떤 이론적인 습득에 근거하고 있다면 그 누구의 허락을 구할 필요 없이, 항상 일시적인 방법으로 우리가 현실에 대해 여러 가지 모양으로 가지고 있는 의식을 만들고 다시 취하는 데 기여한다. 하부구조/상부구조, 의식/반의식, 개인적/보편적, 텍스트/지시 대상, 사물과 사건/표현, 오래 된 물려받은 형태/새로운 창조된 형태 사이에 끊임없이 새로운 통합이 구성되는 것은, 바로 쓰기와 창조와 해석의 차원에서이다.

그러므로 사회비평적인 읽기는 기초적인 텍스트와 고문서로부터 출발하여 행해지는 것이 아니라, 새로운 언어를 고안하고 새로운 문제를 드러내고 새로운 질문을 제기하는, 발견자적이고도 탐색적인 노력과 탐구로부터 시작하는 것이다. 사회-역사적·사회비평적 읽기는 역사와 사회학을 움직인다. 동시에 이미 처분 가능하고 위탁된 원리와 의식으로서 그것을 참작한다. 그러므로 사회비평적 읽기는 궁극적인 의미에서 최후의 수단으로, 〈결국〉 환원적인 의미로 향하는 사용

방법이 되어서는 안 된다. 사회비평적 독서는 새로 출현하는 모든 것에 관심이 있다. 역사와 사료편찬, 심리상태, 역사의 다양한 시간성, 나와 역사간의 어려운 관계들, 쓰고 이야기하는 방식의 발전에 대한 지식 속에서 새로운 것이 드러나도록 기여한다.

자아는 항상 사회적이고 사회화된 자아이기 때문에, 또한 자아는 양적인 사회학적 차원으로 환원되지 않기 때문에 사회비평은 합류와 모순의 추구에 참여한다. 또한 사회비평은 텍스트로 하여금 완전한 산물이 되게 할 **최후의** 특징은 결코 아니다. 반면에 텍스트는 출발점인 동시에 도착점이며, 앞서 존재하지 않았던 그 무엇이다. 결정된 모든 텍스트는 또한 항상 새로운 결정이다. 만일 사회비평적 독서가 항상 정치적인 차원을 지닌다면, 그것은 또한 항상 실존적인 차원을 지닌다. 〈특별한 방식으로 보편적인 삶을 사는〉(사르트르) 것은 비단 어린이뿐 아니라, 절대이성과 자신의 이성을 가진, 또한 의식과 심리를 가진, 따라서 언어와 말을 가진 모든 사람이다.

1. 역사적인 지표

〈문학은 사회의 표현이다〉(보날드)

오랫동안 문학(독서로서의 실행)은 배타적으로 쓰기 예술에 속하는 것이었다. 수사학, 작시법, 모방과 독창성의 문제, 사람들이 쓰고 있는 언어의 문제(프랑스어에서 라틴어 문장은 결코 당연시되지 않는다), 즉 종합적으로 모델(이탈리아어로 된 소네트 형식은 그리스어나 라틴어에서 나온 오드(ode)의 문제를 제기한다)의 문제에만 관심을 기울였다. 〈순수하게〉 아니면 오랫동안 커다란 고정관념이었던 쓰는 일, 즉 창조의 권리는 항상 미학이나 어울림의 규칙들과 타협을 해야만 했다. 따라서 문학에 새로운 현실이 들어왔음에도(16세기의 아메리카, 그리고 롱사르로부터 몽테뉴에 이르기까지) 여전히 사회-문학의 관계에 관심이 돌려지지 않았다. 더 나아가서 법과 정치학이 상대주의적인 성찰의 장(몽테스키외)에 들어올 때까지, 아무도 문학의 정신에 관하여 생각하지 않았다. 이 책에서는 쓰는 일을 역사에서 분절된 하나의 제도와 상부구조로 여겼을 것이다. 따라서 프랑스 대혁명의 진동이 필요했다. 고전적인 모델들이 계속적으로 요구되는 반면에, 전적으로 정치적이 되어 버린 철학은 순수하게 사변적·형이상학적인 철학의 개념을 뒤흔들어 놓았다. 따라서 모든 문학의 시장이 변했다. 예를 들면 새로운 대중, 새로운 작가, 텍스트의 새로운 운명, 주도적인 고전주의의 영역 안에서 무엇을 해야 할지 모르는 루소처럼 말이다. 문학적인 (일반적으로 예술적인) 것이 새로운 타입의 토론 안으로 입장하는 시간의 종이 울리게 될 것이다.

  하지만 이러한 토의는 오늘날 우리에게 친숙한 틀 안에서 전혀 기능하지 못한다. 당시에는 정말로 문학에 대한 가르침이 존재하지 않았다. 텍스트의 사회-역사적인 독서는 학문적인 목적도 대학교 교육의 목적도 아니고, 일반적으로 해석 전문가들을 위한 방법론도 아니다. 아르프 학교는 의식 있는 아마추어들을 위한 유사하고도 사적인 조직이다. 중등교육에 있어서 프랑스어로 된 담화는(그것은 수사학적인 연습과 라틴어 담화에 따른 모방이다) 17세기 말경 소논문이 나오기 전까지 오랫동안 지배할 것이다. 학생들로 하여금 수습-작가가 아닌 수습-비평가와 교수를 만들고자 하는 해설과 분석 연습이 17세기 말경에 행하여졌다.

이러한 성숙에 이르기 위해서 언론과 최초의 대학교 강단(예를 들어 왕정 복고하의 빌맹〔1790-1870. 소르본 대학교의 프랑스 문학 교수〕)에 의해 중계된 비평의 권위가 생겨나야만 했다. 그러므로 작가들 사이에서 글쓰는 새로운 이유를 찾고 있으며, 자신들의 실행에 대해 서로 의문을 제기하는 문학의 전문가들 사이에서 토론이 시작될 것이다. 글을 쓰면서 무엇을 하는가? 과거의 작가들은 그들이 글을 쓸 때 무엇을 했는가? 질문되는 것, 형태의 총체, 역시 작가이면서 글쓰는 사람들(바르트의 구분을 다시 기억하자)에 의해 제기된 것을 용어의 엄밀한 의미에서 살펴보면, 문학이라기보다 문화라고 할 수 있다. 그렇지만 학술에 대한 염려, 태동하는 이론화는 장차 특수한 실행의 길을 열게 된다(〈우리는 비평의 새로운 오솔길을 열고자 한다〉, 《그리스도교의 정수 Génie du Christianisme》, 샤토브리앙). 역사 비평의 논쟁들 가운데 하나가 설립되고 시작된 것이 바로 이러한 장소이다. 17,8세기의 평행과 대립은 위대한(이것은 미슐레의 다음과 같은 말에서 환기된다. 〈여러분, 위대한 세기, 나는 18세기를 의미합니다〉)이라는 형용사에 대하여 서로 논박하기 시작하였다.

정치학과 역사학에 대한 모든 성찰에 의해 기초가 잡히고, 대혁명과 그 결과에 의해서 열광의 정도가 높은 데까지 이른(분방한 자유주의, 〈공포적〉이고 오만한 압제, 1814년 의회제도의 불안정한 설립으로부터 자유와 자주권의 새로운 문제들) 문화적인 것에 대한 이러한 성찰은 소위 창작활동을 다시 활기차게 했으며, 동시에 모든 전문성을 가지지 못했던 직업에 대해 최초의 영역을 분명하게 해 주었다.

1800년부터 샤토브리앙의 《그리스도교의 정수》와 스탈 부인의 〈문학론〉은 진정한 혁명의 시대를 열었다. 〈프랑스의 메르쿠리우스〉(1806)라는 논문에서 보날드는 〈문학은 사회의 표현이다〉라는 유명한 공식을 발표한다. 출발점과 목표는 이렇게 다르다(스탈 부인은 계몽주의의 유산을 풍성히 하려고 하였고, 샤토브리앙은 근대성의 구성요소로서 기독교적인 요소를 이론화하려고 하였다. 그리고 보날드는 좋은 문학과 나쁜 문학을 구분하려고 한 것이었다). 그러나 결과는 하나로 일치되었다. 모든 것은 이제 역사적인 것이 되었고, 문학도 거기에서 벗어날 수가 없었다. 역사의 부정적이고 이상적인 모든 담화가 되찾고 고양시켜야 할, 〈영원한 인간〉의 자리에 인류가 나타나게 된다. 세상과의 관계에 대하여 제기되는 물음들 속에서 반복되는 동시에, 그 경험으로부터 진화하는 조건들에 의해 원형에 있어서의 역사적인 인류가 나타나게 된다. 그것이 바로 젊은 베일(스탕달의 본명)의 일기 전체와 수많은 초기의 에세이들에 등장했던 문제이다. 현대적인 것에 대한 현실과 비극-시적인 것을 어떻게 동시에 말할 수 있을까? 새로운 주체들, 새로운 주인공들, 새로운 문체와 더불어, 새로운 희극(현실의 정확한 그림) —— 비극 —— 서사시(우리의 위대함의 표현)가 필요하다. 베일이 오랜 시간이 걸린 후에 인식할 수 있었던 것처럼, 소설은 (그는 일기에서 〈이 사람들은 몰리에르를 아주 필요로 하고 있다〉라 하였고, 우리는 《그리스도교의 정수》의 〈라 브뤼에르가 그립다〉고 하였다) 죽음이나 계급에 관한 어떤 것이 아니라, 추구되고 만들어지고 있는 어떤 것에 대해 작업하는 것이라고 하였다. 19세기 초에 열려(그러나 17,8세기의 전환점에서 신구 논쟁에 의해 이미 반쯤 열려 있던) 우리의 것으로 남아 있던 작업장은 쓰기와 문학의 장이다. 문학은 실제로 무엇을 하는가. 문학은 어디에 소용이 되며 그것이 의미하는 바는 무엇인가를 문학은 스스로 자문한다.

샤토브리앙

샤토브리앙은 이방인 문화와 그리스도교 문화 사이에 고전주의의 핵심이었던 관계, 그때까지 아무도 제기하지 않았던 공존-관계에 대하여 진지하게 의문을 제기한 최초의 사람이었다. 사람들은 어떤 형식에 따라서, 그리고 그리스와 라틴적인 모델에 따라서 그리스도교적인(《그리스도교인으로 태어난 프랑스인》, 라 브뤼예르) 내용으로 글을 쓴다. 그것은 신학적이고 신앙적인 의미에서라기보다는 도덕적·감각적·사회적인 의미에서 그러하다. 샤토브리앙은 페드르와 앙드로마크가 그리스인처럼 말하지 않고 프랑스인처럼, 또한 그리스도교인처럼 말한다고 지적하고 있다. 사랑에 빠진 여인과 어머니는 더 이상 동일하지 않다. 근대 그리스도교인 남자에 대하여 말할 것 같으면, 그에게는 더 이상 아고라(agora: 고대 그리스의 집회장)도 연병장도 원형 경기장도 없다. 그에게 양분을 공급해 주기보다는 오히려 신학만을 살찌우는, 심각한 결핍의 감정과 더불어 고독감과 차별감이 있을 뿐이다.

사람들은 충만한 마음을 가지고 공허한 세상에서 살고 있다. 아무것도 사용하지 않았지만 모든 것에 환멸을 느낀다. 이러한 정신상태가 삶에 확산시키는 고통은 믿기 힘들 정도이다. 자신에게 유익하다고 느끼는 힘을 사용하기 위해서 마음은 대책을 강구하고 백방으로 궁리한다. 고대인들은 이러한 은밀한 불안과 모든 것들을 발효시키는 꽉 막힌 열정의 신랄함을 잘 모르고 있었다. 정치적인 위대한 실존, 단련장과 연병장의 경기, 포럼의 일, 공적인 장소 등이 고대인들의 모든 순간을 채웠으며, 그들의 마음에는 어떤 지루함이 깃들 여지도 없었다.

——《그리스도교의 정수》, 샤토브리앙

파스칼(고대에 대해 오류를 범했던 볼테르와는 반대로)과 플라톤(쿠쟁이 번역하게 될)을 긍정적으로 다시 읽어보면, 어떤 새로운 편협함이 아니라 새로운 종교적 감정에 이르게 된다. 종교적 감정은 결핍·무한·혁명의 감정과 뗄래야 뗄 수 없는 아르케(arkhé; 원래적이고 기본적인 초석)의 감정을 통합한다. 루소가 끊임없이 샤토브리앙의 정신에 속한다고 하는 것은 놀랄 것이 없다. 나에 대한 질문이 세상과 역사에 대한 질문으로 넘어간다. 그리스도교는 법령과 잔재라기보다는 영구한 발명물이다. 그것은 고딕적인 것에 대한 유명한 재발견이라는 의미이다. 이 고딕이라는 말은 그때까지 야만스러움을 지칭했었다. 그 말은 후에 말로에게처럼, 인간 기업의 역사적이고 지역적인 형태들 가운데 이미 하나를 지칭하고 있었다. 그리스의 신전은 하나의 형태이다. 성당과 종탑은 또 다른 형태이다. 그 이후 용어상으로 니그로(nègre) 예술은 더 이상 불가능하지 않다. 통치와 사회적-자기 민족중심주의의 문화적 하인인 〈고전적〉 보편주의에 반대하여 형태와 언어의 다양성이 확증된다. 샤토브리앙은 앙드로마크·페드르를 가지고 언어와 역사에 의해서 텍스트를 설명하는 첫번째 예를 제공한다. 그러나 이러한 상대주의는 추상적이거나 메마르지 않다. 상대주의는 환원적인 결정주의 안에 자신을 가두지 않는다. 〈지식인들〉(1825년 스탕달이 〈생각하는 계층〉이라고 표현한)이 혁명-이후에 대하여 자문하기 시작하는 순간에 상대주의는 삶 자체이며 (더 이상 자연이 아닌) 인간의 조건이다. 〈열정의 파도〉는 사람들이 믿고 싶어하는 대로 망명자의 무능력이 아니라, 현대에 이미 부르주아적인 세계의 새로운 대중적 감정이다.

  새로운 권력에 대해 말하면서 샤토브리앙이 〈우리는 라 브뤼예르를 그리워한다〉라고 쓸 때, 그는 스탕달과 발자크의 미래 프로그램을 그리고 있다. 젊은 남자(연장된, 바람직한 단순한 청소년이 아닌, 〈예지〉에 대하여 말하는 철학적인 새로운 청소년)가 등장-인물이 되는 문학의 역사적·사회적 전망은 학문적이고 비평적인 실행이 아니라 새로운 의식의 원동력이다. 하지만 동시에 창조와 관련지어 볼 때는 독자적으로 아주 잘 작동하는 새로운 미학이 구성된다.

스탈 부인

■ 통시적 독서

  스탈 부인에게 문학이란 사회와 더불어, 〈자유〉의 진보에 따라서 변하는 것이다. 그녀는 과학과 사고와 사회적인 힘의 진화를 받아들인다. 문학은 무엇을 환기시킴과 동시에 항상 비평적이다. 궁정 문학은 역사적인 지평이 닫혀 있었던 까닭에 풍자와 고뇌가 한정되어 있었다. 그러나 1789년부터는 모든 것이 변하였다. 박애의 문학이 가능하고 또 필요하게 되었다. 볼테르가 구사회에 갇힌 채로 머물러 있었다면, 새로운 세상의 도래를 선언하면서 체계의 쐐기를 뽑은 사람은 루소이다. 새로운 감정들이 출현함에 따라 새로운 형태가 나타났다. 그 이후 무엇을 쓰는가의 문제가 어떻게 쓰는가의 문제를 잠식하고 변화시키게 된다.

  프랑스어에는 글쓰는 기술과 취미의 원칙에 대한 완벽한 조약들이 존재한다. 그러나 내가 보기에는 문학정신을 변화시키는 정치적·도덕적 원인들을 충분히 분석하지 않은 것 같다. 호메로스 시대부터 오늘날까지 구성된, 전 장르에 걸친 탁월한 작품들에 의해서 어떻게 인간의 능력이 점차적으로 발전되어 왔는지 생각하지 않은 것 같다……

인간이 좀더 위대한 일을 하게 되는 것은, 인간의 불완전한 운명으로 인해 생기는 고통스런 감정에서 연유한다. 일반적으로 보통 사람들은 평범한 생활에 아주 만족한다. 말하자면 그들은 자신의 존재를 둥글리고, 부족한 것은 허영의 환상에 의해 보충한다. 그러나 정신과 감정과 행동의 숭고함은 상상력을 한정짓는 경계로부터 벗어나고자 하는 필요에서 촉발된다……

—— 〈문학론〉, 스탈 부인

■ 공간적인 독서

스탈 부인에게 있어서 변화와 진보는 역시 공간 속에 포함된다. 공간은 문학과 사고를 위한 각기 다른 영역들이 있다. 새로운 자유는 프랑스적이다. 그러나 오래 전부터 유럽적인 자유가 존재해 오고 있다. 즉, 인간과 사회가 프랑스적인 유형의 군주제 속에 연장된, 로마 통치권의 독재주의로부터 벗어났을 때 유럽에는 자유가 있었다. 유럽의 자유란 정부의 헤게모니의 영역 밖에서 구성된, 독일과 〈북유럽 문학〉에 대한 유명한 구절들이다. 드라마와 영국과 독일의 소설, 독일의 대학교, 셰익스피어의 극 등 문학 역시 여러 곳에서 생겨난다. 그것은 프랑스적인 모델의 종말이며, 문학 인류학의 시초이다.

■ 〈필요한 문학-사실적 문학〉의 갈등

합리적인 정치가 법 정신의 논리적인 맥락 안에 받아들여진 것과 마찬가지로, 문학의 전망은 이러한 역사-사회적인 이론화의 논리적인 결과가 될 수 있을 것 같다. 새로운 프랑스는 새로운 공통적인 가치를 고양시키는 사회적·애국적인 위대한 문학을 필요로 한다. 그러한 가치는 개인의 욕구에 부응하는 것이다. 그러나 스탈 부인이 찾아낸 새로운 것은 실제로 존재하던 것이었다. 집정관 사회 안에서의 새로운 관심과 새로운 이기주의적인 지배력, 개인주의와 야망의 증대가 바로 그것이다. 다시 한번 민감한 개인은 고통을 받는다. 그는 내성적이 된다. 그러나 동시에 그와 비슷한 사람들과의 의사소통을 필요로 한다. 사람들이 〈위대한 일을 하는〉 것은 항상 〈우리의 운명의 불완전성에 대한 고통스러운 감정〉에서 기인한다. 철학에서도 표현되는 이러한 감정(권력에 저항하는 형태 중의 하나)은 따라서 새롭고도 궁극적인 근대의 산물이다. 혁명적인 문학의 논리(구제도와 구체계의 지지자들에 반대하여 유지된)로부터 우리는 혁신된 문학의 논리로 이행하게 된다.

구제도는 끝났다. 그러나 혁명의 축제, 태어나는 〈로맨티시즘〉은 진화하는 역사학과 최근의 사회변동에 의해 설명이 된다. 〈독일론〉(1810년에 압수되었다가 1813년 영국에서 출판되었다)은 이러한 성찰을 증폭시키게 될 것이다. 통치권의 프랑스적 전통에 기원을 둔 신-전제주의 권력과 유력자들의 사회가 되었고, 되어가는 도중에 있는 새로운 사회의 산물이 베르테르(Werther)와 르네(René)이다. 한때 준-지령법指令法(〈재생된 사회를 위하여〉라고 쓸 수 있고, 또 그렇게 써야만 한다) 양식에 의거하여 〈사회적〉이고 만장일치적인 새로운 문학 안에 포함될 수 있을 것으로 여겨졌던 작가의 권리는 여백 속으로 들어가고, 검열은 그러한 이탈을 감시하게 된다. 그러므로 한때 계획된 〈국가적인〉 위대한 극은 공통적인 축하가 아닌, 상호 주체적인 의사전달을 위한 것으로 인식되는 소설을 위하여 뒤로 물러나게 된다. 프랑스

제1제정이 학사원을 통하여, 여느 때처럼 문화의 손으로 모든 것을 장악하려던 시기에 스탈 부인은, 현실적인 사회비평은 문학의 증서로 귀착되는 것이 아니라(《당신은 누구를 위해 쓰는가?》) 문학의 구성요소·목적·동기·결과들에 대한, 사회적·역사적인 분석에 의해 정당화된 쓰기의 특징에 대한 이론으로 귀착이 된다는 것을 밝히고 있다.

언제나 질서의 보증인인 수사학과 비시간적인 쓰기의 기술을 지지하는 사람들에 반대하여 스탈 부인은 실제적으로 활동을 하였다. 그녀는 모든 문학을 상대화시키며 문학으로 사회제도를 만들었다. 그녀는 혁명의 기원을 봉쇄하고, 문학을 미션 속에 둘러싸려는 정치적 환원주의에 반대하여 부분적으로 효과를 거두었다. 이러한 모순의 풍부함은 끊임없이 그 효과를 느끼게 한다.

보날드와 예기치 않은 그의 영향

문학은 〈사회적 표현〉이라는 공식은 처음에는 논쟁적인 목적을 지니고 있었다. 모든 사회는 거기에 합당한 문학을 가지고 있다. 그러므로 가톨릭적이고 왕정주의적인 17세기는 위대한 문학을 가지게 되고, 반면에 부도덕한 18세기는 나쁜 문학을 가지게 된다. 그러나 〈사회적 인간〉의 창시자 가운데 한 사람이며, 그리스도교인이라기보다 가톨릭 신자인 보날드는 초월에 대하여 말하지 않았고, 자신이 판도라의 상자를 열게 되리라는 사실을 알지 못하였다. 그의 공식은 왕정 복고하에서 문학에 대한 성찰을 역사 안에 포함시키고자 하는 사람들에 의해서 폭넓게 재차용된다. 그들은 생시몽주의자들,《글로브 _Le Globe_》비평가들(1824), 그리고 문학사와 비교문학의 창시자들이다. 모델 개념의 지지자인 〈고전적〉 보수주의자(때로는 자유주의자와 좌익들)에 반대하고 〈문학적인 코블렌츠〉(문학과 역사적·정치적 관계에 대한 적수의 주장을 인정하는 일)를 보게 되는 그들은, 스스로 다양성의 옹호자로 자처해야 했다. 사회적 표현으로서의 문학은 다음과 같은 세 가지 축에 따라서 발전되었다.

- 모든 사회가 인정하는 모든 문학을 인정한다. 《글로브》는 셰익스피어와 독일 작가, 그리고 동양·남미·스칸디나비아·중국 등을 덧붙였으며, 번역들도 배가되었다.
- 모든 문학을 그 결정론과 고유한 필요에 의하여 설명하는 것.
- 사회 현상으로서의 문학사회학의 탄생: 〈서점〉이라는 시장, 저널리즘의 충격, 편집과 배포의 현상—— 문학은 이후부터 강의실 밖에서 발전된다.

《글로브》 외에도 스탕달의 《라신과 셰익스피어 *Racine et Shakespeare*》, 그리고 생시몽적인 수많은 텍스트들이 (보통 1825년부터) 문학의 사회-역사적인 해석을 확장시켰다. 문학은 항상 그 시기의 필요성에 부응하고 있다. 스탕달에게 있어서 고전주의자들도 그들의 시대에는 로맨티스트였다. 왜냐하면 모든 작가는 항상 현대적이기 때문이다. 생시몽주의자들에게 있어서 문학은 유기적(혹은 전체는 아니더라도 적어도 인류의 힘의 최대치를 통합하는)이고 비평적(〈새로운 필요〉의 압력하에서 통합이 깨어지고, 새로운 〈사회적인 결합〉이 초래되어 목소리가 불일치되는)인 시대의 변화에 따라 읽혀야만 한다. 소크라티즘, 종교개혁에서 발생한 문학, 오늘날의 로맨티시즘은, 경건하지 않고 근거 없는 무질서의 산물이 아니라 일반적인 무질서의 상징이며, 새로운 통합에 대한 필요의 상징일 뿐이다.

그러므로 문학은 사회-역사적인 경험과 현상의 총체 속에 자리잡게 되었다. 1830년 초에 위고는 로맨티시즘이 결국 〈문학에 있어서의 자유주의〉에 불과하다고 말함으로써(《에르나니 *Hernani*》서문) 모든 것을 요약한다. 〈새로운 민주적인 자유주의는 듣되 더 이상 보수적인 볼테르주의자들의 자유주의에 귀기울이지 마십시오〉. 이와 같이 사회적 표현인 문학은 그 근원에서 빠져나가고 마침내 근원은 잊혀지게 되었다. 공식은 전복되고 변화되었다. 그렇다고 해도 새로운 시행자들은 스탈 부인과 같은 오류, 즉 명령적이고 규범적인 오류는 피하게 될 것이다. 그들은 과거와 유산에 대해 설명하는 것과, 미래에 대한 전망과 현실의 경험을 혼동하지 않을 것이다. 역사에 당면한 사회가 불투명한 이상 문학이 투명할 수는 없을 것이다. 모든 것들이 작가의 절대적인 권리를 옹호할 것이며, 발자크는 어떤 소설가가 공화주의적인 소설을 쓰지 않고 나쁜 소설을 썼다고 해서 그를 비난하지는 않을 것이다.

이와 같이 경험적 지식은 견고해진다. (많은 일들이 일어난) 과거에 대한 설명적인 독서와 현재와 (어느 것도 확실하지 않고 모든 것이 진행중에 있는) 미래를 위한 방법들을 혼동해서는 안 된다. 과거의 문학은, 〈무엇을 위한〉 것으로서 〈무엇의 표현〉이 될 수 있었다. 지금 형성되고 있는 문학은 분명한 것이 아무것도 없고 그 목적도 포착할 수 없다. 그 양식들 중의 어떤 것은 매우 잘 인식된다. 그것은 시장, 계약, 작가의 권리, 로비와 조직, 작가의 〈직업〉에 대한 상세한 설명, 종이와 인쇄술의 중요성 등이다. 그 산물들은 역사적인 시대의 산물 (이민 문학, 〈세기의 어린이들〉의 문학)처럼 재빨리 읽혀진다. 그러나 문학은 대부분 실존적이고 언어적이다. 〈주제〉의 문제와 마찬가지로 문체의 문제가 그 중심부에 있다(1828년에 나온 스탕달의 《아르망스 *Armance*》 서문을 보라). 사회비평적인 최초의 시도는 문학을 사물화하지 않고, 문학을 더 풍성하고 열린 자기 반성적인 활동으로 만들었다. 사회비평 역시 독자적인 방법을 만들어 냈다. 그것은 보증된 중심부가 아니라 역사의 불확실한 흐름 속에 자리잡은 텍스트 설명자의 방식이다.

결정론적인 위대한 이론화 작업

우리는 여기에서 무한한 영역으로 들어서게 된다. 틈이 있기는 하지만 〈확실성〉을 가지고 몇 가지 분명한 귀착점에 도달할 수 있다.

■ 텐, 환경 · 종족 그리고 순간

텐의 《라 퐁텐과 우화 *La Fontaine et ses fables*》(1853)는 영광의 시절이 있었다. 그의 실증주의적인 결정론은 너무 건조해서 그의 뒤에 아무것도 남겨놓지 않았지만 그래도 두 가지 위대한 개념을 도입하고 있다. 환경과 종족은 먼 곳으로부터 온다. 그것들은 오늘날 우리가 긴 지속이라고 부르는 것에 속한다. 순간, 그것은 국한된 사건뿐만 아니라 특정 지점에서 파악된 변화도 개입시킨다. 작가와 그의 텍스트는 이와 같이 이중의 산물이지 거저 얻어지는 기적이 아니다. 그러나 〈동시적인 사물들의 관계〉(비극 · 베르사유 궁전 · 오페라와 그 추론방법 사이에는 일치점이 있다)를 가지고 텐은 아직도 의미 있는 구조라고 불리지 않는 것을 도입하였다. 사회적 · 문화적 관행의 순간적인 일치를 정의하는 횡단적인 절단이 행해진다. 여기에다 자료, 즉 텍스트 역시 불후의 기념물이라는 생각이 덧붙여졌다(이 표현은 미셸 푸코에 의하여 다시 씌어질 것이다). 작가는 반영하고 건설하며 창조한다. 작가는 흩어져 있는 것, 사회 속에 확산되어 있는 것을 어떤 질서로 통합시킨다. 마지막으로 감히 그렇게 말할 수 있다면, 작가는 그럼에도 불구하고 쓴다. 텐에게는 그 당시 존재하지 않았던 개념이 결여되어 있다. 그것은 언어학과 무의식에 대한 연구이다. 그러나 그는 세속적인 인상파와 지배적인 이상주의를 격하시키고 있다.

■ 마르크스주의의 기여

문학을 사회관계와 계급투쟁으로 설명하는 것은 불가피한 일이며, 그것은 또한 상부-구조 이론을 위하여 계획된 것이다. 법·정치학·관념·주의와 마찬가지로 문학과 문화는 경제-사회의 마지막 단계의 수단으로서, 그리고 그 결과로서 다시 생각되어야 했다. 유산은 〈역사적 변증법〉의 빛으로 다시 읽혀져야 했다. 수많은 변이가 있기는 하지만 새로운 유물론은 세 가지 방향에서 작용하게 될 것이다.

■ 문화와 문학적인 영역의 독서

마르크스주의의 관점에서 문학은 위대한 작가들에게서 극치에 이르는 실행에 불과하다. 문학 역시 하나의 시장이며 광의의 실천이다. 거기에서부터 그 실행의 방법과 조건에 대한 연구가 나오는 것이다. 환경, 관계망, 생산 체계, 승인과 수령에 관한 연구가 생겨난다. 누가 무엇을 쓰고, 또 누가 무엇을 읽는가? 문학사회학은 정치사회학과 지식사회학을 완전하게 해 준다. 담화의 이야기와 그 확산은 전체적인 사회 영역에 대한 연구를 침해할 수도 있다. 이러한 시도는 요레스가 《프랑스 혁명의 사회주의적 역사 Histoire socialiste de la révolution française》에서 행한 것과 동일하다. 문학 생산의 조건, 독서의 역사, 문자교육, 하부-문학, 초-문학, 오래 된 사회집단과 새로운 사회집단 등, 문학은 더 이상 시인에게 영감을 주는 아폴로 신이 아니라 사회 역사의 한 국면에 불과하다. 그러나 이러한 넓은 영역에서 행해진 양적인 노력은 〈검열에서 거세된〉 작가들의 복권(메스리에 신부로부터 발레스에 이르기까지), 혹은 대중소설이라는 인정되지 않았던 형태의 문학을 받아들이게 되는 질적인 열매를 거두었음에 틀림없다.

■ 위대한 텍스트의 해석

그러한 텍스트들을 삭제해 온 독서를 다시 해야 했다. 루카치와 골드만의 제안(《숨은 신》은 후에 바르트의 《라신》과 같은 비난을 불러일으켰다)에 뒤이은 추문과 거부는 그 목표가 허망한 것이 아님을 보여주고 있다. 위대한 텍스트는 사람들이 보고 싶어하지 않는 위기·곤경·궁지에 대하여 말하고 있다. 마찬가지로 물가곡선에 대한 지식이 없었다면 1789년에 대한 지식을 얻지 못했을 것이고(라루스), 그들이 표현한 모순에 대한 지식이 없이는 위대한 작가들에 대해서 알지 못했을 것이다. 특히 불완전한 혁명의 시대인 19세기에 대하여 이러한 작업이 행해졌다. 작가들이 고백한 관념이 때로는 그들이 쓴 작품 결과와 모순되기도 한다. 예를 들면 발자크의 예가 가장 적절할 것 같은데, 그는 영원한 두 가지 진실, 즉 왕권과 종교라는 진실의 빛으로 글을 쓰면서도 위고가 그의 무덤 위에 써놓은 것처럼 〈혁명적인 작가들〉의 강한 부류에 속하였다. 엥겔스는 아마도 직업적인 역사가들보다 발자크에게서 더 많은 것을 배웠다고 말했을 것이다(어거스틴 티에리도 역시 월터 스콧에 대하여 같은 말을 했다). 이상하게도 텍스트는 정복자로 하여금 그를 축소시킬 위험으로부터 벗어나게 해 준다. 텍스트는 자신의 고유한 의미를 만든다. 우리는 마르크스가 우리가 항상 호메로스에게 가지는 관심에 대하여 자문했음을 잊어서는 안 될 것이다. 1830년 혹은 1848년 지식인 젊은이들의 곤경, 돈이라는 새로운 권력의 문제, 반항의 미숙에도 불구하고 자본주의적인 미래, 오래 전부터 부르주아적이던 빛, 권리의 지속적인 회복에 대한 문제가 있었다. 많은 텍스트가 이러한 문제들을 다른 방향으로 다루었다. 예를 들면 생 시몽에 대한 작가들의 관심은 그들의 관념이 〈미래의 씨앗〉들 가운데서 무엇인가를 찾고 있음을, 즉 아라공이 《성스러운 주일 La Semaine sainte》에서 제리코와 자신의 길을 찾는 모든 예술가들에 대하여 말한 것을 추구하고 있음을 입증하고 있다.

■ 목적론에 대한 소묘

마르크스주의는 단순한 해석이 아니다. 그것은 정치이며 따라서 문학을 위한 정치학이기도 하다. 주제에 대한 노력을 넘어서서——부르주아와 사교계와는 다른, 새로운 대중에게 다른 문학에 대한 기회를 주는 것——마르크스주의는 텍스트 자체에 대하여 주제 하나를 만들어 냈다. 가장 일관성 있는 사람으로는 루카치를 들 수 있을 것이다.

　모든 위대한 소설은——모순적이고 역설적인 방법으로——어떤 시대를 향하는 경향이 있다. 시적인 위대함의 근원은 바로 이러한 시도와 필연적인 실패에서 기인된다.
　……야만보다 좀 발전된 단계인 호메로스의 시대에 사회는 비교적 통합되어 있었다. 시를 창조함으로써 세계의 중심이 된 개인은, 사회 내부의 전형적인 대립이 아니라 사회 전체의 본질적인 경향을 대표하는 전형이 될 수 있었다.
　……씨족사회가 분열됨에 따라서 이러한 형태의 행동에 관한 형상화는 서사시로부터 사라질 수밖에 없었다. 왜냐하면 서사시가 사회의 실생활에서 사라졌기 때문이다. 일단 계급사회가 출현하자 위대한 서사시는 움직이는 총체 안에서, 계급 대립의 전형적인 깊이로부터가 아니고는 더 이상

서사적인 위대성을 끌어낼 수가 없게 되었다. (새로운) 서사적 형상화에 대하여 이러한 대립은 **사회** 속에 있는 개인들간의 투쟁으로 구현된다.
　　── 게오르그 루카치, 〈소설〉, 《모스크바의 작품집》 안에서, 클로드 프레보 번역

〈위대한 리얼리즘〉은 갈등을 은폐하고 타협을 잘하는 〈평범한 주인공〉 대신 〈비판적인 주인공〉이 뒤를 잇게 만들었다. 비판적인 주인공은 모순을 터뜨리고 전형적이며, 가장 개인적인 양식에 따라 위기에 처한 보편인으로 살았다. 그러나 이번에는 좀더 성숙한 문학의 틀 안에서 위기를 초월하고 미래를 열어가는 〈적극적인 주인공〉이 그의 뒤를 잇게 된다. 이러한 장치는 〈사진처럼 세밀하게 묘사하는〉 자연주의를 비난할 수 있게 해 준다. 자연주의는 모든 것을 편편하게 만들고, 새로운 리얼리즘을 위하여 문을 열어 준다. 새로운 리얼리즘이란 고발하는 것으로 더 이상 만족할 수 없는 〈사회주의적〉인 리얼리즘이다.

종합평가에 대한 소묘

우리 시대와 대립되는 그 시대에 〈고전작품들〉을 다시 읽기에 매우 유익한 이러한 방법은, 가장 전투적인 사람들에게 있어서 무서운 위험을 내포하고 있다. 그것은 명예의 가치와 비난에 대한 것이다. 가장 유명한 경우는 플로베르의 경우인데, 간단히 말하면 루카치(《역사소설론 Roman historique》)에 의해서 플로베르는 〈위대한 리얼리즘〉의 작가들에 비해서 역행적이라고 비난을 받았다. 우리는 또한 문학적인 장이 축소된 것을 확인할 수 있다. 만일 희곡 특히 소설이 선호의 대상이라면, 시는 분명한 담화를 위해서가 아니면 별로 질문의 대

상이 되지 못했다. 이러한 점에 있어서 아라공의 거센 반발은 주목할 만하다. 아라공은 그의 〈프랑스의 리얼리즘〉의 목록에서 언어의 대리인, 특히 알렉산드르의 대리자로서 뮈세를 찾게 된다. 결국 교조적인 마르크스주의적 독서는 종종 과학적인 엄격성이 결여되어 있다. 그러한 독서는 지침서에 고정되어 있으며, 설립된 문학적 팡테옹(Panthéon)의 덫 속에 종종 빠지곤 하였다. 이 점에 대하여 마르크스주의에 빠진 모든 세대가 상당한 노력을 기울였다. 그러한 노력은 광범한 새로운 연구와 텍스트라는 실재에 매우 민감한 전문가[1]에 의해 문학사를 새로 경신시켰다. 새로운 연구는 문학의 기호학과 정신분석[2]이라는 유사하면서도 새로운 무기를 가지고 행해졌다.

뮈세가 말하는 〈소설의 사회〉, 즉 소설에 의해 반영될 뿐 아니라 소설에 의해 만들어진 사회는, 고지식하고 단순한 사회학 만능주의를 뛰어넘어 단숨에 텍스트의 효과를 파악한다(텍스트는 동일시할 필요가 있는 현실을 명명하거나 함축한다. 《보바리 부인》에서 일회용 대상들의 체계와 방문 판매의 시초와 저속한 표현의 시초가 그러하다). 바디우가 〈현실의 반영이 아니라 반영의 현실이다. 따라서 쓰기에 대한 유물론적인 분석이다〉라고 말할 때는 바로 위와 같은 점을 의미하는 것이다. 가장 타당한 결말은 사회비평이 텍스트를 증발시키지 않는다는 것이다. 루카치는 그가 〈의미 형태〉라고 부른 것에 대하여 이미 관심을 둔 적이 있다. 즉, 한편에 〈관념〉과 〈감정〉이, 다른 한편에 〈문체〉가 있는 것이 아니라, 현실을 잠재상태로부터 표현으로 이동시키는 통합적이고도 혁신적인 행위가 있다는 것이다.

모든 경로와 마찬가지로, 이러한 행위는 미래와 순환에 대해 밝혀준다. 미래: 사람들은 읽는 행위와 마찬가지로 쓰는 행위가 무엇인가에 대해 좀더 큰 의식을 가지거나 가질 수 있게 된다. 순환: 상황은 사실 그 자체에 의하여 작품을 창작하지는 않는다. 우리는 쓰기가 표현하고 목표로 하고 도달하는 바를 경우에 따라서는 더 잘 알고 있다. 그러나 그렇다고 해서 작가들보다 잘 만들 수는 없다. 정치학에 대해서도 마찬가지이다. 정치학은 과거의 정치에 대한 지식으로부터 출발해서 〈합리적인 정치〉(1831년에 라마르틴이 다시 사용한 생 시몽의 표현이다)를 세울 수 있을 것이라고 오랫동안 믿어왔다. 쓰기의 행위는 무의식과 언어의 도구(결코 무기력하지 않고 항상 만들어진다)의 관계에서 볼 때 발전의 행위이다. 그러나 또한 도피 행위이며 거부 행위이기도 하다. 이러한 관점에서 볼 때 모든 텍스트는, 심지어는 가장 공적인 것조차도 은밀하고 기만적이다. 햄릿의 서판書板으로부터 시작해서 생 시몽의 은밀한 《회고록》에 이르기까지, 파스칼의 초고를 거쳐 베일의 방주旁註의 방대한 양에 도달하기까지 모든 텍스트는 비밀스런 말이며 단편이며 암호문이다.

마찬가지로 현대비평은 단편이며 원고이며, 전-텍스트 혹은 주변-텍스트가 될 수 있다. 비평은 더 이상 학원의 권위를 업은 대작들에 만족하지는 않는다. 포장이야 어떻든간에 비평은 담화의 개념에 집착한다. 처음에는 뮤즈들에게 있어서 명확성을 밝혀 줄 것으로 기대된 사회비평은 이러한 이유로 누가 펜을 잡고 누가 말을 읊조리는가 하는 오래 된 문제를 더 풍성하고 복잡하게 만들었다. 모든 방법이 진실한 것처럼, 사회 비평은 우리로 하여금 우리의 디베르티스망이나 자가-신비화의 능력을 질문하게 만든다. 텍스트는 무엇을 만드는가? 권력을 사랑하고 바라고 혹은 행사한다는 것은 무엇인가? 이러한 관점에서 사회비평은 권위에 둘러싸여 선반 위에 잘 정렬된 방법이 아니다. 대상의 체계 안에서 분명하게 보기를 원하면서 사회비평은 새로운 용어로 주체의 문제를 제기하고 우리의 삶을 이야기한다. 사회비평은 구체적인 인간을 틀 안에, 그리고 구체적인 인간성의 여백에도 세운다.

2. 문제와 전망

명백한 것 읽기

발몽은 순식간이지만 현실적으로 이후부터는 내일이 보장되지 않는 사회 계급에 속하기로 서명을 한다. 파리의 이공과 대학생인 옥타브 말리베르는 오늘날에는 증기기관이 〈세상의 여왕〉인데 그 이후에는 어떤 이름이 여왕이 될지 묻는다. 마들렌의 〈순수한〉 연인인 도미니크는 1848년 이전에 공화주의자, 즉 사회주의 성향을 띤 서클에 가입했음을 이야기한다. 1830년 혁명은 연대기에도 불구하고 《세기아의 고백 La Confession d'un enfant du siècle》이나 《레 미제라블 Les Misérables》에 나타나지 않는다(1828년 말에 A.B.C. 친구들은 혁명을 준비했고……그것이 1832년의 저항이 될 것이다). 1830년의 혁명은 《보바리 부인》에서 보면 루앙의 동료들에게조차도 전해지지 않았다.

평평한 곳이나 움푹한 곳이나, 억압하려 하지 않고 설명하는 텍스트 안에는 무엇인가가 있다. 사회비평의 제로점(degré zéro)은 우선 어떤 명백한 발화 내용을 부차적인 것이나 무시해도 되는 것으로 여기지 말아야 한다는 것이다. 심리적이고 고증되지 않은 모든 전통에 대하여(옛날에는 영원한 인간의 이름으로, 오늘날에는 순수한 형태의 텍스트 이름으로), 텍스트를 이미 거기에 있던 것으로 재충전하는 일이 중요하다. 하지만 텍스트는 소외되거나 비워졌다. 여기에서는 애매한 상징이 문제시되는 것이 아니라 복원할 만한 분명한 지시가 중요한데, 그 지시는 널리 확산될 수 있어야 한다. 레날은 못 제조소를 가지고 있다. 그러나 그는 장관과 계약을 했는데, 독자들은 소설 속에서 나중에야 그 사실을 알게 될 것이다. 또한 군인들의 신발을 만드는 데 쓰이는 못의 공급을 위한 계약에 따라 행동할 수밖에 없다. 이것은 제정과 왕정 복고하에서 베리에 읍장의 〈산업〉활동의 연속성을 암시하거나 환기시킨다. 기업주가 아무리 작은 부분이라도 자본주의적인 이해의 체제를 넘어서는 특성이 자세히 드러난다. 레날은 게다가 〈보나파르트〉에게 찬성 투표를 했는데, 그는 늙은 외과의사가 반대 투표를 했다고 비난할 정도였다.

주지하다시피 억압된 것과 읽혀지지 않는 것은 여기에서는 경제-정치적이며 사회관계를 반영한다. 따라서 텍스트 안에서 말해지고 나타난 것, 두 방향에서 작용하는 것을 추적하는 일은 중요하다. 텍스트를 다시 읽고 읽히지 않은 부분을 알아보고, 그 이유를 비평해 보는 것이 중요하다.

그러나 이러한 반-부르주아적인 비검열이 전부는 아니다.

《죽음과 나무꾼 La Mort et le bûcheron》에서 채권자(말하자면 고리대금업자이며 부르주아)는 영주와 왕(〈부역〉)과 마찬가지로, 불행한 사람들을 강하게 억누르는 것을 보고 말한 후에도 다른 중대한 작업이 남아 있다.

암시적인 것 읽기

텍스트는 분명한 사물로만 이루어진 것이 아니며, 따라서 우리는 그것을 볼 수도 감히 원할 수도 없었다. 텍스트는 미학적 · 정신적이고, 심적으로 보일 수 있는 것을 가지고 사회-역사적인 것을 말하는 비법이다. 작가가 고의로 그렇게 하는가 아닌가 하는 정도의 문제는 부차적이다. 중요한 것은 단지 텍스트이다. 로브 그리예는 《질투》에서 랑하르트가 본 바와 같이 〈아프리카에 사는〉 유럽인의 두 종류를 대립시키고자 했다. 불로뉴 숲의 여인들에서 마리엥바드에 이르는, 비극을 되살리고 불러일으키는 잔류적인 신-고전주의는 무엇을 의미하는가? 그것은 천국의 아이들의 팽창과 어떤 관계가 있는가? 영화에서 취한 이러한 예들은, 그것이 우리의 가장 오래 된 관행들 중의 하나와 관련이 있다는 점에서 매우 중요하다. 그것은 새로운 표현의 기술에 의해 재개된 공연의 실행이다. 사실상 암시된 것, 읽힐 수 있는 것, 읽혀져야 할 것은 세 축을 중심으로 발견되고 해석되어야 한다.

■ 봉쇄와 차단의 상황

모든 텍스트에는 항상 언어, 그리고/혹은 행위의 교란, 비교적 명료하게 세상의 흐름과 〈인생〉을 단층적으로 보여 주는 불투명성이 있다. 남과 다르게 말하거나 행동하는 사람(실어증 혹은 다변증, 도피 혹은 공격)은 좌절, 그리고/혹은 소외를 항상 드러나게 한다. 이러한 좌절과 소외는 특성이 있거나 실존적으로 보이기 위해서, 사회-역사적 현실 속에 있는 위기와 궁지(아포리마)와 언제나 관련이 된다. 아마도 그 때문에 미친 사람과 방황하는 사람은 그들의 반대-언어와 반대-행위들(《보바리 부인》에서 눈먼 걸인은 시인이며 변태성욕자이다)로 인해 특권과 중요성을 가지게 된다. 반항 · 스캔들 · 자살은 이러한 돌출 부분이 다소간 섞여진 표현이라고 할 수 있다. 항상 문제시되는 것은 법과 가치이다. 햄릿 · 돈키호테 · 보바리 부인은 알세스트와 르네의 행로와 함께 독자를 내포하는 〈해결책〉의 탐구와 존재의 축소를 상징해 준다. 거기에 바로 위대한 현대의 신화, 즉 기반이 되는 서사적 신화(Virgile)와 견줄 만한 허구적인 신화가 있다. 결핍·부재·다른 곳·〈다른 사물〉들이 현대성에 기여한다(이 점에 대해서 페늘롱의 로마네스크한 텔레마크와 그의 호메로스적인 모델을 비교하여 보라). 이러한 위대한 비평의 형상화(우리는 루카치를 다시 찾아볼 수 있다)는 부모로부터 받은 것, 더 자세히 말하자면 역사적인 것을 결합하고 공동으로 발전시켜 준다. 사생아라든가 비합법성의 감정은 사르트르가 그의 유년기에 대하여 말하면서 〈특별한 양식으로 체험된 세계〉라고 명명한 것으로, 여러 가지 억압과 무의식들이 상상력을 만들기 위해 서로 짜맞추어져 있다.

이와 같이 선전·시위와 같은 너무 명확한 상징들은 제 위치에 놓이게 된다. 〈좋은〉 반혁명 왕당파는 문학적으로 말해서, 너무나 단순한 원인에 엄격하게 충직하다는 것 외에 다른 말을 할 수 없다. 그것은 〈좋은〉 혁명가에 대해서도 마찬가지이다. 그는 정치적 자유만을 위하여 다른 것들을 조절하는 경향이 있다. 정치적 자유를 사회학적으로 분석해 본다면 그 한계가 곧 드러나게 된다. 가족·부부·사회는 소모와 환상의 장소로 보이고 있으며, 모든 친척은 역사-정치적 경계를 특이하게 확장하고 있다. 이렇게 해서 새로운 오이디푸스의 교차로가 생겨나고, 햄릿은 거기에 풍부한 예를 제시하고 있다. 그 이론 중의 하나는 마르트 로베르의 사생아와 르네 지라르의 욕망의 삼각형에 대한 제안들로부터 시작하여 일반화할 수가 있다. 사적인 것은 공적인 것 속에서 언제나 확고해진다. 또한 공적인 것은 언어의 생산자인 사적인 내면화를 거쳐야만 시니피앙에 도달한다.

■ 형태적 위반들

　모든 텍스트는 시학을 위반하고 있으며, 문학적인 언쟁들은 여전히 문체에 집중되어 있다. 즉, 문장의 구조는 어떠한가, 작시법과의 관계, 줄거리의 구성, 인물의 설정 혹은 언어의 수준 등을 따진다. 모든 텍스트에는 여느 세상의 사람처럼 말을 하는 누군가가 있으며, 그는 다른 사람보다 더 고상한 말을 하는 것이 아니다(《햄릿》의 폴로니우스, 《보바리 부인》의 르 프랑수아 부인에게 칭찬을 받은 레옹이 그러하다. 게다가 그는 병적인 기아라든가 식욕 부진이 아니라 사람들이 그에게 주는 모든 것을 먹는다. 그것은 다시 한번 실어증·다변증과 연결이 된다). 따라서 이와 같이 위반되는 정부의 언어, 가족의 언어, 계급과 아카데미의 언어 역시 여전히 권력의 언어이다. 클레브 공작부인이 남편에게 고백한 것, 《피가로의 결혼 Mariage de Figaro》 제4막, 왕에게 전기-쇼크를 주기 위해 햄릿이 조립한 각본, 18세기 말의 시적인 산문(당시에 산문은 논술에 쓰이는 것으로 인식되었고, 시는 엄격하게 만들어졌다), 플로베르의 반과거, 한 문장이 2페이지에 걸쳐 전개되는 프루스트의 문장 등은 외적(바르트의 제안을 다시 취하면 내적인 힘에 반대되는 언어)인 힘일 뿐만 아니라 이질적인 언어의 표지들이다. 언어가 체제 순응자에 의해 위협으로 인식되고, 처음에는 문학의 힘이던 것이 다른 권력들에 의해서 장악되는 정도에 따라서 그러하다. 따라서 형태적 위반은 단순히 아카데믹하고 학술적인 물잔 속의 폭풍은 아니다.

　다르게 쓴다는 것은 1825년경에 《라신과 셰익스피어》에 관한 유명한 논쟁이 증명하는 바와 같이 여전히 정치적인 의미를 가진다. 최고로 잘 만들어진 줄거리를 분해하고, 자문적인 표현의 결정적인 독백을 실존적이고 철학적인 것으로 방향짓는 것, 은어 혹은 내적 독백과 같은 다른 언어를 도입하는 것, 결정적인 대단원을 끝없는 몽상으로 변질시키는 것,[3] 혹은 독서의 측면에서 볼 때에 《뤼시앵 르벵 *Lucien Leuwen*》과 같은 미완성 작품들을 유효로 인정하는 것 등은 주체-대중과 권력의 심급들 사이에 존재하는 긴장의 표지이다. 뒤틀린 문학(자기 여동생에 대한 르네의 사랑)은 테마가 될 수 있다. 그러나 그것은 특히 무엇보다 미학적이다. 오드와 발라드는 그것이 독일과 다른 야만인들의 시에 의존하여 학문적인 유산을 오염시키는 정도에 따라 선동적인 제목이 되었다. 그 목록은(대상과 기능의 목록과 마찬가지로 일상적인 대상들, 거울이나 검, 우스꽝스러운 왕자나 부랑자, 그리고 왕, 낭만주의의 젊은 철학자 등 사랑에 빠지지 않는 연인역을 맡은 배우) 텍스트의 겉치레가 아니라 그 존재 자체인 표현방법에까지 확장되어야만 한다.

■ 역사-역사-역사

이러한 세 가지 철자법과 세 가지 관념화(《왕자와 상인 *Le Prince et le marchand*》, 피에르 바베리)는 사람들이 무엇에 대하여 말하는지 알기 쉽도록 출발점을 제공해 준다.

· **역사**(HISTOIRE) : 현실 그리고 객관적으로 알 수 있는 역사적 과정들.

· **역사**(Histoire) : 일반적으로 명령적이고 교훈적인, 현실과 역사적 과정들에 대한 해석을 전제로 하는 역사적인 담화.

· 역사(histoire) : 우화·이야기·주제·이데올로기와 명백한 사회정치적 계획을 초월하여 살아 있으며, 사고하고 글을 쓰는 주체와의 관계에 있어 동일한 역사적 현실과 과정에 대하여 다른 해석을 가능하도록 하는 구성들이다. 역사와 사건들은 종종 당시대 역사의 언술

과 상반되며, 종종 그 이후에 오게 될 역사적인 체계화를 예고해 준다. 따라서 역사는 역사에 대해 좀더 정확한 표현을 함으로써 예고의 능력을 가지고 있다. 예를 들어보기로 한다.

● 우선 긴 지속과 정신상태가 역사와 이야기를 통하여 말한 것은 다음과 같은 것이다. 즉, 역사가 그 당장에는 상부구조적이고 정치적인 실록에 여전히 종속되어 있는 반면, 그후에는 역사는 역사적이고 정치적인 대상(프랑스 대혁명과 같이 보이는 사건들 밑을 흐르는 역사적 현실, 상상적인 현실)으로 구성된다는 점이다.

● 19세기에 서구에서 일어난 전쟁을, 재산이 없는 농민과 국가의 재산을 취득한 공화국 병사들간의 대립으로, 민주적이고 자유주의적인 역사가들에 대한 귀족과 사제의 음모로 해석하는 것도 역사와 이야기 안에서이다(미슐레). 서구에 대한 사회적이고 상상적인 인류학을 제안하면서 발자크와 바르베 도르비이(《올빼미당 *Les Chouans*》·《마술에 걸린 여자 *L'Ensorcelée*》)는 방데와 브르타뉴의 현대 역사가들(폴 보이스·장 클레망 마르틴·로게르 뒤퓌)을 예견하였다.

위에서 추천된 삼중의 기록법과 삼중의 독서법은 그 중에서도 민속과 유명한 지방색에 의해서 뿐만 아니라 역사적이 되려고 하는 19세기 소설의 의도를 정당화시키고 있다. 역사-역사-역사는 의식과 현실의 관계에 대한 문제를 제기한다. 역사의 마지막 말을 주기 위한 공적이고도 내부 지배적(endocratique)인 역사는 항상 존재한다. 그러나 또한 도박을 엉망으로 만들고 카드를 재분배하기 위한 이야기도 역시 존재한다. 게다가 역사는 언어학자들에 있어서 이야기-담화 사이의 중요한 구분과 잘 일치할 수 있다. 역사-이야기는 여전히 텍스트를 담화로 경화시키고 역사로 사물화시키는 것을 막아 주는 이야기이다. 그 역사는 과학에 속하는 동시에 실존적이고 의심스러우며,

아마도 섬광에 의해서만 알 수 있는 것이다. 〈새로운 역사〉의 역사가들이 오래 된 역사적 담화를 좀더 타당한 역사로 대체하기 위해 별로 생각하지 않는다는 것은 오늘날 그리 놀랄 일이 아니다. 되도록이면 인식능력과 가치를 발견하고 세우는 것은 아마도 〈텍스트의 즐거움〉에 대한 다른 양상일 것이다.

사회비평의 새로운 근거

a. 모든 독자는, 독서를 결정하는 동시에 독자에게 해석의 공간을 열어 주기도 하고 독자를 조건지며, 독자를 자유롭고 창의적으로 만들어 주는 한 사회와 어떤 사회성에 속해 있다.

b. 모든 독자는 역시 독자를 결정하고, 독자에게 탐구와 해석의 공간을 열어 주는 부모와 상징관계로부터 기인한 자아이다.

따라서 명령·금지에 작용하고, 또한 검열을 피하고 위반하는 데 작용하는 두 가지 계열은 시초부터 오늘날까지 충돌하고 있다. 역사적인 자아와 자아에 의해서 살아진 **역사**는 중재물로서, 도구와 수단으로서의 언어와 더불어 텍스트와의 관계를 만든다. 모든 자아와 **역사**는 항상 초석이며 계획이고, 아르케이며 유토피아이다. 따라서 모든 텍스트는 추억과 동시에 열망을 불러일으킨다. 텍스트 안에는 탐구의 힘, 창조의 힘과 함께 인정과 동일시의 힘들이 항상 작용하고 있다. 환상과 집단의 위대한 발전이 기호의 차원에서 다시 발견된다.

c. 우리의 사회비평적 독서가 독서를 결정하기는 하지만, 서로와의 관계로부터 거리를 만들고 유지하는 사회-역사성 안에 잠겨 있다면 (만일 인간이 그 산물이라면 또한 의식이기도 하다), 독서는 그보다 앞서 존재하지만 영원히 고정되지 않는(시적 예술의 〈장르〉는 모든 방향

으로부터 진화된 것들을 견고히 하려는 시도에 불과하다) 기호와 담화로 구성된 체계에 의해, 그리고 역시 그 체계 안에 참여하고 있는 것이다. 독서 역시 일하고 또 일한다. 소설·소네트·오드와 희곡의 새로운 형태들(새로운 로마네스크와 새로운 소설을 공급하게 될 〈부르주아〉 드라마: 리얼리즘의 드라마와 현실과 현대의 비극, 반면에 〈고전주의〉는 희곡＝풍속의 묘사와 비극＝생활의 비극적인 표현 사이의 분리를 전제로 하였다)이 아리스토텔레스와 호라티우스의 여백에서 급증하였다. 동시에 외관상 분류된 텍스트의 생산 사이에서 나누어진 다양한 형태의 담화를 추구하는 내적-형태와 내적-장르의 독서가 형성되었다. 사람들이 1820-25년경에 말한 바와 같이 〈낭만주의〉는 시·희곡·소설(혹은 그림과 오페라)이 아니라 우선 근본적으로 로맨티시즘이며, 학문적인 기록을 부여하고 그 항목을 가로질러 순환하는 새롭게 보고 말하는 양식이다. 거기에서 몇 가지 결과가 나온다.

● 사회비평 독서의 첫번째 줄에서 명백하게 역사와 관련이 되는 형태들을 뽑아내는 것 같다. 〈현대〉의 희곡이 정치적인 것과 마찬가지로 소설은 현실적이고 사회적이다. 실러와 괴테의 위대한 독일의 드라마, 뮈세와 위고가 그린 프랑스의 드라마, 월터 스콧과 괴테·스탕달·발자크·플로베르의 소설들은, 어떤 점에서 역사를 확증해 주는 동시에 어떤 점에서 역사에 덧붙이는가? 사회비평의 첫번째 목표물은 분명히 문학이다. 문학은 〈사회의 상태와 관련이 있는 것〉(발자크)으로 이해되며, 직접적·중개적·상징적인 방법으로 역사적·사회적·정치적 실재를 명명한다. 소설가가 자신을 역사가라고 할 때 그는 사회비평의 왕도를 여는 것이다.

● 그렇지만 직접적으로 〈역사적〉이 아닌, 시적이고도 허구적인 문학적 담화의 사회화와 역사화에 별로 관여하지 않은 형태들이라고

해서 동떨어져 있는 것이 아니다. 우리는 《잃어버린 시간을 찾아서》속에서 또 〈다른〉 소설, 즉 연대기와 더불어 내력, 계급의 관계, **역사**의 재독再讀을 보게 된다(드레퓌스주의자들의 승리는 부르주아인 베르뒤랭 부인의 살롱이 귀족인 게르망트 공작부인의 살롱을 대신하게 되는 것과 같은 의미를 가진다. 프루스트는 쥘 로맹의 교훈적인 작품인 《선의의 사람들 Les Hommes de bonne volonté》보다 그러한 것에 대하여 더 많은 말을 하고 있다). 말라르메의 사회-역사기록은 밝혀지는 데 시간이 걸린다. 반대로 아라공의 사회-역사기록은 아마도 그의 분명한 메시지가 다른 곳에 있을 것이다(《바젤의 종 Cloches de Bâle》의 〈신여성〉, 혹은 권력도 지식도 없는 공산당원인 제리코).

　● 이와 같이 사회비평은 겉보기에 모순적인 두 가지 작업에 참여하고 있다. 그것은 텍스트의 역사화와 사회화인데, 그 텍스트의 역사성과 사회성은 과소평가되었다. 사회-역사적 메시지가 다소간 너무 분명한 텍스트들의 진정한 사회성과 역사성이 수정되고 재평가되어야 한다(마찬가지로 파스칼과 샤토브리앙 또는 클로델과 모리악의 〈그리스도교〉는 지배적인 가톨릭적 담화가 아닌 다른 관점에서 다시 읽혀져야 한다). 감히 말하자면 그 둘 사이에는 상징화와 형상화로써 읽혀지고 해석되어야 할 문학 생산의 거대한 영역이 남아 있다. 그 상징화 작업은 추상적인 〈시학〉의 유일한 문제에 속하지 못할 것이다. 그러나 특히 오늘날 사회비평은 세계에 대한 사고·이론, 자아에 대한 이론에 관하여 중대한 문제를 제기하고 있다.

　d. 역사의식과 **역사**에 대한 의식은 분명한 것도 아니고, 명증성 혹은 순수이성의 의식, 즉 확실한 목적이나 궁극성이 의식은 아니다. 과학이나 정치학·정치가도 행복과 확실성을 확실하게 만들어 내지 못한다. 바로 거기에서 우리는 현대성을 경험하는 것이다. 16세기부터 우

리는 대포의 화약에 대해, 아메리카의 대량학살을 만들어 낸 항해술의 발달에 대해 자문해 왔다. 라 브뤼예르 이후에 젊은 괴테는, 인간이 천체의 움직임에 대하여 정확하게 알고 난 이후에는 어떤 점에서 더 행복했는지에 관해 자문하였다. 프랑스 대혁명 이후의 모든 사고는 폭력과 독재에 대해서 뿐만 아니라 1789-1815년의 부르주아 후예에 대해 집중되었다. 질문은 20세기에 더 늘어날 뿐이었다(생태계의 이행, 자유주의와 시장의 파괴 효과, 〈혁명〉의 국가적이고 테러리스트적인 생산성, 여러 가지 양상으로 나타나는 과학의 결과 앞에서의 현기증, 광신과 몽매주의로의 회귀). 사회비평적인 독서 역시 혁명적이고 진보주의적인 목적을 추구할 뿐만 아니라, 이념적인 체계들보다 텍스트가 훨씬 강하게 말하는 어려움과 모순들을 발견하는 것이기도 하다.

1832-34년경 위고의 〈어두운 시간〉(〈7월의 태양〉)이 그렇게 가까이 있더라도), 《레 미제라블》에서 A.B.C.의 친구들과 앙졸라의 환상, 장 발장의 고독한 죽음(이 책에서만 예를 들기 위하여)은 별까지 걷는 것에 항공 표식을 설치하지 않는다. 그러나 **역사**에 내재된 어떤 비극에 대한 의식은 불완전하게 반복된다. 파스칼과 소크라테스를 재발견하면서 로맨티시즘이 생겨나고, 쥘리앵 소렐이 종교적인 것, 거룩한 것, 절대적인 것은 아마도 사제당의 신비화에 불과한 것이라는 사실을 발견하는 것은 감옥 안에서이다. 오래 전부터 〈진보〉(롱사르와 새로운 〈황금시대〉, 몽테뉴·루소·스탕달·보들레르·바르베 도르비이 등)의 과정은 동일한 〈진보〉의 다양한 실행과 경험과 결합되어 있다. 종교 개혁이 일어나고 근대 정부가 세워지자마자, 《햄릿》은 삶과 사회적인 경험의 의미에 대한 형이상학적인 질문을 다시 만들어 냈다.

따라서 사회비평적 독서는 단순하고 소박한 진보주의의 부록이 아니다. 그것은 명철의 여러 형태들 중의 하나이다. 신화적인 급진 민주주의는 스탕달을 이해하기 위한 〈단서들〉 중의 하나이다. 하지만 그것은 만일 어떤 사람이 셔츠와 마음을 가지고 있을 때, 이탈리아에 가서 살기 위해서는 셔츠를 팔아야 한다고 생각하는 것과 같다. 그리고 꿈을 꾸고 열정만을 위해서 사는 이탈리아인은 월급을 받기 위해 자신을 팔고, 〈산업〉이라는 위대한 일에 협력을 하는 영국의 근로자보다 더 흥미가 있다는 논리와는 다르다. 우선 자유자본주의의 애매성이 이러한 생각의 자양분이 되었다. 그러나 20세기에 있어서 도덕과 가치를 비교해 볼 때, 권력과 기술이 자율성을 지니고 있다는 발견은 다음과 같은 사실을 밝혀 준다. 즉, 단순하게 19세기에 시작된 문제와 그 미성숙이 중요하지 않다는 것이다.

따라서 사회비평적 독서는—— 모든 위험을 무릅쓰고—— 장차 **역사**의 잠재성에 대한 독서이다.

● 적극적인 변화들을 운반하는 과정과 진보(예를 들면 프랑스 대혁명은 프랑스 대혁명의 결과하에서 계속된다).

● 새로운 곤경(생시몽주의자들은 〈새로운 적대관계〉를 이야기하곤 했다. 마 르크스는 〈새로운 모순〉이라고 이야기할 것이다).

● 사회역사성의 표현과 발견방법과 장소로서, 예술과 쓰기의 기능은 사는 것과 인간조건에 대한 반복적이고도 새로워진 문제들의 장場이기도 하다. 쓰기와 예술은 모든 〈보이지 않는 손들을 거부하며〉(우선은 자유주의의 손, 그 다음으로 혁명의 손) 거기에 사고와 의식의 비환원성을 말하기 위해 단어들을 결합하고 추적하는 손을 대립시킨다. 쓰기와 예술은 평범하게 〈현실의 반영〉(항상 긍정적으로 전제된다)이 아니라 반영된 현실(항상 문제성이 있다)이다. 알랭 바디우의 공식은 열린 방식과 닫힌 방식의 문제를 제기하고 있다.

e. 사회비평은 사실상 이론적이고 실천적인 문제를 제기한다. 우리는

그 문제가 본질적이고 반복적이라고 말할 수 있다. 그러나 그 문제는 역사의 각 시기에 따라서 여러 가지 관점으로 나타나기도 한다. 현실은 자연에 의해, 구조와 기능과 종족 및 근본적인 상황에 의해, 그리고 적응·생존(불멸)·지속의 모든 생생한 초석에 의해 설명되는가? 아니면 발명·진보·상승적인 생명력·변증법·국가·법·메시지, 그리고 다른 삶, 다른 곳, 다른 것의 모든 장치에 의해 설명되는가? 유토피아는 퇴행적이 아니고 오래 전부터 있는 아르케로 만들어진 것인가? 아니면 진보적이며 다소간 분명하게 분절된, 미래와 장래에 대해 청사진을 만들어 낼 만한 새롭고 혁신적인 힘들에 의해 인도되는가?

왕족과 귀족이 아닌, 부르주아와 속인들에 의해 인도된 교환의 발달과 생산력의 오랜 발달은 일과 에너지에 대한 위대한 관념을 불러일으키고, 숙련된 관리인들은 발명가들을 강화시켰다. 이 모든 것은 오랫동안 두 언어, 두 가지 분석들 중에서 두번째 것에 우월성을 부여하였다. 계몽주의 시대부터 마르크스주의에 이르기까지 사회비평은 이와 같이 텍스트와 문화 속에서 인류 역사의 프로메테우스적이고 진화하는 타당성의 흔적과 증거를 찾았다. 하지만 자유·자연·법 개념의 모호성은 사물들이 단순하지 않다는 사실을 보여 준다. 자유·자연·법·산업(이성)에 대해 말하는 것은 새로운 가치를 선언함과 동시에 횡령이라는 수많은 지층 밑에서 잃어버리고 망가진 가치들이 소외되지 않도록 하는 것이다. 마찬가지로 유명한 사회계약은 되찾아야 할 고래의 계약인가, 재협상되어야 할 오래 된 협정인가, 완전히 새로운 계약인가? 모든 자연과 모든 이성은 부정되고 무시되는 고대의 것에 대한 것과 동시에 전대미문의 것에 대해 말하는 것을 들어왔다. 소외된, 따라서 사슬에서 벗어나야 할 특유한 인간과 역사의 매순간마다 새로운 물질관계가 교차되고, 그러한 관계가 총집산되는 의심할 수 없는 사람 사이에서 마르크스가 찾아낸 것이 바로 그 유명한 단층이다.

따라서 현대 역사의 발전(혁신적인 부르주아와 노동자를 착취하고, 필요한 경우에는 압살하는 자유주의 사상가, 전체주의를 만들어 내는 사회주의, 기적적인 경제에 대해서와 마찬가지로 새로운 인간에 대해서 예고된 프로그램이 부족한 사회주의)은 논쟁을 활발하게 만들었다. 진보의 직선성(과학·이성·자유)은 그것이 긍정적으로 작용하기로 되어 있던 사회 내부에서의 심각한 어려움들을 알게 되었다(자유주의 세계와 사회주의 세계의 위기). 동시에 그것은 유럽 중심주의 혹은 북반구 중심주의임을 드러내었고, 반면에 남반구인 동양은 그 모델 속에 편입되기를 거부하였다. 성직자·윤리·〈이성〉을 벗어난 모든 특별한 것으로의 회귀, 우리의 세계에서 이방문화와 문명의 발견은 단일성을 촉진시키는 원인이 되었고, 오래 된 진보의 필수적인 담지자가 아닌, 기대하지 않은 모순들이 나타나게 하였다. 사료편찬의 영역에서 토인비에서 푸코에 이르기까지 우리는 단층·이탈·차이·무시되는 문명의 순환 개념이 나타나는 것을 보았다. 상상력의 박물관이 개화되고 풍성해졌으나 보편적인 진보 개념은 병이 들었다. 그것은 인류가 가능한 한 언제나 작업하고 고심하기를 그만두었다는 의미는 아니다.

그 이후로 사회비평은 창설되는 정부로부터 보증받은 계몽주의자들의 오래 된 시점 안에서 더 이상 작용하지 못한다. 새로운 역사(심리, 심오한 구조와 하위-정치학의 역사, 오랜 시기의 역사, 〈물질문명〉[여기에서 브로델로부터 나온 모든 것을 보게 된다]의 역사)는 더 이상 19세기에서 물려받은 것이 아니며, 18세기 철학의 자손도 아니고 자본론과 기술주의의 유산이다. **사회비평의 사료편찬적인 토대는 바뀌었다.** 따라서 사회비평은 더 이상 지나간 역사의 보조자도 아니고 시녀도

녀도 아니다. 만일 사회비평이 항상 역사적이고 사회적이기를 원한다면, 역사적인 것과 사회적인 것이 더 이상 과거의 그것이 아니라는 사실을 설명해야만 할 것이다. 그리고 문학 쪽으로 관심을 돌려서 다시 한번 어리석은 기대, 그러나 아름다운 시대와는 동일하지 않은 기대를 찾고 또 찾도록 해야 할 것이다. 아르케, 그 심층구조들은 아마도 자극적이지 않다. 낭만적인 여인은 마침내 통신판매망의 고객이 되고, 임무를 맡은 프롤레타리아는 개량주의적인 소비자가 될 수 있다. 그 이후에 과거의 선전과 매개물들은 어디에 있는가? 심리는 저항을 하고, **역사** 속에서 공고해지는 것은 언제나 **학술용어**들이다.

따라서 난잡까지는 아니더라도 문제가 복잡해지는 성향이 있을 것이다. 이것은 문학 텍스트의 독서로부터 출발할 수도 있다. 그러나 또한 오늘날에는 구식이 된 도식적인 진보의 마지막 울타리 가운데 하나에 머물지 않는 방식으로, 이러한 독서로 되돌아갈 수도 있다. 어쩌면 거기에서 오늘날 숙고의 극단점이 생겨날 수도 있다.

결 론

우리의 함축과 관련된 모든 독서의 경우와 마찬가지로 사회비평에 대해서도 결국 마찬가지이다. 우리는 우리 자신의 이야기, 우리 자신의 사회성, 우리의 정적이고 도덕적인 환경도 〈자연스럽게〉 읽을 준비가 되어 있지 않다. 모든 것은 항상 안도감을 주는 울타리에 의해 보호되고 있으며, 특히 학교는 그 초기에 학교가 책임진 아이들의 사회화를 돕기 위해 그 울타리를 필요로 한다. 때문에 아이들로 하여금 그들을 둘러싸고 있는 것에 대해 비평적인 표현을 하도록 도와 주는 일은 무척이나 어렵다. 그러므로 사회비평은 교육의 코스 안에서 다른 시기로의 이행의 표지가 될 수도 있을 것이다. 즉, 더 이상 박약한 주제의 통합이 아니라 그 해방의 시기이다. 따라서 사회비평에서 가능한 일들 중 텍스트 읽기와 분석, 그리고 부수적인 담화와 더불어 학교에서의 설명을 들 수 있다. 그 목적은 파괴놀이의 즐거움에 탐닉하는 것도 아니고 마비적인 허무주의로 떨어지는 것도 아니고, 자신의 거리를 세우는 것을 배우는 것이다.

그래서 정체성·사랑, 구체적인 역사성의 틀 안에서의 부모와의 관계 등을 동시에 읽을 수 있는 마르트 로베르와 루즈몽의 책들이 중요하게 여겨질 수 있는 것이다. 같은 이유로 필리프 아리에스와 미셸 보벨의 저작들은 삶과 죽음이 불변의 실체가 아니고, 역사적인 것과 마찬가지로 실존적인 위대한 상대성은 형태의 창조에 의해서 드러나며, 마침내 존재하게 된다는 것을 보여 줄 수 있다. 예를 들면 콩트는 몇 가지의 틀에 따라서 작용한다(프로프). 하지만 환상적이 되고, 현실로부터 신비의 문을 열어 줌으로써 이야기는 발전해 나간다. 그러므로 우리는 숲으로 가고 있는 어린 소녀나 푸른 수염의 여자, 혹은 잃어버린 구두를 가지고 있는 신데렐라가, 어린 시절 재미있는 이야기를 읽으면서 상상해 본 것보다 약간 더 발전한 이야기라는 사실을 깨닫게 된다.

그때부터 사회비평은 입문의 절차에 속하게 된다. 사람들이 읽으면서 배우는 것은 텍스트뿐만이 아니고, 우리 자신의 삶과 이 세상에 관련된 우리 자신의 관계이다. 그러므로 독서와 해석을 지도하는 사람은 무겁고 새로운 책임감을 부여받게 되는데, 우리는 그를 터부에 대해서 자유롭다는 의미에서 속인(laïque: 평신도)이라는 말 외에는 달리 부를 것이 없다. 후기 혁명 사회와 자유주의 사회 최초의 위기와 관련이 있는 것처럼 보이는 로맨티시즘은 지금 당면한 우리 세상에 대한 독서의 입문이 된다. 그리고 텍스트들을 읽는 것은 항상 자유와 자율성을 배우는 학교와 같다. 이러한 영역에서 일은 무한정하다. 자유롭게 되는 법을 배우는 데는 결코 끝이 없다.

만일 우리가 텍스트 안에서 되찾고 검증할 수 있는, 이론적(실제의 기능에 대한 기술과 분석)이고 실용적(결과적으로 사용하는 정책)인 문서가 어디엔가 존재하는 듯이 행하는 것은 오류일 것이다. 예를 들면, 모든 사람은 알지도 못한 채 생시몽적이거나 마르크스적인 〈철학자〉가 될지도 모른다. 이러한 경우 텍스트들은 기껏해야 불확실한 광고력을 지닌 채 부록이나 보충물이 될 수밖에 없을 것이다. 사실상 텍스트 안에서는 혐의를 걸 수 없는 것과 예상치 못한 것들이 추구되고 만들어진다. 이러한 것들은 쓰는 사람의 책임에 속한 것이지만 독서와 독자의 개입에 의해서만 의미를 가진다. 부분적으로는 분명한 사회적인 주제도 있고, 부분적으로는 모호하고 해독되지 않는 주제도 있다. 쓰기와 독서, 즉 문학은 본질적으로 해석이며, 〈기호화〉(플로베르에 대한 프랑수와 가일라)이자 기호의 독서이다.

만일 사회비평이 텍스트를 발산시켜야 한다면, 또한 텍스트를 부록에 불과한 것으로 혹은 다른 의식의 심급의 보충물 정도로 축소시켜야 한다면, 사회비평은 지적인 재난이 될 것이다. 그렇다면 사회비평은 해롭고 유익하지 않은 것이 될 것이다.

그러나 사회비평이 텍스트를 현실에 대한 인간의 반응이 형성되는 장소의 하나로서, 존재·사물·사건들 가운데서 그의 상황에 대한 담론들 중의 하나로서, 아마도 파손과 낙후에 대한 조그마한 주제들 중의 하나로서 구성하는 데 기여한다면 사회비평은 현대성을 결정적으로 획득하는 셈이다.

역사를 믿지만 곧 그것을 분석하고 비평하는 사람들에게서 생겨난 역사비평은 전투적인 차원을 견지하고 있다. 그러나 그것은 약간은 기대하지 못한, 그리고 계획되지 않은 방법으로 이루어진다. 역사비평은 모든 것이 역사적·사회적·정치적이라고 말한다. 텍스트는 항상 어떤 장소와 어떤 시기에 속한다. 그러나 역사비평은 또한 이 장소와 이 순간이 항상 미지의 땅이며 다른 곳이며 유토피아라고 말한다. 아마도 가장 〈진보적〉인 권력을 가진 이러한 텍스트는 무엇을 해야 할지, 아마도 무엇이 중대한 사회비평적 사건인지 결코 잘 알 수가 없었다.

【참고문헌】
1. 기본이 되는 텍스트

Germaine de Staël, *De la littérature*, (19세기 이래로 결코 재판된 적이 없다).

De l'Allemagne, (Garnier-Flammarion).

Chateaubriand, *Génie du christianisme*, (Garnier-Flammarion, Pléiade).

Bonald, *Articles du Mercure de France*, 제정시대하에 출판됨(19세기 에 전집으로 수록).

2. 사회비평의 출현

Littérature, société, idéologie, n° 1 de la revue Littérature, Larousse, 1972.

Sociocritique, (sous la direction de Claude Duchet), Paris, Nathan, 1979.

3. 사회-문학의 관계에 대한 이론적인 텍스트

Pierre Barbéris, *Le Prince et le marchand*, Paris, Fayard, 1980.

Lucien Goldman, *Le Dieu caché*, Paris, Gallimard, 1956.

Matérialisme historique et création culturelle, Paris, Anthropos, 1971.

René Girard, *Mensonge romantique et vérité romanesque*, Paris, Grasset, 1961.

Georges Lukacs, Théorie du Roman, Paris, Denoël-Gonthier, 1963, (Collection ⟨Médiations⟩).

Balzac et le réalisme français, Paris, Maspero, 1972.

Ecrits de Moscou, Paris, Editions sociales, 1974.

Marthe Robert, *Roman des origines et origines du roman*, Paris, Grasset, 1972.

Alain Viala, *La Naissance de l'écrivain*, Éditions de Minuit, 1985.

4. 사회비평적 독서의 예

Pierre Barbéris, *René, un nouveau roman*, Paris, Larousse, 1972.

Jacques Leenhard, *Lecture politique du roman ⟨La Jalousie⟩ d'Alain Robbe-Grillet*, Paris, Éditions de Minuit, 1973.

Geneviève Mouillaud, *Stendhal ⟨Le Rouge et le noir⟩, le roman possible*, Paris, Larousse, 1973.

V
텍스트 비평
—— 지젤 발랑시 ——

서 문

텍스트 비평의 출현은 다른 분야의 발전과 관련이 있다. 민속 이야기를 연구하면서 러시아 형식주의자들이 세습 재산의 비평과 분류를 위하여 만들어 낸 문학의 민속학, 그들에게 있어서 문학 개념의 중심에 자리한 언어학이 바로 그것이다.

이러한 비평에 있어서 문학작품은 우선 무엇보다도 기호 체계이다. 최근의 비평방법은 〈텍스트로의 회귀〉를 통하여 그들의 현대성을 입증해 주었다.

> 비평이 작품 전체를, 아니면 문학작품 전체를 우선은 텍스트로서, 다시 말하면 상징들로 이루어진 천으로 여기기로 결정하지 않는다면, 이러한 결정이 함축하는 바의 모든 것과 더불어 비평은 아마도 아무것도 할 수 없고 앞으로도 그럴 것이다. 거기에서는 시간, 즉 글을 쓰는 작가와 읽는 독자의 (보통 이야기되는) 삶이 페이지와 책의 모순된 환경 속에서 한데 얽히고 꼬인다.
>
> ——《문채 II *Figures II*》, 주네트

따라서 언어학이건 아니건 모든 기호의 체계(미술이나 건축)는 유일한 해석 내용으로서의 랑그(langue)를 가지고 있다. 방브니스트가 《일반 언어학의 문제들 *Problèmes de Linguistique Générale*》에서 말한 것과 같이 랑그는 기술記述의 도구이며 기호학적인 발견의 도구이다.

언어학은 〈엄격한 학문〉으로 정평이 나 있는데, 문학 연구가들이 그 엄격성을 얻기 원했던 과학적 모델의 문학보다 이러한 명칭에 더 가깝다. 그러나 언어학 그 자체에 대해서 과학은 하나의 지평이고 잠재적이고 검증이 될 만한 법규 이상 가는 욕망의 목표이다. 게다가 언어학은 수많은 방향을 포함하고 있으며(기호론·의미론·통사론·화용론 등), 문학 연구의 영역 안에서 그것들과의 관련성은 관점을 배가시켰다. 따라서 우리는 텍스트 비평에 의해 접근된 원리들이 상당히 뒤얽혀 있는 것에 대해서 놀라지는 않을 것이다.

세 명의 언어학자들이 텍스트의 연구에 있어서 중요한 역할을 하였다.

페르디낭 드 소쉬르, 그는 기호 이론을 가지고 텍스트와 시에 대한 연구를 비교적 자율적인 구조와 체계로 확립하였다. 그의 《일반 언어학 강의 Cours de Linguistique Générale》는 문학을 환기시킨 것이 아니라 기호학의 토대를 세운 것이다.

그 뒤를 이어 로만 야콥슨은 음성학과 언어의 기능을 연구하여 시학과 문학의 상대적인 자율성에 관한 연구의 길을 열었다.

에밀 방브니스트는 언어에 대한 개념 중심에서 주체의 개념을 서술함으로써, 대화 자체에 대해서나 담화와의 관계에 의해서 정의된 장르 문제에까지 이르게 되었다. 간단히 말하면 그는 비교시학과 독서화용론을 동시에 도입하고 있는 것이다. 이 세 사람은 이후에 〈구조주의적〉이라고 불리게 된 관점에서 작업하였다.

구조주의에 대한 초점이 계속 뒤를 이었다. 이 용어에 따르는 제어할 수 없는 과잉 증가를 피하기 위하여 아마도 가장 좋은 것은 레비

스트로스가 정의한 것과 같이 구조주의의 대상을 환기하는 것이다. 〈구조주의적 과학의 대상은 체계의 특성을 보여 주는 것이다〉. 1968년 공동 저작인 《구조주의란 무엇인가 *Qu'est-ce que le structuralisme*》는 전체에 대한 관점이 이미 정신에 대한 관점과 같다는 것을 인정하는 것이었다. 그러나 소쉬르 언어학이 기호를 다루는 학문 안에서 문제를 제기하는 새로운 방식을 불러일으킨 이상, 텍스트 연구의 방법과 목적들을 이해하기 위해서는 소쉬르 언어학에서부터 출발하여야 한다.

소쉬르의 구조 개념

소쉬르는 그의 연구에, 그렇게도 자주 환기되는 이 구조라는 말을 결코 사용한 적이 없다. 그에게 있어서 중요한 개념은 〈체계〉이다. 언어는 〈체계〉를 형성한다. 〈언어는 자신의 질서만을 알고 있는 하나의 체계이다〉. 〈구조주의〉라는 용어는 좀더 후에 프라그 언어학파의 저작에서 나타나게 되는데, 그 학파는 구조주의를 소쉬르가 제기한 원리들에 의해서 정당화된, 체계로서의 언어 개념에서 생겨난 방법들의 총체로 여긴다. 〈분석에 의해서 함축된 요소들을 얻기 위해서는 연합된 전체로부터 출발해야 한다〉.

소쉬르의 이론에서 기호는 자의적이다. 다시 말하면 시니피앙(음성적 이미지)과 시니피에(시니피앙의 재단, 시니피앙이 귀착되는 곳) 사이에 아무런 필연적인 관계도 없다는 말이다. 따라서 시니피앙이 결정된다 해도 시니피에는 세상의 어떤 대상과 관련되지 않는다. 시니피앙은 지시하지 않으며, 의미와 지시의 잠재성을 받아들인다.

사실 시니피앙의 선조성의 각 부분은 인간 언어의 구조 자체와 관련이 있다. 우리는 한순간에 한 가지 음만 발음할 수 있을 뿐이다. 〈말의 연쇄〉는 이러한 구분 가능한 소리들의 연결로 이루어져 있다. 그러나 같은 소리에 대한 두 가지 발음의 다른 소리를 어떻게 구분할 수 있을까(가령 마르세유 사람과 스트라스부르 사람이 발음하는 〈b〉 음은 각각 어떻게 구분할 수 있을까)? 바로 여기에서 앞으로 이루어질 모든 형식적인 연구를 위한 기본 개념이 나타나게 된다. 그것은 겉보기에는 문학 연구와 멀리 떨어진 것처럼 보이지만, 구조 개념에 대한 현대적인 형태가 생겨난 것은 이러한 문제로부터이다.

이러한 두 가지 현상의 구분은 이화異化의 기준에 따라 행해진다. 발음의 변이체들과는 달리 서로 다른 두 음소는 서로 다른 두 단어를 구분할 수 있게 해 준다. 예를 들면 〈pan〉과 〈ban〉, 〈tenture〉와 〈denture〉가 그러하다. 그러므로 음소는 분명한 정의를 가지고 있지는 않지만 유일하게 변별적이고 대립적이다. 여기에서 포함된 체계의 단위들 —— 음소 ——을 분명히 하기 위하여 포함하는 체계 —— 단어 —— 의 도움을 받게 된다.

소쉬르에게 음소는 말의 연쇄 중 가장 작은 요소이다. 그러나 그에게는 다른 발음을 하는 변이들, 그리고 시퀀스(음성학의 문제들) 안에서 음소의 위치와 관련된 변이들을 포괄하는 추상적인 실체가 중요하다. (모음 뒤에 오는) 내파음 p와 (모음 앞에 오는) 파열음 p밖에 모르는 언어에 음소 p는 존재하지 않는다는 것을 지적해야 한다. 이러한 정확성은 기술적이다. 이러한 정확성은 그 자체로는 언어 속에서 결코 실현되지 않는 단위들에 의지하여 체계를 구성할 수 있게 한다. 구조주의의 토대를 이루는 것은 이론적인 단절, 즉 언제나 추상적인 모델과 항상 구체적인 실현 사이의 단절이다.

소쉬르 이후 구조주의와 그 문학적인 영향에 관한 논쟁에 의해서 비평적인 담화가 촉진되고 스며들고 구성되었다고 말할 수 있다.

여기에 반대자들의 입장에서 행해진 몇 가지 논쟁이 체계적으로 요약되어 있다.

● 구조주의는 작가의 의도라는 선입견에 사로잡히지 않고 작품을 분석한다고 주장한다. 개인의 작품인 문학은 작가의 생애와 그 시대의 풍습을 고려하여 연구되어야 한다. 그 대답으로서 텍스트 비평은 이러한 논쟁의 지지자들에게 작품을 텍스트라기보다 변명으로 여기고 있다고 비난하였다.

● 작품의 구조에 집착함으로써 작품들 사이에 공통적인 것만을 드러나게 한다. 이것은 작품을 구분하는 것, 특히 걸작과 졸작의 구분을 무시하는 것이다.

● 구조주의에 의한 작품 기술은 진부하다(우리는 누구라도 한번 읽기만 하면 검증할 수 있을 만한 것을 발견하게 된다). 아니면 누구나 알고 있는 사실을 확대 적용하고 일반화시킴으로써 자의적이 된다.

구조주의가 정점에 이른 이후로 구조주의가 인정받은 시대의 연구자들의 작업은 몇몇 예외를 제외하고는 방어적인 논쟁, 당시의 논쟁에 대한 특징적인 정당화의 언술로 가득 찼고, 우리가 20년 후에는 내보일 수 있는 목록과 대조를 이루는 논쟁으로 가득했다. 왜 이러한 일들이 일어났는가를 이해하기 위해서는 텍스트 비평이 확증받던 시대의 역사적인 상황을 기억해야만 한다.

어쨌든 알려진 선구자들은 이미 방어자세를 취했다. 1920-25년도의 모스크바 학파의 제안을 오늘날 다시 읽어보면 그 질문의 적극적인 특성들로 인해 여전히 놀랄 만하다.

러시아 형식주의자들과 텍스트 비평의 정의

그들의 최초 문집은 오십 브리크에게서 비롯되는데, 그에게는 〈언어학과 시학을 증진시키는〉 것이 중요하다. 시의 언어학적인 양상이 강조된다. 〈가장 적합한 것이 시의 언어이다……왜냐하면……구조의 법칙과 언어 창조적인 모습은 시적 담화 안에 있기 때문이다. 시적 담화는 일상적인 말보다는 관찰자의 영역에 더 많이 있다〉(《문학의 이론 *Théorie de la Littérature*》, 야콥슨).

〈형식주의〉라는 용어 자체는 이러한 시도를 비방하고 〈언어의 시적 기능에 대한 모든 분석을 비난하고자〉 했던 사람들에 의해서 던져졌다. 하지만 〈시작법詩作法에 대한 내적인 법칙들의 점진적인 추구〉는 이러한 예술과 문화의 다른 부분, 그리고 사회 현실과의 관계를 말소하려고 하지는 않는다(ouv. cité). 그후로 〈형식주의자들〉은 이러한 편곡된 오해에 대하여 항상 자신들을 정당화하거나 방어해야 한다.

러시아 형식주의자들에게 〈문학적 시리즈〉(〈역사적 시리즈〉와는 대조된다)는 어떤 자율성을 가지고 있다. 그것은 다양한 문화적 규범과 형태의 유산인데, 그것은 담화의 건설로부터 측량하기 위한 다양한 방법에까지 이른다. 이러한 자율성은 문학성에 대한 숙고를 하도록 한다.

아이헨바움은 〈형식적 방법에 대한 이론〉에서 다음과 같이 말하였다. 〈우리의 특징은 문학 소재들의 본질적인 특성들로부터 시작해서 자율적인 문학 과학을 창조하고자 하는 욕망이다……우리의 기본적인 주장은, 문학 과학의 대상이란 다른 모든 소재와 구분되는 문학적 대상의 개별적인 특성들에 대한 연구가 되어야 한다는 것이다……야콥슨은 〈러시아 현대시학〉에서 이러한 생각에 대하여 결정적인 공식을 제공하였다. 문학 과학의 대상은 문학이 아니라 〈문학성〉(〈literaturnost〉)이다. 문학성이란 다시 말하면 주어진 작품을 문학작품으로 만드는 것이다〉.

본질적인 특질에 대한 이러한 연구는 텍스트를 내세우는 연구에서 끊임없이 반복되는 일련의 논쟁을 불러일으키면서, 유사한 원리들과 구분하여 그 대상의 경계를 정한다.

● 우선 문체학을 보자. 어떤 규범(기준)에 의지한다고 해서 문체를 제대로 평가할 수 있는 것은 아니다. 왜냐하면 규범은 진정으로 알려져 있지 않기 때문이다. 〈언어학적 요소들 사이에, 또는 이전의 어떤 작가의 문체에 있어서 언어학적 요소의 기능 사이에 존재하는 관계를 확립하기 위해서, 우리는 그 상응하는 시대에 어떤 단어의 용법에 대한 일반적인 규범을 알아야 하고 여러 가지 통사적 도식의 용법이 사용된 빈도도 알아야만 한다〉. 이것은 〈오랜 기간에 걸친 문헌학적 연구를 전제로 하는 것이다. 물론 이러한 경우에 있어서는 불가피한 도식화가 나타난다……〉(《문체론의 임무 Les Tâches de la Stylistique》, 비노그라도프).

문체론적인 관점이 텍스트 연구에서 부수적으로 생각되는 것도 이와 유사한 이유 때문이다. 문체론은 일상적인 언어에 의해서 잠정적으로 실현된 규범과 기준을 제시하고 거기에 〈문체〉의 어긋남을 대립시킨다. 이러한 개념은 텍스트가 중심이라는 생각과 대립된다. 비교시학은 문체론적인 분석을 이용한다. 그러나 비교시학은 그러한 분석들을 체계 안에서 복원시킨다. 텍스트 비평이라는 용어 자체도 상당히 조심스럽게 사용되었다. 여기에 제시된 연구들은 우리가 일반적으로 〈비평〉이라는 말로 이해하고 있는 것과 어긋남에 대한 것인데,

거기에서는 저자/비평가의 대사가 탁월하다.

    ● 다음으로 역사가 어긋남으로 간주된다. 논의는 오래 된 숙고를 되풀이한다.

    (역사적) 환경은 사라지지만 그러한 환경이 낳은 문학적인 기능은 남아 있게 된다. 그것은 시대의 잔존물로서 뿐만 아니라 이러한 환경과의 관계를 벗어나서도 그 모든 의미를 간직하는 절차로서 남게 된다.

── B. 아이헨바움

우리는 이와 같은 방식으로 호메로스를 읽는다.

    ● 마지막으로, 이미지 우위의 개념과 심리학을 거부함으로써 예술적인 텍스트 수용에 대한 이론을 구조화에 근거시키고 있다. 그 이후 사람들은 이 이론을 형식주의와 대립시켰다. 형식주의 이론이 예술적 신비주의, 요컨대 매우 쉬운 신비주의를 거부하면서 탐구의 영역을 해방시켜 주었기 때문에 이러한 이론들이 형성될 수 있었다.

문학을 위하여 고안된 원리들 가운데서 형식주의자들은 담화적인 구성의 절차뿐만 아니라 반복·악센트에 대하여 작업하였다. 클로브스키는 구성으로서의 〈주제〉와 소재로서의 〈우화〉 사이에 나타난 차이를 형식화한다. 그는 스테른의 《트리스트람 샌디 *Tristram Shandy*》에 대한 연구의 끝머리에서 소설의 구조 자체가 강조된다고 밝힌다. 〈그 변형 덕분에 얻어진 형태에 대한 의식이 소설의 내용 자체를 구성하고 있다〉. 다음에 그는 그러한 고찰을 확대시킨다.

    우리는 종종 주제의 개념을 사건에 대한 기술, 즉 내가 편의상 우화라고 부르기로 제안하는 것과 혼동하고 있다. 사실상 우화는 주제의 형성에 쓰이는 소재일 뿐이다. 따라서 《외젠 오네긴 *Eugène Onéguine*》의 주제는 타티아나(Tatiana)와 더불어 영웅소설이 아니다. 그러나 어떤 주제 안에서 삽입된 여담 덕분에 실현된 이러한 우화를 만드는 것……예술적 형태는 그들의 미적 필요성에 의해서 설명되는 것이지, 실제적인 삶에 차용된 외적인 동기화에 의해서 설명되는 것은 아니다. 예술가가 라이벌을 등장시키는 것이 아니고 단순히 장을 바꾸면서 소설의 행동을 느리게 할 때, 그는 우리에게 구성의 두 가지 방식이 근거하고 있다는 미학의 법칙을 보여 주는 것이다.

형식주의자들의 연구에서는 세 가지 방향이 생겨난다.
● 문학적 민족학과 기호론으로부터 끌어낸 이야기에 대한 연구.
● 언어학적인 기호에 의해서 시적인 쓰기에 대한 문제를 특수화 시키고자 하는 시도.
● 비교시학·수사학과 관련된 서술학의 연구.

1. 이야기의 구조분석

프로프와 이야기의 형태론

현대의 서술학, 특히 이야기의 구조적 분석은 프로프의 동화에 대한 연구에서 많은 영향을 받았다. 구전에서 비롯된 민속적인 표현은 경이로운 이야기의 질서를 결정하는 법칙에 따르고 있다. 동화는 신화와 서사시의 중간에 위치하며, 그 형태와 내용은 점차로 함께 발전한다. 또한 이야기 형태론의 형식주의적인 계획은 역사적인 관점과 대립되지 않는다. 그와는 반대로 〈이러한 긴 이야기〉 안에서 구조적인 분석은, 이야기를 구성의 부분들로 분해시키면서 정당화된 비교를 확립하도록 해 줄 것이다. 민속학적인 전통과 반대로 프로프는 연구 대상과 〈내용〉, 즉 연구된 서술적인 자료들을 혼동하지 않는다. 이야기의 주제 혹은 이야기가 포함하는 동기는 대중적인 이야기의 불변체를 제공하지 못한다. 이러한 자료들은 그에게 너무 애매모호하다. 불변체들은 이야기를 구성하고 있는 줄거리의 구성 속에 들어 있다. 줄거리는 서술의 연속체로 구분된다. 이 연속체들은 인물들이 연루되어 있는 연속적인 기능을 나타낸다(멀리하기 · 금지 · 금지의 위반 · 마술적인 대상의 접대 · 귀환 등). 프로프는 31개의 주요 기능을 목록으로 만들었다. 그러한 임무를 수행하는 인물들은 여러 가지 역할을 책임질 수 있다. 줄거리 구분의 타당성을 결정하는 것은 기능이다. 따라서 이러한 에피소드는 〈멀어짐〉의 기능을 하고, 저러한 에피소드는 〈결혼〉 혹은 〈인정〉의 기능을 한다. 서술적 기능의 결과로 역할의 목록에 따라 서술된 각 이야기는, 그것들 모두를 실행시키지 않더라도 그것들 중의 어떤 것을 실현시킨다. 원리가 구조적인 것은 바로 이러한 때이다. 이 모든 기능들이 하나의 이야기에서 나타나지는 않는다. 그러나 나타나는 기능들(〈활성화된〉 기능들)은 색인화된 기능의 전반적인 순서를 존중한다. 이야기는 대립되는 구조(금지/위반)의 아래에 있는 체계의 변이들이 된다. 이러한 체계는 어느 정도 서술의 진행에 박자를 맞춘다. 프로프는 〈내용을 위해서 형식을 무시했다〉는 비난을 받았다. 그러나 사실상 그가 기능의 연사적인 연속성을 제시함으로써, 특히 이야기의 총체를 그 밑에 잠재된, 그러나 결코 실현되지 않는 모델과 연결시킴으로써 분명히 한 것은 〈내용의 형식〉이다. 체계와 타당성의 개념에 근거한 구조는 작품의 계획을 〈텍스트의 구조〉라고 부르기를 바라는 잘못된 관례와 분명하게 구분된다.

그레마스 ── 담화와 기호론

서술에 대한 그레마스의 연구는 프로프의 작업에 대한 비판적인 반복에 근거한다. 그는 프로프의 작업을 엄격하게 기호론적이고 구조적인 관점 안에 기재하였다. 텍스트는 경험적인 자료이다. 분석가인 기호론자는 〈의미의 연사적인 조직화〉, 따라서 서술적인 분절과 조직화를 연구할 것이다. 〈서술적 담화〉를 연구하기 위해서 그레마스는 〈본질적인 의미론〉과 〈기본적인 문법〉을 고안하였다. 기호론적인 표현에서 별개의 두 차원이 나타나고 있다. 논리-의미론(의미의 코드 전환/번역)의 차원에서 확신되는 〈의미론적 표현들〉이 그 하나이고, 담화 차원에 속하는 〈서술적 문법〉이 또 다른 하나이다. 역할, 혹은 〈기본적인 행동의 단위〉(행위자: 보조자/대립자)들은 〈표면적으로〉 눈에 드러나지 않는 양면적인 의미소의 범주를 나타내고 있다. 행위자들은 양면적이고 대립되는 구조 안에서 결정된 기능을 수행한다.

> ……서술은 2개의 차원이 아니라 다른 3개의 차원에서 행해진다. 일관성 있는 기능의 영역에 상응하는 역할, 기본적인 행동의 단위들은 좀더 넓은 두 종류의 구성에 관여한다. 행위자, 언술 단위, (자료적인 텍스트)와 행위자, 이야기의 단위(말해진 이야기)가 그것이다.
>
> ──《의미 *Du Sens*》, 그레마스

2. 시적 텍스트의 이론 ── 구조주의의 시적 측면

언어학의 원칙으로부터 출발한 야콥슨은 〈시학〉을 만들어 냈다. 그는 시 연구자가 고수하는 영역으로 여겨진 경계들을 끊임없이 가로지르면서 〈문학의 가장 생생한 형태들을 통합하였다〉(롤랑 바르트). 다의성, 대체, 그들의 체계, 언어병리학과 문체(은유와 환유), 코드에 대한 연구, 음성학과 시학에 대한 연구.

시의 기능

수많은 시적 특징들은 언어과학뿐만 아니라 기호 이론의 전체, 다른 말로 하면 기호론에 속한다.

──《일반 언어학 강의》, 〈언어학과 시학〉, 야콥슨

시학은 언어학의 일부를 이룬다. 〈언어학은 그 기능의 모든 변이들을 고려하여 연구되어야 한다〉. 브리크의 제안에 따르면 시학이란 단순히 언어학의 이론들이 〈적용되는〉 영역이 아니다. 시는 〈언어의 일종이다〉.이러한 연대성은 야콥슨의 설명에 나타나는데, 시의 기능은 의사소통을 구성하고 있는 요소들과 관련된 여섯 가지 기능 가운데 하나이다. 텍스트는 그 기능들 중 하나에 대하여 독점이 아닌 등급 매기기로부터 고유한 특성을 이끌어 낸다.

시적 기능은 〈그 자신의 부담으로 메시지를 강조하는 데 관여한다〉.

모든 시작품에 없어서는 안 되는 것은 어떤 요소인가? 이러한 질문에 대답하기 위해서 야콥슨은 소쉬르에 의해서 발표된 두 가지 축의 원리를 상기시킨다. 동시성 혹은 선택의 축이 또 하나이고, 연속성 혹은 결합의 축이 또 다른 하나인데, 그는 그것을 연사축과 계열축이라고 명명한다. 연사관계가 문장 안에서 관찰 가능한 자료들이라면, 계열관계는 선택의 축 위에서 잠재적으로 위치한다.

메시지의 주제가 〈어린 아이〉라고 하자. 화자는 존재하는 다소간의 유사한 이름들 중에서 선택한다. 어린 아이를 나타내는 말에는 enfant · gosse · mioche 등이 있다. 그 다음에 이 주제에 대해 말하기 위해서 의미적인 연관성이 있는 동사를 선택해야 한다. 가령 〈잠들어 있다, 졸린다, 쉬고 있다, 비몽사몽간이다〉 등의 동사를 선택한다. 이 선택된 두 단어는 말의 연쇄고리에서 서로 결합하게 된다.

선택은 동등성, 유사성과 상이성, 동의어와 반의어의 토대 위에서 행해진다. 반면에 결합은 근접성에 의존하고 있다. 그러므로 〈시의 기능은 결합의 축 위에 선택의 축에 대한 대등성 원리를 투사하는 것〉이다. 대등성은 〈시퀀스의 구성 절차〉 대열에서 촉진된다.
시의 기능이 결합의 축 위에 선택의 축에 대한 대등성 원리를 투사하는 것이라고 야콥슨이 말할 때, 그것은 축이 의미가 없는 것에 의해 투사되었다는 뜻이 아니다. 선택을 지배하는 대등의 원리가 결합의 축을 지배하고, 시적인 기능이 지배적일 때 텍스트를 특징짓는 다의성을 결합의 축에 부여한다는 의미이다.

음소의 모델

시학을 위해서 언어학의 기호·선조성·자의성·유연성 등은 매우 중요한 개념이다. 하지만 모순이 없지는 않다.

■ 시니피앙과 음소

소쉬르는 시니피앙의 선조성으로부터 원리를 이끌어 냈다. 그 원리에 따르면, 말의 연쇄고리에서 음소는 가장 작은 단위이며, 두 축(결합축과 연속축)에 참여하지 않고 오로지 연속축에만 참여하는 유일한 최소 단위이다. 〈청각적인 본질을 지닌 시니피앙은 시간 안에서만 전개되며……그것의 범위는 선이라는 오직 한 가지 차원에서만 측정이 가능하다〉《일반 언어학 강의》. 트루베츠코이의 음성학에 따라서 야콥슨은 시니피앙의 선조성 원리를 다시 언급한다(《소리와 음에 대한 6개의 강의 Six leçons sur le son et le sens》). 〈음소는 변별적 단위 혹은 특징(이것은 유성음/무성음, 비음/구개음의 특성을 가진 집합이다)으로 분해된다〉. 따라서 이것은 복합 단위이다. 〈이것은 음소가 아니다. 그러나 변별적 특징들의 각각은, 더 이상 축소될 수 없는 순수하게 대립적인 실체이다〉. 모든 언어학 기호와 마찬가지로 시니피앙의 최소 단위인 음소는 보완적인 2개의 축, 즉 동시성의 축과 연속성의 축을 사용한다. 음소는 시학이 전념해야 할 가장 작은 요소인데, 시학은 이러한 공헌이 없다면 인상의 주관적인 시각하에서만 그 소리에 다다를 수 있을 것이다. 야콥슨의 방식은 그의 명확성과 엄격함에 의해서 확실해진다. 그의 방식은 언어학과 시학 사이의 관계를 이론화하는데, 시의 기능을 지지하는 데 사용된 것이 음소적인 모델이다.

이러한 이론적인 결과와 그 이론에서 생긴 방법론적인 원리 외에도(체계에 적합한 요소에 대한 연구) 기호를 특징짓는 속성들, 기호의 자의성, 시니피앙의 선조성들은 상당히 중요하다. 텍스트의 성향, 말라르메와 발레리의 텍스트 안에서 아주 분명하게 표현된 소쉬르의 저작 이전 성향에 대한 시적인 비평은 기호의 자의성과 유연성 사이의 관계에서 작동한다. 시학은 기호에 있어서 유연성의 필요, 시니피앙과 시니피에 관계의 파열을 제시하면서 기호의 자의성과 시니피앙의 선조성을 인정하고 있다. 자의성에 대한 일반적인 원리는 다른 체계들에 의해서, 시니피앙-시니피에 사이에 있는 관계의 유연성을 환기시키면서 반박되고 있다. 사실상 시니피앙을 유연하게 하는 것이 있다. 그 설명은 아나그람(anagrammes; 글자 수수께끼)에 헌신한 소쉬르의 노트를 출판하는 것보다 훨씬 더 합법적으로 여겨졌다.

■ 소쉬르의 아나그람과 시에 있어서 기호

장 스타로뱅스키는 《일반 언어학 강의》가 출간되고 오랜 시간이 흐른 뒤에 〈두 소쉬르〉를 출간하면서 그때까지 언어학자들의 연구에서 무시되었던 측면을 강조하였다. 그가 기호적 자의성, 따라서 시니피앙/시니피에 관계의 우연적인 특성 위에 언어학의 기초를 세운 반면에, 소쉬르는 이상하게도 일종의 유연성을 연구하였다. 그것은 연쇄의 유연성으로, 아프로디테에게 헌정된 텍스트 안에서 여신의 이름은 상당히 집요하게 음성을 따라 유포되었다.

가리워진 유연성의 출현에 의해서 재검토되는 것은 비단 기호의 자의성만이 아니다. 시니피앙의 선조성도 그러하다. 왜냐하면 만일 아프로디테의 이름이 질서정연한 선적인 시퀀스 속에 나타난다면, 그것은 아마도 텍스트의 다른 차원에서 계열적인 시퀀스의 인출에 의한 것 같다.

구조주의 운동이 절정에 달했을 때 발간된 아나그램 노트는 〈시니피앙의 범람〉과 〈기호의 과잉〉에 대한 성찰을 촉진시켰다. 그 목적은 중심으로부터 어긋나기였는데, 그것이 시적 기호를 해방시키게 될 것이다. 비평은 구조주의 연구에 수반되는 유물론으로부터 그 원리에 대한 모든 결과를 끌어내기를 원했다. 여기에서 유물론이란 〈청각적 자료〉에 의해 표현된 것이다. 〈내용의 소재〉에 대한 구분에 근거한 이야기의 구조분석은, 적어도 문체론에 의해 행해진 비평만큼 생생한 비평의 대상이다. 줄리아 크리스테바와 〈체인지〉·〈텔 켈〉(Tel Quel) 그룹의 저작들은 이러한 선입견을 나타내고 있다. 《기호론 *Sémiôtikê*》에서 크리스테바는 텍스트를 〈도표로 읽기〉로 제안하고 있다(결합하면 주제-단어가 되는, 텍스트 안에 흩어진 음소들을 드러내는 것이 중요하다). 이러한 연구들은 정신분석적인 방법에 기대고 있는데, 말하자면 숨겨진 단어의 출현은 〈억압으로부터의 회귀〉로 번역될 수 있다. 사실상 소쉬르의 〈아나그램〉은 철자의 오류/파라그람이다.

기호에 대한 시적인 연구를 아무리 고무시켰다고는 하지만 소쉬르의 노트의 출판은 몇 가지 혼란을 초래하였다. 소쉬르에게 있어서 기호가 유연화되었다 하더라도, 그것은 시니피앙과 시니피에의 돌이킬 수 없는 연속적인 결합이라는 사실에서 기인된 **후험적인** 것이라는 사실이다. 기호란 거의 몇몇 예외(의성어·의태어 등)를 제외하고 처음에는 자의적이다. 말의 연쇄를 따라가다 보면 시니피앙의 단절은 시니피에의 단절에 의해 부과된다. 시학자들에 의해서 환기된 시니피앙의 자율성은, 그러므로 아나그램의 매력에 의해서 야기된 요구와는 반대로 소쉬르 이론의 맥락 안에서 나타날 수가 없다. 왜냐하면 소쉬르의 아나그램의 책 안에서조차도 지배적으로 나타나는 것은 언제나 시퀀스이기 때문이다. 기호와 음소의 구조적 동일성, 변별적 단위의 다발로서의 음소의 구성, 선택과 결합의 두 축에 음소가 속하는 사실을 확립함으로써 의미의 최소 단위에게 자율성을 보장하는 것은 야콥슨의 음소 이론이다. 그 자율성이 없다면 재유연성(remotivation)의 관념은 형성될 수가 없다.

다원적 결정 —— 이론과 예

다원적 결정의 문제는 야콥슨에 의해서 제시된 두 축과 분리될 수 없다. 사실상 이 문제는 선조성의 단절을 전제로 한다. 이것이 시에서 중심 개념이다. 시학 텍스트의 이름으로 〈그 장르에서 유일한〉, 리파테르는 언어학의 권위를 전면적으로 거부한다. 〈문학성〉만이 그의 흥미를 끈다. 그는 (인간이 아니라) 문체와 텍스트를 동일시하기를 제안하면서 고전적인 문체론과 결별한다. 〈문체, 그것은 텍스트 자체이다〉. 그의 형태적인 분석은 텍스트에 국한되지 않고 독자와, 가능한 한 반응 총체를 포함하는 문학 현상의 단일성을 아우르고자 하는 것이다. 왜냐하면 텍스트는 〈제한적이며 한시적인 코드〉이기 때문이다.

거기에서부터 생성과 다원적 결정에 대한 본질적인 개념들이 생겨난다. 다원적 결정은 텍스트의 독서뿐만 아니라 텍스트의 구성에도 관계되는데, 거기에서는 이미 씌어진 것은 앞으로 씌어져야 할 것에 대해 총체적인 압박을 하게 된다. 독서는 어떤 코드 위에, 예를 들면 테마적인 코드 위에서 확립된다. 다른 코드가 압력을 행사하고 포함된 다른 코드들의 작동을 위해 독서의 방향을 다시 설정한다는 의미에서, 우리는 다른 코드가 독서를 〈다원적으로 결정〉한다고 말할 것이다. 현실세계에서 지시의 문제는 부차적이다. 시적인 미메시스(mimésis)의 효과는 사물에 대한 기호의 합치와는 아무런 상관이 없다. 〈현실에 대한 지식이 우리가 단어를 이해하기 위한 조건이라고 하는 것은 터무니없는 소리이다〉. 왜냐하면 메시지는 우리가 해석하는 데 필요한 모든 요소들을 포함하고 있기 때문이다(《텍스트의 생산 *La production du texte*》, 리파테르).

■ 연상과 환유에 의한 다원적 결정

여기에 리파테르가 그라크의 산문시를 해설한 글이 있다.

단어들 사이의 형태적인 관계는 단어와 사물과의 관계보다 월등하게 우세하기 때문에 파생어가 최초의 자료들을 무효화할 정도이다……〈경치〉에서 보면, 파리의 커다란 공동묘지에서 지는 해에 대한 몽상을 하고, 기묘한 형태의 장례식이 거행되는 예배당들의 중첩된 모습을 떠올리면서 화자는 이렇게 추구한다. 〈아마도 이 기대하지 않은 이상한 쓰레기통 안에는 뒤섞는 것이 금해져 있지 않았다〉. 묘지에는 쓰레기통이 없다……그러나 이 묘사에 있어서 단어는 묘비의 건축적인 잡다함과 혼잡을 나타낸다. 〈기대하지 않은〉 모호함에서 파생된 쓰레기통이란 말은 은유적인 동의어이다……그러므로 연상의 사슬은 계속 생겨난다. 〈우리는 쓰레기통 주변에서 아침에 일찍 일어나는 푸들의 생생한 부재에 놀라곤 하였다〉. 그가 우리에게 기술한 것은, 현실과 관련해서 볼 때 진정한 탈선이다. 왜냐하면 시는 이미 두 번이나 산책이 황혼 무렵에 행해졌다고 쓰고 있기 때문이다……그러나 특별히 아침이 쓰레기통이 비워지는 시간이기 때문에, 바로 그 이유로 인해서만 푸들은 아침과 관련이 된다……푸들은 환유적으로 〈쓰레기통〉을 확증해 준다…….

— 앞에서 인용한 책

■ 시니피앙에 의한 시니피에의 다원적 결정

랭보의 〈계곡에서 자는 사람〉에서 담화는 죽음, 즉 자는 사람의 상태에 대한 모호성이나 경멸에 근거하고 있다. 따라서 제목 자체가 군인을 환기시키기 위하여 사용된 단어인 〈잠꾸러기〉(dormeur; 음성적으로 dor는 〈잠자다〉, meur는 〈죽다〉를 의미한다) 속에서 이러한 모호함을 지적하고 있다. 이러한 경우, 음성적 재료는 시니피에가 지배하는 사실(이러한 설명이 사건에 대한 시니피에의 지배권을 인정하고 있음에도 불구하고)에 대하여 이해하기 불가능한 것들을 알아듣게 해준다. 결합축에 대한 선택축의 잠재적인 투사에 의하여 시니피앙은 시니피에를 여러 가지로 결정한다. 잠/죽음의 양자택일에 있어서 선택되는 것은 서로 결합한다.

한동안 유용하고 빛나던 이러한 방법은, 그럼에도 불구하고 기계적이 될 위험이 있고 아주 쉬운 비평이라는 비난을 받는다. 엄청난 수의 어휘 단위를 만들 수 있게 해 주는 적은 수의 음소들, 그것은 독자의 작업에 있어서 우연의 소치인가, 쓰기의 산물인가? 아니면 거의 항상 하부의식적인 시인의 편에서 나오는 걸까? 이러한 주제에 대해 상세하게 말하는 것은 부질없는 일이다. 텍스트를 면밀히 검토하는 정보의 방법은 이미 이러한 문제의 시초에 답을 예견하게 해 준다.

■ 텍스트 상호성에 의한 다원적 결정

네르발의 〈다른 몽환들〉에서 발췌한 소네트 안에서, 화자는 자신의 〈혈통〉을 세 가지의 다원적 결정에 의해 정당화하고 있다. 처음 4행은 바르타스의 시(앙리 4세에게 헌정된 시)를 그대로 인용하고 있다.

다른 시대의 걸작품인 예술적 아치형 바위

타라스콩의 바위에는 예전에
프와 산에서 내려온 거인들이 유숙하였다.
거인들의 과도한 많은 뼈가 그것을 증거한다.

두번째 4행 시에서 화자는 바르타스를 부른다.

오 바르타스여! 나는 당신의 후손
나는 당신의 과거의 시에다 나의 시를 접합시킨다.
그러나 프와 공작의 진정한 자손들은 우리의 시대에
말하기 위해서 증인이 필요하다.

우리는 여기에서 다음과 같은 사항을 보게 된다.
 ● 혈통은 문자 그대로 화자의 언술 속에서 확증된다.
 ● 처음 4행의 음성적 시퀀스를 두번째 4행에 모방한 것은 혈통을
확실하게 해 준다. 여기에서는 환기시키는 방식에 따라 시니피앙이
여러 가지로 시니피에를 결정한다(텍스트 상호성을 감상하기 위해서
바르타스의 텍스트인 〈혈통〉을 알고 있어야만 한다. 때문에 처음의 4행
은 인용을 확실하게 해 준다).
 ● 〈다른 시대〉(d'un autre âge)와 〈우리 시대〉(dans notre âge)
의 음성적인 표절에 가까운 이러한 환기는 반대말을 강조하고 있다
(두 표현은 대립적인 의미를 지닌다). 모사模寫 그 자체가 혈통의 개념
을 결정해 준다. 이러한 〈과거의〉 쓰기를 배가시키고 연장하면서 화
자는 〈확실한 증언〉을 하고 있다.

■ 문자에 의한 상징의 다원적 결정 —— 문자와 정신

여기에서는 내용(시니피에)과 지시(세상과의 관계)가 오직 문자를 위하여 용해된다. 인용된 예는 아이러니에 대한 텍스트적인 기능을 보여 준 아리베의 초기 연구서들 중 하나인 《자리의 언어 *Langages de Jarry*》에서 발췌한 것이다. 〈낙타가 바늘구멍을 통과하는 것만큼〉이라는 굳어진 표현으로부터 출발해서 자리는 기차 사고와 〈전철수 轉轍手〉의 오류를 환기시킨다.

매우 오래 된 고대에는 낙타가 이렇게 조그만 금속의 물건을 아주 어렵게 통과했던 것 같다. 전통은 선의에서 그것을 전혀 은폐하려고 하지 않았다. 우리는 전철기의 지리학적이고 건축적인 〈진정한〉 의미를 우리에게 알려 주기를 원하는 자비로운 통신원들을 삼가왔다. 우리는 옳게도 이야기의 문자에 만족하였다. 왜냐하면 문학이라는 것은 문자밖에 없기 때문이다.

굳어진 상징이 여기에서는 패러디적으로 〈신중한〉 발화로 변화한다. 이러한 패러디는 신학적인 담화와 계속되는 합리화의 어떤 양상들을 (볼테르와 몽테스키외의 경우와 같이) 분명하게 해 준다.

■ 논쟁들 —— 텍스트의 폐쇄에 반대하여

다원적 결정은 체계의 폐쇄를 전제로 한다. 그것이 없으면 코드의 연구가 불가능하기 때문이다. 하지만 폐쇄는 만장일치와는 거리가 멀다. 그것은 중요한 저작에서 아주 다양하게 공박되었다.

메소닉은 《시학을 위하여 *Pour la Poétique*》와 최근에 《시학의 상태 *Etats de la Poétique*》에서, 〈도식에 대한 리듬〉과 〈이분법의 정

체적 모델〉에 대하여 〈말과 삶의 움직임〉을 열렬하게 옹호한다. 야콥
슨은 구조주의 사이에서 표적이 되고 있다. 메소닉은 야콥슨이 시를
〈시적 기능〉으로 대체시킨 장본인이라고 비난하고 있다.

　　야콥슨은 주의 깊게 시적 기능과 시를 구분한다. 그의 정의는 오로지
　　연사적이고 수사적이고 정태적이다……그의 엄격성에 적용시키다 보면,
　　정의는 시가 기호만큼이나 상징으로 이루어졌다는 사실을 인정하지 않는
　　다……〈I like Ike〉(야콥슨의 예)와 시 사이에는 어떤 차이가 있는가?
　　　　　　　　　　　　　　　　　　　　　　　　　　—— 《시학을 위하여》, t. I.

　　이미 인용한 야콥슨의 저서 한 장의 맨 끝부분은 이러한 비평에
대하여 답하고 있다. 〈인접성 위에 유사성을 중첩시키는 것은 시에
전체적으로 상징적이고 복합적이고 다의적인 본질을 부여하는 것이
다. 〔일어나는 모든 것은 상징일 뿐이다〕라는 괴테의 공식이 아주 다
행스럽게 전제로 하는 본질을 부여해 준다〉(〈언어학과 시학〉).
　　코앵이 위험한 텍스트의 폐쇄를 거부한 것도 죽은 구조주의에 반
대한 살아 있는 시의 이름으로써이다. 〈구조 시학의 지평에서 기계의
무시무시한 망령이 일어난다……〉. 《시 언어의 구조 Structure du
Langage poétique》에서 코앵의 계획은 문체를 일탈로 되돌려 보냄
으로써 폐쇄를 끊고자 하는 것이었다. 그는 시 쓰기의 〈방법〉으로 제
시된 수사학적인 상징들의 체계를 확립하였다.

　　상징의 수사학은 실제로 널리 퍼져 있는 문학적 미학의 두 가지 성스
러운 원리들을 위반하고 있다. 그 하나는 작품의 단일성이고, 다른 하나는
통합 혹은 전체성이다. 상징을 한 시, 혹은 한 시인에서 다른 시인으로 전

이될 수 있는 언어 보편성의 종류로 만들면서, 그것은 문학 예술의 특성, 그 본질적인 개성을 이루는 것을 부인한다……다른 한편으로 담화의 분절들을 추출해 내면서……사람들은 이러한 전체적인 통일성, 그리고 작품을 자신에게 닫혀진 전체로 만드는 빈틈없는 압축성을 부인한다.

　　　　──《시의 의미론 *Sémantique de la poésie*》, 〈문채의 이론〉, 토도로프

3. 복잡한 구조(다원적)의 텍스트

수사학의 이동

　의사소통의 이론이었던 수사학은 오늘날 문학 이론, 즉 시학으로 되었다. 미학과 비평은 19세기 고대 수사학에서 생겨났다. 세기말은 수사학의 실종으로 특징지어졌다. 세기말은 문학사를 위한 수사학의 사라짐으로 특징지워지는데, 20세기 후반부는 그 수사학이 복귀하는 경향이 있다. 프랑스에서 그것은 우선 시학에서 나타난다(추론술에 대한 아리스토텔레스적인 의미라기보다는 미학적인 의미에서 그러하다). 역사적으로, 수사학의 장場 전체를 차지하는 것은 화술(elocutio)이다. 창작과 배열은 내용을 보장해 주고, 화술은 형식이 된다. 고대와 고전주의 수사학의 세 가지 구분은 따라서 문체론적인 이분법과 다시 합쳐진다. 수사학은 비유와 담화의 상징들에 의해서 열려진 표현력의 가능성에 의해 조절되고 발전된 분석이 된다. 그때부터 수사학은 그 방법상 끊임없이 한계를 위반하게 되어 있기 때문에 더 이상

텍스트 문체의 구조를 설명할 수가 없다.

이러한 관점에서 문체론은 텍스트와 체계의 이름으로 거부된다. 시학자들은 문체에 의해 확립된 사고와 그 표현 사이의 제한된 관계에 만족하기를 거부한다. 거기에서 표현은 항상 사고에 봉사하게 된다. 그러므로 시학, 즉 통합의 원리가 세워진 것은 텍스트를 위해서이다. 주네트와 바르트에게 있어서 이러한 요구는 형태 속에서 의미의 재활성화로 귀착된다.

■ 형태-의미

주네트는 방브니스트와 레오 스피처 저작에 근거한 연구에서 발화행위에 관련된 문제와 구조적인 연구들을 비교시학으로 종합했다. 《문체 연구 *Etudes de Style*》에서 레오 스피처는 전기나 역사와 관련짓지 않고 담화의 주체에 대하여 강조한다. 주네트는 수사학과 시학을 구분함으로써 수사학에 대한 그의 연구를 확립한다. 비평과 분류의 역사성에 대하여 물으면서 그는 다음과 같은 질문을 던진다. 〈정말로 실제적인 비평이란 무엇인가?〉 그는 비방하는 사람들의 캐리커처에 반대하여 러시아 형식주의자들을 옳다고 인정하기를 촉구한다. 〈형식주의는 의미를 희생시켜서 형식에게 특권을 주려고 하는 것이 아니다—— 아무것도 의미하지 않는 것 —— 형식주의는 의미 자체를 현실의 계속성 안에서 각인된 형태로 여기는 것이다. 여기에서 중요한 것은 〔의미의 작업〕 안에서 형태의 역할인 것이다〉. 이 형식주의는 〈표현을 음성적·서법적, 혹은 다른 유일한 실체로 환원시키는 비평과 그만큼 대립될 것이다. 그가 우선적으로 추구하는 것은 주제-형태, 두 면을 가진 구조……전통이 문체라고 부르는 것이다〉. 문체는 기교이며 비전이다. 〈문체는 표현이 가능한 〔순수한 감정〕도 아니고, 아무것도 표현하지 못할 말하는 방식도 아니다〉(《문체 II》).

■ 롤랑 바르트의 위치

바르트는 텍스트와 쓰기를 의식하는 데 있어서 가장 중요한 역할을 하였다. 가능한 형태의 목록, 수사학과 개인이 주체성을 발휘하는 문체 사이에는 자유 행위인 쓰기가 위치한다. 자유로운 쓰기는 그 근원으로 돌아간다. 〈나는 오늘 아마도 이러저러한 쓰기를 선택할 수 있으며, 이러한 제스처 속에서 나의 자유를 확인한다〉. 그러나 자유는 단지 〈선택의 제스처〉에서 그칠 뿐이며, 〈(내가 되어가는) 그 지속에서는 자유가 점점 줄어들고 타인의 말, 심지어는 나 자신의 말에 대한 포로가 된다〉. 〈쓰기는 자유와 기억 사이의 이러한 타협이다〉(《글쓰기의 제로점 Le degré zéro de l'écriture》). 제스처는 육체와 쓰기의 일체성을 하이쿠(haïku; 매우 짧은 일본 시)의 생산적인 제스처로써 확증한다. 바르트의 여정을 단어의 즐거움에 대한 구조주의의 진보로 인식하는 것은 부분적으로 오류이다. 그는 항상 그리고 강하게 〈텍스트의 즐거움〉을 주장하였다. 그 자신을 위해서 그리고 그 자체를 위해서 그것은 전통에 의해서 강제된 법칙들에서 벗어나 있다. 바르트에게 문학의 영역은 사실상 바뀌었다. 라신의 극에 대한 구조적인 분석이 가능해진다. 〈텍스트의 즐거움〉은 매우 오래 된 주석으로부터 해방된 텍스트에 대한 지식이다. 그것이 심리적 독서, 저자/독자의 대화에 대한 인상주의적 독서와 대립된다면, 그것은 기쁨이 이미 〈텍스트〉의 것이기 때문이며, 허구적인 의미에서 저자와 독자 사이의 상호 주체적인 관계를 내포하지 않기 때문이다. 만일 읽는 것, 그것이 작품을 원하는 것이라면 그 적응은 여전히 기만적이다. 작품은 본질적으로 다의적이다.

따라서 야콥슨에게서 차용한 초언어적 기능이 가장 중요한 기능이 된다. 의사전달에 있어서 초언어적 기능은 때때로 코드에 부합하는 용법을 검증하는 데 쓰인다. 그 기능은 메시지에 집중되어 있다. 〈무슨 의미인가?〉〈나는 다음과 같이 이해하는데……〉 등의 표현에 있어서 언어는 스스로의 대상처럼 여겨진다. 이러한 초언어적 기능은 일상 언어의 새로운 서식의 항구적인 활동을 설명해 준다. 그러나 이러한 기능은 여러 가지 분석의 수준에 따라서 문학작품에 접근하게 해주며, 그것들 각각은 다른 것들을 다원적으로 결정해 주고 그 효과를 새로운 방향으로 이끄는 것을 보여 준다. 바르트의 《S/Z》가 없다면 초언어적 코드는 텍스트 안에서 비평의 작업이며, 아마도 독서의 작업인 주석이나 해설의 활동을 모방할 것이다. 이러한 코드는 해석학의 코드와 함께 그리고 반대로 작용하는데, 해석학의 코드는 줄거리, 즉 〈서술적인 줄거리〉의 코드이다. 바르트에게 있어서 초언어적인 코드는 그가 도입한 간격(espacement)에 의해서, 외관적으로 획일적인 담화 안에서 대화·해설을 분명하게 해 준다. 바로 거기에 말의 주체를 구성하는 애매성과의 불가분의 차원이 존재하게 된다.

내 포

텍스트 비평에서 가장 많이 토론된 용어 중의 하나가 아마도 〈내포〉(connotation)라는 용어일 것이다. 반면에 이상하게도 내포와 보충적인 〈외연〉(dénotation)은 동일한 망설임을 불러일으킨 것 같지는 않다. 때문에 한때는 〈신비평〉과 〈자리를 잡지 못한〉 비평 사이에 논쟁의 상징이 되어 버린 이 단어를 여기에 위치시키는 것은 중요하게 여겨진다. 내포는 흔히 의미의 총체, 즉 외연의 의미인 안정된 〈일차적인 의미〉와 관련하여 볼 때 이차적인 의미를 지시한다. 예름슬레브의 정의는 텍스트에서 내포적인 과정을 잘 설명해 주고 있다. 그에 대해서 우리는 표현과 내용이라는 두 차원이 결속되어 있고, 어떤 것도 자율적인 언어를 구성하지 않는 외연의 언어와 표현의 차원만이 유일한 언어인 내포의 언어(문학적 담화로서)를 구분하고 있다.

내포는 텍스트 연구의 발전에 있어서 전략적인 역할을 하였다. 왜냐하면 텍스트의 선적인 질서를 존중하면서도 그것은 텍스트의 질서를 의미의 다른 조직에 대립시킨다. 내포는 〈텍스트 상호성〉과 〈생산성〉의 개념과 연결된다.

크리스테바에게 문학 텍스트는 〈생산성〉이다. 그런데 이 생산성은 텍스트의 상호성에 근거하고 있다. 텍스트는 닫힌 구조가 아니며, 텍스트는 잠재적으로 그 자신의 쓰기의 변형 규칙을 만들어 낸다(〈생산성, 즉 텍스트〉, 크리스테바). 〈역사적이고 사회적인 텍스트〉에 대하여 열려진, 상호 텍스트의 과정은 〈지시 언어〉(세상과의 관계) · 〈내포 언어〉 · 〈초언어〉(텍스트와의 관계)에 동시에 속해 있다. 하나의 유보조건이 표명되었다. 텍스트를 역사 혹은 사회와 동일시하는 것은 은유적으로밖에는 결코 받아들여질 수 없는 정의이다.

■ 사회상황과 내포

토도로프는 《문학과 의미작용 *Littérature et Signification*》에서 〈텍스트 상호성〉이라는, 거의 현대적인 숙고에 의해 직접적으로 좌우되는 내포의 정의를 제안한다. 토도로프와 크리스테바는 미하일 바흐친에게서 변형된 개념을 차용하곤 했다.

이 두 개념은 한 텍스트에서 다른 텍스트로, 혹은 한 작품에서 다른 작품으로 의미의 순환 개념과 관련되어 있다. 오래 전부터 작가들에게 매우 소중한 이러한 개념은, 작품의 사회적이고 역사적인 〈상황〉의 텍스트와 동일시되면서 체계적으로 적용된다. 여기에서 토도로프는 내포의 편리한 특성을 강조한다.

사람들은 내포에 대해 매번 다음과 같이 말할 것이다. 즉, 어떤 대상은 그 최초의 기능과는 다른 기능을 가지게 된다……따라서 프랑스의 정신은 비프스테이크-튀긴 감자의 내포이다……이러한 이차적인 의미는 모든 사회에서 자의적이지는 않다……대상들은 의미 체계를 형성하며, 내포는 언어에서 나타난다. 사회의 구성원들이 아무런 설명을 하지 않고 내포에 대해서 생각할 수 있는 것은 바로 이러한 이유 때문이다.
── 라루스, 1968.

바르트의 《모드의 체계 Système de la mode》 혹은 《신화학 My-thologies》에 있는 것은 작품에 대한 내포이다. 그러나 이러한 책에서 사회적 사실과 문학적 작품들이 똑같은 계열로 연결되어 있지는 않다. 만약 내포가 명확하다는 장점이 있다 해도, 이러한 정의는 내포의 소위 문학적 특성을 이루는 것을 구분해 주지 않는다. 여기에서는 어느 것도 사회적 지시와 다른 체계들의 내포적인 사실을 구분해 주지 않는다.

■ 내포와 분산(전파)
《S/Z》에서 바르트는 내포에 반대되는 두 종류의 논의를 대립시킴으로써 토론을 가장하고 있다. 하나는 〈모든 텍스트는 일의적이라고 생각하며, 동시적인 의미를 비평적 노작의 허무 탓으로 돌리는 사람들이 있다. 이와 반대로 모든 연관된 의미의 기원과 계산을 외연화하기를〉 거부함으로써 〈외연화된 것과 내포된 것의 서열을 거부하는〉 사람들이 있다. 이 극단적인 두 가지 경향에 반대하여 바르트는 내포를 〈텍스트의 다의성에 접근하는 방법〉이라고 옹호한다.

텍스트의 다른 곳에서 혹은 다른 텍스트에 대해서 이전, 차후 혹은 외적으로 행해진 언급들과 관련될 수 있는 능력을 가진 것은 결정·관계·머리말의 반복·특징이다. 다양하게 불릴 수 있는 이러한 관계(예를 들면 기능 혹은 징후)를 어느 곳에서도 제한해서는 안 된다…….

외연은 의미들의 첫번째가 아니다. 그러나 마치 첫번째 의미처럼 가장한다. 이러한 환상하에서 외연은 결국 내포의 마지막에 불과하며 우위의 신화이다. 이 신화 덕택에 텍스트는 언어의 본질로, 자연으로서의 언어로 되돌아가는 듯이 보인다.

내포와는 필연적으로 구분되는 원리 위에 외연적인 것을 기초하면서, 바르트는 언어를 구성하는 여백을 유지하고 텍스트의 다의성을 보장한다. 외연적이고 내포적인 의미의 겹치기는 텍스트 분석에 있어서 절단의 원리를 제공한다. 사실상 어떠한 문법이나 어떠한 사전도 다수로 존재하는 의미를 설명할 수는 없다. 텍스트는 텍스트를 구성하는 태(voix)로 짜여져 있는데, 그 태 중 어떤 것도 저자-주체와 관련이 없다.

4. 발화 행위의 문제로부터 생겨난 텍스트의 이론들

발화 행위의 이론들이 출현함에 따라서 작품의 담화와 독서와의 관계에 관심이 모아졌다. 따라서 관련된 두 가지 방법이 나타나게 된다. 문학적인 의사소통의 문제와 더불어 그것은 바로 사람들이 확립하고자 하는 작품의 외적인 경계 획정이다. 경계 획정의 문제는 텍스트에 있어서 〈태〉와 관련되어 있다. 실제 세상에 대한 허구세계의 기록은 그 본질적인 차이점들을 보여 주게 된다(J. R. 서얼). 다른 울타리가 나타난다. 독서와 서술의 규약의 관례 덕분에 문학의 대상은 한정된다.

야콥슨은 이야기/텍스트의 관계에 반대하여 문학을 위치시켰다. 문학은 문학이 제도로서 지칭되는 외적인 정의에 대항하여 세워진다. 문학, 〈읽히는 것〉은 문학상의 대상이며, 그 자체의 배분의 회로를 소유하고 있다. 만일 이러한 정의가 문화의 전파에 대한 사회적 장치를 연구하는 사회학자를 만족시킬 수 있다 해도 비평에 대해서는 실패의 고백이 될 수밖에 없다. 다른 모든 종류의 담화를 배제하고 소위 문학작품에 속하는 특성들의 총체로서 문학을 정의하는 것은 실패이다.

■ 문학과 서술의 규약

하지만 문학을 사회제도 가운데 위치시키는 것은 그 특성을 드러나게 하는 일이다. 왜냐하면 작품 속에 들어 있는 이질적인 담화들(법률이라든가 의학적인)은 그것들의 삽입 사실에 대한 규약을 바꾸고 있다. 작품의 특수성은 사실상 그 〈비실용화〉에서 나타난다. 형식적으로 이질적인 담화들이 일상 용어들과 차이가 없을 때조차도 허구의 발화 내용(정의의 결정, 의사의 처방들은 하나의 목적을 가진다는 의미에서)은 당장의 실용적인 목적을 가지지 않는다. 독자는 이야기의 내용과 실제 세계 사이에 지시적인 관계를 세우면 안 된다는 것을 알고 있는데, 그것이 〈서술의 규약〉이다. 서얼에 따르면 허구 작품의 문학적인 의사소통은 발화자(작가)/수신자(독자)의 틀을 통해서 이루어진다. 독자는 허구의 작품을 〈가장된 확언〉 혹은 〈확언의 주장〉에 대한 총체로 여겨야 한다(〈의미와 표현〉). 독자는 이러한 지시 규칙들의 적용을 〈보류〉한다. 그는 실제 세상에서 〈진실〉이라 알고 있는 것을 금족령의 도움으로 허구와 동일시하기로 하고, 적당한 행위를 채용하면서 괄호 안에 넣는다. 그러면 독자는 어떻게 〈현실화된〉 블랙 소설, 환상적인 소설과 변명적인 이야기를 대립시킬 수 있을까?

허구의 의사소통에 의해 제기된 이러한 문제들을 설명하기 위해서는 개념을 재형성해야만 한다. 허구의 담화를 나타내는 이러한 모든 가장된 단언들 중에서 과연 어떠한 준거가, 예를 들면 〈리얼리스트〉 소설로서 진정한 단언과 동화적 이야기로서의 〈거짓된〉 이야기를 서술적 규약에 의해서 구분할 것인가? 작품의 각 유형이나 형태는 그 자신의 지시의 법규를 넘어선다. 독자는 장르 구분을 하는 데 없어서는 안 될 지시의 규칙들을 순수하고도 단순하게 〈보류〉하지 않는다. 독자는 그것의 적용을 위장하거나 아니면 모사한다. 그는 각 작품이 암묵적으로 제안하는 〈연극의 법칙〉(règles du jeu)과 관련하여 독자로서의 행위를 수정한다. 문학 장르와 관련된 여러 종류의 협정들은 이러한 구분에 근거해 있다. 예를 들면 르죈은 〈자서전의 규칙〉을 연구했다. 서술 규칙이란, 따라서 가변적이고 상황적인 질서의 정보를 삽입하는 것과 관련된 〈독서의 명령〉들로 기술될 수 있다(에코).

그러나 이러한 규칙들은 작품만이 보장해 줄 수 있는 작가와 독자 사이의 의사소통을 전제로 한다. 어떻게 작품은 문학의 의사소통을 가능하게 할까? 이러한 질문에는 하나의 전제조건이 있다. 어떻게 작품 속에서 의사소통이 작용하는가?

■ 텍스트 안에서의 발화

이야기와 담화에 대한 방브니스트의 연구에 뒤이어 텍스트 안에서의 상호 대화의 과정이 질문되고, 뒤크로가 발화자를 중요시한 반면에 서술의 태를 중요시한 주네트에 의해 장르와 연결되고 있다.

텍스트 연구가 의지하고 있는 것은 체계의 개념이라기보다는 미메시스이다. 지금은 인정된 문학과 언어학의 관계를 강하게 확증하는 대신, 언어학은 오래 전부터 이미 핵심적인 문제들을 재공식화하는 데 사용되고 있다. 객관적/주관적 이야기는 통사론적 연구의 도움으로 자신의 층위를 확증한다. 발리가 〈이종 담화〉(discours hybride)라고 지칭한 자유 간접화법은 지금까지 결여되었던 자세한 통사론적인 준거들과 더불어 다음어多音語로서 다시 정의되고 있다.

발화 문제로부터 기인된 텍스트의 이론들은 너무 많아서 여기에서 일일이 그것을 환기할 수가 없다. 따라서 우리는 텍스트가 차이 (écart)의 대상이 되고 장소가 되는 이론들만을 강조하기로 선택하였다.

텍스트에 행해진 강조는 작가의 차이를 이끌어 내며, 처음에 방브니스트의 저작에 의해서 불러일으켜진 텍스트 안에서의 발화자(들)의 위치에 관한 체계적인 분석을 수반한다.

담화·이야기 —— 데이시스

방브니스트에 따르면 직설법 시제의 대립은 동사의 인칭을 구성하고 있는 대립과 연결된다. 전체는 두 가지 체계를 형성하는데, 그 상호 보충성은 텍스트 연구에 의해서 행해진 수많은 구분들을 계속해서 확립하고 있다.

프랑스어에 있어서 직설법 시제 체계는 분명히 잉여적이다. 여러 시제가 과거를 표시하고 있다. 방브니스트는 두 체계의 존재를 보여 주었다. 등장 인물이 말을 하지 않는 〈역사적 이야기〉와, 반대로 인물의 영역 주변에서 조직·한정되는 〈담화〉가 바로 그것이다. 어떤 형태들은 개별적이며(단순과거, 역사적 이야기의 3인칭, 현재, 복합과거, 미래, 담화의 1인칭과 2인칭), 다른 형태들은 이 두 체계에 속해 있다. 본질적으로 반과거의 특성은 중간적이다. 이러한 질문에 대한 저작들은 무수히 많다. 그러므로 거기에 대해 기술할 때는 상당히 조심하는 것이 좋다. 언어학의 여러 현상들의 접합에서 유래된 이야기와 담화의 대립은 위험을 무릅쓰지 않고는 그것들 중 어떤 하나와도 동일시될 수 없다. 예를 들면 〈그〉(il)는 인칭이 위치하는 주관적인 상관관계 외에서만 〈비인칭〉으로 동일시될 수 있다. 〈동사〉의 인칭은 대화에서 그 위치에 의해 결정된다.

사실상 〈나〉·〈너〉 인칭들의 특성은 그것이 특수하게 유일하다는 것이다. 말하는 사람이 〈나〉이고, 〈나〉가 말을 하는 대상이 〈너〉인데 그것들은 매번 유일하다. 그러나 〈그〉는 주체의 무한성이 될 수도 있고, 어느 누구도 아닐 수 있다. 그러므로 〈나는 타인이다〉라는 랭보의 말이 소위 나의 구성적인 정체성을 상실한 〈심리적인 소외〉를 표현하는 전형적인 것이 되

는 것은 그 때문이다. 두번째 특성은 〈나〉와 〈너〉가 바뀔 수가 있다. 〈너〉
에 의해 〈나〉로 정의된 사람은 〈나〉로 생각될 수도 있고, 바꾸어서 〈나〉가
〈너〉가 될 수도 있다. 이 두 인칭들 중 하나와 〈그〉 사이에서는 어떠한 유
사관계도 가능하지 않다. 〈그〉는 그 자체로 특수하게 어떤 사람이나 사물
을 지칭하지 않기 때문이다. 마지막으로 우리는 〈3인칭〉은 사물이 언어적
으로 서술되는 유일한 인칭이라는 특성을 인식해야만 한다.

——방브니스트, 앞에서 인용한 글

■ 텍스트 안에서의 인칭 ——〈그〉의 분산

이러한 연구들은 바르트와 주네트가 〈그〉와 〈나〉의 대립을 강조한
것을 정당화해 준다. 바르트에 있어서 이러한 대립의 〈실존적인〉 특
성으로부터(자신에 대하여 3인칭으로 말하는 것이 삶의 방식이 되었다)
우리는 주네트에 있어서의 이러한 구분에 근거한 문학 형태의 이론
화로 넘어가게 된다.

주네트(《문채 II》)는 플로베르의 재능을 블랑쇼가 카프카의 경험에
대하여 기술한 것처럼 〈이러한 주체의 부재, 중심에서 벗어난 언어의
연습〉으로 정의한다.

카프카는 〈그〉를 〈나〉와 대치할 수 있던 날에 문학에 입문한 것을 발견했
다고 말했다. 주네트는 다음과 같이 말한다: 여기에서 주체는 너무나 분명한
상징에 불과하다. 사람들은 그 상징의 매우 어렴풋한 면을 발견할 것이고,
프루스트가 《장 상퇴유 Jean Santeuil》의 너무나 중심적인 〈그〉를 거부하
고 잃어버린 시간에서 매우 애매모호한 〈나〉를 사용하였는데, 그러한 방
식에서 반대로 보인다. 화자인 〈나〉는 작가도 아니고 다른 어느 누구도
아니다.

그의 전기에 대한 담화가 될 수도 있는 것 안에서 바르트는 3인칭의 용법을 마치 〈박리〉의 효과로 설명한다(《바르트》, 오늘의 작가 총서). 그는 〈이 모든 것은 소위 소설의 인물에 의해서 고려되어야 한다〉고 말한다. 그리고 〈나는 마치 브레히트의 배우가 자신이 배역을 맡은 인물과 거리를 두어야 하는 것처럼, 즉 인물을 재현하는 것이 아니라 보여 주는 것처럼 나 자신에 대해 말한다〉고 덧붙인다(브레히트는 배우로 하여금 3인칭으로 자신의 모든 역할을 생각할 것을 요구한다).

■ 선행성의 형태 ── 시간과 연대기

동사를 구성하고 있는 형태들은, 때로는 직접적으로 과거를 지시하는 시간의 형태로, 때로는 동사의 시간적 기준과 관련해서 연대기적인 관계를 확립하는 선행 형태로 구성되기도 한다. 선행성의 형태는 관련적이며 비시간적인 형태이다. 〈선행 형태가 시간에 대한 아무런 지시를 지니고 있지 않다는 증거는, 그 선행 형태가 자유시간적 형태에 근거해야 한다는 것이다. 선행 형태는 동일한 수준으로 확립되기 위해, 그리고 이러한 고유의 기능을 완수하기 위해 자유시간의 형태적인 구조를 차용하고 있다〉(방브니스트, 앞에서 인용한 글). 예를 들면, 단순과거와 복합과거 모두가 〈과거의 시제〉이지만 다음과 같은 일치가 필요하다. 〈그가 편지를 다 쓰고 나서, 그는 그것을 부친다〉라는 문장에 〈그가 그것을 부쳤다〉는 말은 쓸 수가 없다. 사행事行은 이루어진/이루어지지 않은 아스펙트(aspect)에 따라 나타내어질 수 있다. 시간적 형태와 선행적 형태가 구분되기는 하지만 아스펙트적인 대립은 이야기 구성의 가능성을 배가시킨다.

이야기의 텍스트 분석에 중요한 선행적 형태와 시간적 형태 사이의 구분에 대한 관심을 가져야만 한다. 특히 허구에서 시간적인 지시(예를 들면, 날짜)는 이야기된 사건들의 연대기적인 관계에 비해서 별로 중요하지 않다.

■ 연대기 표시자와 이야기의 표적 찍기

텍스트 분석은 이야기의 시간적·장소적 표시자에 근거하며, 기술의 근원, 사건의 이야기 근원을 위치시키기 위해 연대기를 필요로 한다. 예를 들면 〈여기〉·〈저기〉·〈좀더 멀리〉 등이다. 장소적인 표시자에 있어서 관점은 대단히 중요하다. 문제는 방브니스트에 의해서 제안되고 그후 오랫동안 발전되어 온 부분관사와 연결된다(주네트, 위의 책). 예를 들면 〈여기〉·〈저기〉/〈이 장소〉·〈좀더 멀리〉를 들 수 있다. 만일 텍스트가 개별적이고도 주관적인 관점에 의해 방향지워진다면 근접의 한계는 〈여기〉가 될 것이다(사람들은 〈여기〉가 지시소이며, 그것은 주관적인 안표의 도움으로 행해진 지시의 체계에 속한다고 말한다). 반대의 경우로, 인칭의 관점이 객관적이고 익명적인 이야기를 통해서만 확신될 수 있는 이야기의 체계에는 근접관계를 수용하기 위한 주체가 없다. 〈이 장소에서〉라는 표현에는 위치 측정이 담화를 특징짓는 주관적인 기원을 가지고 있지 않다. 그것은 이미 언급된 요소들을 기준으로 문장의 틀 안에서 불가능한, 그러나 텍스트의 틀에서는 완벽하게 실현될 수 있는 장소를 설정한다.

마찬가지로 〈그전날〉과 〈그 다음날〉은 비담론적인 영역에 속한다. 그것들의 잠재적인 지시는 발화의 주체가 아니라, 그것이 미래이거나 과거이거나간에 〈사건적인〉(잠재적으로 서술적인) 안표의 도움으로 결정된다. 〈그들의 결혼 다음날에도 사람들은 여전히 잔치를 할 것이다(했다)〉라는 문장을 예로 들 수 있다. 우리는 거기에다 지시적인 안표를 대립시키게 될 것인데, 그 지시적인 표현은 〈나/너〉·〈여기〉·〈지금〉이라는 대화자와의 관계에 의해서만 결정될 수 있다. 프랑스어에서는 지시(déixis)가 이야기와 관련하여 직접적으로 담화의 영역을 결정할 수 있는 구조화된 총체를 구성한다. 다른 한편으로 출현 요소의 무한한 분산 대신 단순상/반복상의 대립(예를 들면, 〈어느날〉·〈2월의 아침〉/〈이따금〉·〈종종〉)은 동사의 시간과 이야기에 적합한 시간성을 연결해 주며, 서술 장르에 대한 결과들을 이끌어 내기도 한다(주네트의 《문채 Ⅲ》을 참조).

텍스트의 순서

텍스트 비평은 그 자신의 관점 속에서 수사학의 새로운 방향 모색을 위해 애쓰고 있다. 문법에 근거해서 형태의 연구는 오랫동안 문장을 분석의 궁극적인 한계로 여겨왔다. 거기에서부터 정보와 의미의 통사 구조, 거의 항상 문장의 한계를 넘어서는 구조에 대해서보다는 어휘에 대하여 연구하는 습관이 생겨나고 있다. 문체학은 서법과정에 대한 연구에 있어서, 문장의 문법을 통하여 신뢰할 만한 도구를 사용할 수 있는 과정들을 선호하기에 이르렀다. 사람들은 문장의 범위를 넘어서는 문학의 메커니즘을 과학적 담화로 환원할 수 없는 것으로 여긴다. 〈텍스트의 문법〉(그 발전은 완전과는 거리가 멀다)은 텍스트 구조의 현상들을 체계화하도록 해 준다(〈텍스트의 순서〉, 슬라크타 참조).

■ 수사적인 두어頭語 반복과 문법적인 두어 반복
수사학의 이중적인 해당작용(mobilisation)을 명확하게 구분해 주는 예가 한 가지 있다. 두운법은 구나 문장의 첫머리에서 한 단어를 반복하는 것이다. 두운법은 온갖 종류의 강조에 의해 정당화된다.

예를 들면, 〈내 원한의 유일한 대상인 로마, 너의 팔이 가는 로마……〉(《호라티우스》, 코르네유). 그녀는 그러한 반복만이 표현을 고갈시킬 수 있는 감정의 기호로 본다. 통사에 있어서 두운법은 〈그〉(il)와 비지시적인 다른 대명사들의 사용을 지시한다. 다른 대명사들은 텍스트에서 이미 언급된 요소들을 가리킬 수 있다(반면에 카타포〔cataphore〕는 그것들의 언급을 기대한다). 〈그〉의 두 가지 특징은 담화 영역의 부재와 사물들을 서술하는 능력이다. 이 두 특징은 텍스트의 일관성의 연구를 위해 큰 관심의 대상을 만든다. 3인칭 텍스트는 대명사의 끊임없는 연속이며(하웨그), 사람들은 텍스트의 일관성에 대한 근본적인 시상을 나타내는데, 그것은 반복이다.

지시대명사이고 자가지칭적인 〈나〉와의 대립은 문학 텍스트에서 중요한 결과를 결정한다. 그것은 담화의 영역에 있어서 주체로부터 구성된다. 말하자면 텍스트의 일관성을 보장하는 것은(〈그〉의 경우에서처럼) 두운법이나 카타포가 아니다. 매순간 〈나〉라고 말하는 사람은 주요한 안표인 자신의 관점에 따라 자료를 구성하기 때문이다. 자서전과 3인칭 이야기처럼 판이하게 다른 문학의 두 장르도 이러한 각도로 묘사될 수 있다.

■ 연대기와 서술의 태

텍스트 순서와 이야기 순서의 구분을 강조하면서, 주네트는 프루스트의 《잃어버린 시간을 찾아서》 안에서 서술 행위를 밝히고 있다(《문체 III》). 텍스트 순서는 화자의 행위에 의해 결정되며, 이야기 대상을 이루는 사건들은 관점에 따라 거기에 배치된다. 거기에서부터 예견과

회고, 즉 프롤렙스(prolepses)와 아날렙스(analepses), 텍스트로서 이야기 분석에 사용하기 위하여 〈다시 활성화되고〉 수정된 수사적 용어들이 생겨나오게 된다.

서술적 아날렙스는 사람이 처해 있는 이야기의 관점에서보다 이전에 일어난 사건들의 모든 환기를 지시한다. 그것은 〈서술적 태〉를 가정한다.

예를 들면 네르발의 《실비 Sylvie》에서 말해진 이야기와, 이 이야기의 서술은 두 차원을 이룬다. 이전 시대와 관련되는 요소 연속의 박아넣기(아날렙스)로부터 독서에 세번째 차원이 나타난다. 정확하게 아날렙스를 불러일으키는 것은 이야기된 유추(이야기의 대상)이다. 서술의 반복적 체계는 이야기의 순환적인 특성을 강조한다. 《실비》(《원의 변형》 안에서)에 대한 풀레의 분석도 대부분 이러한 순환적 특성에 놓여 있다. 반복·아날렙스에 근거하고 있는 서술과정과 이야기에 의한 유추와 반복의 각운으로 나누어 읽기 사이에는 동일성이 있다. 여기에서 텍스트 연구와 테마 연구가 연결된다.

프롤렙스에 대해서도 마찬가지이다. 수사학에서 프롤렙스는 발화 내용의 사용 이전, 혹은 이후의 상태를 묘사하는 형용사의 사용을 지칭한다.

예를 들면 〈오 하늘이여, 뭐라구? 내가 이 행복한 죄인이라구?〉라는 문장은 라신의 《미트리다트》에서 크시파레스가 모님에게 하는 말이다. 통사적으로 볼 때, 휴지休止에 의하여 문장 첫머리에 하나의 용어를 고립시키고, 그 문장을 대명사로 다시 취하는 것은 하나의 과정이다. 〈리옹에, 나는 이번에는 거기에 들르지 않을 것이다〉. 시간적인 프롤렙스는 기대로 이루어지는데, 화자는 그 현재의 발화의 대상이 되는 순간보다 차후의 순간을 환기시킨다. 주네트는 전통적인 허구에 있어서 프롤렙스가, 화자와 독자에 의한 이야기의 부수된 발견의 필연성과 잘 합치되지 않는다는 것을 확증해 준다. 전통적 허구의 밖에서 결정된 두 장르를 대립시키면서 1인칭 사용에 의하여, 허구·일기·자서전 밖에서 결정된 두 장르를 대립시키면서 우리는 프롤렙스의 다양한 역할을 이해할 수 있을 것이다.

사실상 사건을 추적하기로 된 어떤 장르가 있다면 그것은 일기이다. 거기에서 스탕달의 《일기》에 대해 블랭이 행한 가벼운 비난이 나온다. 블랭에 의하면, 스탕달은 그가 이 동일한 사건들의 차후에 생기는 원인으로부터 출발하여 사건들을 해석하는 경향이 있기 때문에, 너무나 계획된 것(부자연스러운)으로 보이는 것에 고통을 받았다. 〈너무나 일찍 한편으로 비켜진, 현재는 일기가 단지 그것을 무시함으로써 잉태해야 할 곡선의 미발표된 분절의 표지를 받아들인다〉(《스탕달과 인격의 문제 Stendhal et les problèmes de la personnalité》, 블랭).

반대로 아주 회고적인 특성으로 미루어 보면, 1인칭 이야기는 화자가 이야기를 해 나가면서 그 내용을 발견하게 될 것이라고 여겨진 전통적 허구보다는 예견에 더 적합하다. 우리는 여기에서 스탕달식 자서전의 프롤렙스적 특성을 지적할 수 있다. 회고적 이야기는 《일기》에 대한 블랭의 감정을 확증시켜 준다. 〈많은 세월이 흐른 후에 나는 내 마음 속에 일어난 것의 메커니즘을 보았다. 더 좋은 말이 없어서 나는 그것을 〔결정화結晶化〕라고 불렀다〉(《앙리 브뤼라르의 생애》, 스탕달).

서술적 태

미하일 바흐친에게 작품은 이미 대화이고, 무엇보다도 내적인 대화로 확립된다. 〈모든 발화 내용은 청자聽者와 관련하여 인식된다……〉. 〈가장 내적인 담화 역시 부분적으로 대화적이다. 담화는 잠재적인 청자, 잠재적인 청중에 의해 경험된다……〉. 상호 대화는 저자/독자의 대화를 예시해 준다(바흐친, 〈에농세의 구조〉, 토도로프의 《바흐친, 대화의 원리 M. Bakhtine, le principe dialogique》에서).

■ 다음多音

다음多音은 문학적인 특수성을 가지고 있지 않다. 뒤크로는 그의 발화 이론이 의사전달을 제외해야만 하며, 기점 언어와 목표 언어는 메시지의 일부를 이루지 못한다고 주장한다. 〈장이 나에게 말했다. 내가 내일 갈 것이다〉라는 문장에서 1인칭의 두 표지는 다른 존재와 연결된다. 하나의 발화 내용이 두 화자를 나타낸다. 가능하다면 〈모든 현대언어학에 선결되어야 할 것은 말하는 주체의 단일성이다〉라는 공리가 검증되고 대체되어야 한다. 〈언어에 대한 연구들은 각 발화 내용이 하나의 유일한 저자를 가지고 있다는 것을 자명한 이치로 여기고 있다〉(《말하기와 말해진 것 Le Dire et le Dit》). 반면에 발화의 표지들은 에농세(énoncé)를 단 한 사람의 대화자에게 충당시키는데, 이러한 발화는 다른 대화자에게 할당할 수 있는 다른 표지를 지닐 수 있다.

샤를 발리(《일반 언어학과 프랑스 언어학 Linguistique Générale et Linguistique Française》)는 에농세에 있어서, 모두스(modus)와 진술(dictum)을 대립시킨다. 즉, 〈나는(modus) 지구가 돈다고(dictum) 생각한다〉는 것이다. 하지만 모두스의 주체 혹은 동사의 주체는 항상 말하는 주체가 아니라는 것이다. 예를 들면 〈내 남편은 내가 자기를 속인다고(dictum) 결정했다(modus)〉. 만일 발리가 이러한 두 종류의 예를 대립시키지 않는다면 그것은 뒤크로에 따라서 그러할 것이다(《구조·논리·발화Structure, Logique, Enonciation》). 왜냐하면 말하는 주체는 동사적 주체와의 이중적인 시상하에서 자신을 생각해야 하기 때문이다. 〈인물의 사고와 의사전달된 사고를 혼동하지 않도록 주의해야만 한다〉(샤를 발리, 인용된 책). 사실상 사람들은 〈그의〉 생각을 전달하는 것이 아니라 〈어떤〉 생각을 전달한다. 기호에 대한 소쉬르의 이론은 기호를 선택하는 자유를 통해서, 사고를 선택하는 자유를 암시한다. 〈언어에 의해서 우리에게 일임된 문장들의 보화는 동시에 수많은 다른 인물들을 연기하도록 해 주는 가면의 전시실이다. 그리고 선택된 인물이 〔실제〕 사고에 부합되더라도 그는 여전히 인물이다〉(뒤크로, 위의 책). 동일한 에농세가 여러 모두스의 지지자가 될 수도 있다. 〈그렇지 않으면 어떻게 페스트로 아픈 동물들〉, 〈그의 가벼운 죄가 형용할 수 없는 중대한 사건으로 판결받았다〉라는 시구를 설명할 수 있으랴. 〈가벼운 죄〉와 〈중대한 사건〉 사이의 차이는 동사의 두 주체를 정하는 데로 귀착된다. 동물에게 그 경우는 〈중대한 사건〉이고 발화자에게는 〈가벼운 죄〉인 것이다. 다음적多音的 에농세는 여러 가지 태를 지니고 있는 〈파롤의 희곡화〉를 나타낸다. 이러한 이분화의 가능성은 발화자가 가지고 있다고 가정되는 목적을 알리기 위해, 또한 어쩌면 특히 모방적인 메아리를 만들기 위해 쓰인다. 바흐친이 에농세의 반복적 모델로 여긴 가정법적인 대화가 이 체계의 일부를 이루고 있다. 예를 들면 〈누군가 나에게 말한다면⋯⋯내가 그에게 대답을 할 텐데⋯⋯〉와 같은 문장이 그러하다.

몰리에르에게 있어서 극장 안에 연극을 자리잡을 수 있게 하는 것은 바로 이러한 작용이다. 뒤크로는 《앙피트리옹 Amphitryon》을 인용하지만 우리는 《동 쥐앙》에서 스가나렐의 대화적이고 완벽한 다음적인 대답을 인용할 수 있다. 〈선생님, 당신이 나를 놀라게 한 것을 고백합니다. 우리가 죽음의 위험에서 빠져나오자마자 하늘이 우리에게 베풀어 준 자비에 대해 감사를 드리는 대신……평화! 당신 같은 불한당, 당신은 당신이 하는 말은 알지 못하고 선생님은 그가 하는 일을 알고 있습니다. 갑시다〉(《동 쥐앙》, 제2막 제2장). 에농세의 의미까지도 발화작용을 두 명의 구별되는 대화자에게 돌릴 수 있을 것이다. 반면에 경험적인 관점에서 발화는 말하는 유일한 주체의 작품이다. 그러나 에농세가 주는 이미지는 교환의 이미지이며, 파롤의 서열에 대한 이미지이다. 뒤크로에게 이차적인 발화자는 허구인 반면 말하는 주체 (여기에서는 스가나렐)는 경험의 요소이다. 게다가 스가나렐이 유사한 상황에서 얻은 담화를 한마디씩 반복하고 있다는 사실을 증명하는 것은 아무것도 없다. 그러나 그는 자기가 알려 주는 파롤을 이해하게 해 준다. 스가나렐은 자신의 하인 신분이 〈불한당〉 신분과 대등하게 주어지는 잠재적인 담화를 흉내내고 있다. 에농세의 이러한 부분은 발화자의 자격으로서만 그에게 주어지는데, 그는 발화자로서 첫부분을 완전히 담당하고 있다.

　원리는 《동 쥐앙》에서 매우 중요하므로, 이 원리는 부조리의 연극화까지 이른다. 동 카를로스와 만나자마자 동 쥐앙은 후자의 복수로부터 벗어나기를 열망하면서, 스스로 자신임을 회피하고 자기를 제3의 인물이라고 지칭한다. 〈나는 동 쥐앙과 매우 가깝기 때문에 만일 내가 나를 때리지 않는다면 그도 그를 때리지 못할 것이다〉(제3막 제4장). 〈가깝다〉(attaché)라는 다의어는 문자 그대로의 의미와 상징적인 의미 대립에 근거한 오해를 지속시킨다. 게다가 에농세의 모호성은 우선 구경꾼의 존재를 인정하고 그에게 의사전달에 있어서 어떤 위치를 지정해 준다. 왜냐하면 그는 이러한 양면성을 감상할 수 있고

(에농세가 두 가지로 해석되는 것을 이해한다), 동 카를로스가 반만 파악한 것을 완전히 이해하는 유일한 사람이기 때문이다.

■ 자유간접화법

다음어多音語의 특별한 경우, 자유간접화법은 화자의 목소리 속에서 다른 목소리의 반향을 이해하게 한다. 그러나 그 반향이 분리되어 있을 때에도, 담화는 동시에 이야기되고 인용되는 것 같다. 페이타르는 소설을 〈거대한 가장〉으로 여기는데, 거기에서는 소설적인 쓰기가 의사전달의 모든 행위에 내재된 일관성을 〈가장하는〉 기능을 자처한다. 소설 쓰기에 내재된 〈음의 분열〉은 〈작품 속에서 동사적인 것과 비동사적인 것 사이에서 확립된다. 일치의 중요한 요소는, 따라서 동사적인 것에서 비동사적인 것으로의 통합이다. 연극적 성격의 모든 외관은 비동사적인 것 안에 동사적인 것을 포괄함으로써 사라진다. 〔폼마르는 그에게 담배를 하나 주기를 원했다. 그는 떨면서 주머니 속을 찾고 있었다. 내 딸이 나에게서 담배를 가져갔을 것이라고, 그애는 내가 어떤 것이든지 피우는 것을 원치 않는다고 말했다)〉(《담배꽁초 Clope》, 팡게). 자유간접화법은 〈가장적인 일치에 대한 이러한 연구를 밝혀 준다〉(《연사 Syntagmes》, 페이타르).

자유간접화법의 기초가 되는 애매성은 문장에 의해서 체계적으로 기술될 수 있다. 〈폴은 내일 비가 올 것이라고 말했다〉. 거기에서는 〈내일〉이라는 지시가 애매하다. 그것은 폴에게 해당되는 것인가, 아니면 대화자에게 해당되는 것인가?

바흐친은 허구에 속하는 문학 장르들과 자유간접화법이 결합해서 발전된다는 것을 지적하였다. 자유간접화법은 미메시스와 미메시스적인 활동의 총체들과 관계가 있다. 일상적인 담화에서, 미메시스는 인용되고-모사된 담화를 인정하는 데 영향력을 행사하는 희화戱化 안에서만 효과적으로 수행될 수 있다. 독자 혹은 청자는 미메시스에 의해 분명히 드러난 특성들을 인정해야만 한다. 이러한 자각의 놀이 활동은 종종 매우 중요하며, 풍자적이거나 미적이거나 정치적이다.

문학은 본질적으로 실용적인 목적을 가지지 않았기에, 일종의 자유 간접 화법은 문학에서 좀더 직접적으로 미메시스와 연결된다. 왜냐하면 지시의 세계는 자유간접화법 덕분에 자리잡기 때문이다. 사실상 어떤 인물이 자유간접화법으로 된 에농세를 통해 동일시되기 위해서 그는 이미 〈형체화되어〉 있어야 한다. 다른 말로 하면, 그의 담화·제스처는 독자가 보기에 인물로 구성되는 데 이르러야 한다는 것이다(다혈질·담즙질과 더불어 발자크는 이 주제에 대해 아주 상세한 개념을 가지고 있었다). 그 때문에 〈고전주의〉소설의 시초에는 자유간접화법이 절대로 존재할 수 없는 것이다. 독자는 기록된 파롤을 확인하기 위해서 자유간접화법으로 기록된 담화의 인물에 대하여 충분히 알고 있어야만 한다. 일상적인 의사전달에 있어서 이야기된 이러저러한 사항은 가정된 저자와 비슷하게 보이든가, 아니면 닮아서는 안 되는 것처럼 어떤 단어는 의식을 불러일으켜야만 한다. 중요한 활동은 이러한 결정과정을 통하여 독자 자신의 통찰력에 대하여 독자가 가지고 있는 감상이다. 자유간접화법의 어떤 표현은 서술적 측면에서 암묵적인 담화의 분석을 가정하며 독자에게 그것을 요구한다. 스탕달은 이야기된 논제를 고딕체로 강조함으로써 독자를 약간 도와 준다. 〈그랑데씨는 반은 바보이고 둔하고, 충분한 교육을 받았다. 그는 우리 문학의 흐름에 발맞추기 위해 저녁마다 한 시간 동안 피와 땀을 흘리곤 했다〉(《뤼시앵 르벵》). 문학의 담화에서 자유간접화법이 출현하는 양식은 장르의 한계를 긋는다. 인물과 관점이 지배하는 〈주관성〉의 문학에 있어서, 자유간접화법은 잠재적 독자가 인물의 특이성(특별한 표현 양식들)에 친숙해지기도 전에 나타날 수 있다. 그는 사전 준비 없이 독서를 하는 동안에 친숙해진다. 거기에서부터 이러한 문학의 아주 〈엘리트주의적인〉 접근 양식이 발생한다(오스틴·울프·주브·사르트 등).

만일 자유간접화법이 특별히 허구에 관련되는 것으로 여겨진다면 (그리고 허구에 목소리와 육체를 준다면), 그것은 아마도 허구가 모방적으로 이야기된 담화와 사고의 특권적인 수용방식이기 때문이다. 담화를 소개하는 동사들은 종종 뒤에 놓이거나 지워진다. 이러한 특성은 허구적 담화의 표지로 해석될 수 있다. 게다가 말하는 사람은 자신의 책임을 말해지는 개인에게 전가할 수 있다. 자연스러운 담화에 공통적인 것은 거리의 효과이다.

우리는 이렇게 해서 텍스트는 목소리로 짜여졌다는 바르트에 대한 숙고로 되돌아 온다. 파롤을 극화하고 그 특성을 강조하면서 자유간접화법은 그 단일성 (그리고 그 평범함) 속에서 인정할 만한 것을 준다. 이야기 구조분석의 토대를 이루는 이야기와, 줄거리가 진전되어 가는 서술적인 코드에 그것을 없애지 않고, 작품 속의 〈목소리〉를 해독하는 좀더 애매한 코드가 중첩된다. 거기에 독자의 위치가 좀더 분명하게 요구된다.

결 론

 텍스트 연구는 이따금 두 계열에 대한 유보조건(réserves)의 대상
이 된다. 우선 이야기의 구조분석이 별로 효율이 없다고 평가하는 〈경
험적인〉 비난이 있다. 방법들의 주요한 전개가 〈기대된〉 표현에 귀착
되는 일도 있다. 그러나 모든 연구는 이러한 비난의 반격에 의해 추
락할 수 있다. 그 다음으로 서술 단위들의 분절, 구성요소들의 확립이
전제조건에 의해, 즉 문학적 대상의 선험적인 표현에 의해 주어지지
않았는가 자문하는 인식론적 비평이 있다. 그러므로 구조란 어떤 방
법으로는 주체의 투사가 될 것이다. 스타로뱅스키에게 있어서 구조는
목표의 산물, 〈구조화된 의식〉의 산물이다.

 우리가 텍스트의 언어적 특성만으로 만족하기를 바랐기 때문에 우리는
우리의 질문을 〈반음 올리는〉 조건에서, 또 결정된 방향으로 방향짓는다
는 조건에서만 전체적인 목록에서 벗어날 수 있다. 각 접근방식은 관점을
결정한다. 관점은 전체의 윤곽을 변화시킬 것이다.

 스타로뱅스키는 구조주의로부터 일종의 〈심성적인 여격〉을 끌어
낸다.

 구조주의는 시간의 정신이 불일치나 부조리에 의해서 표시되기를 원하

는 널리 퍼진 신조와 대립된다……구조주의는 관찰자의 편에서 의미를 위한 내기, 지성을 위한 선택을 전제로 한다. 구조주의는 부조리에 대한 쉬운 극화를 반박한다.

— 《디오제네스 Diogène》, n° 3

그러나 동시에 〈의미의 번뜩임〉(롤랑 바르트)·〈분산〉(자크 데리다) 안에서 문학성에 대한 긍정적 개념이 와해된다. 닫힌 텍스트는 문제를 불러일으켰다. 〈문학성에 속한, 오직 문학에만 속한 요소들은 무엇인가?〉 일반적인 방식으로 대답하는 것은 불가능하다(게다가 구조적 원리에 합치한다. 구조적 원리에 따라서 체계의 사실들은 변별적으로만 정의된다). 〈모든 중심으로부터의 회피와 근원으로부터 부단한 물러섬〉을 시니피앙에 내재된 것으로 생각하기를 배워야만 한다(F. Wahl). 문학성은 고정된 특성이 아니고 독자를 포함하는 현상의 총체인데, 독서의 잠재성의 총체는 조금씩 나타난다. 텍스트에 의해서 계획되고 인도된 이러한 작용 안에서 쓰기와 독서는 행위에 참여한다. 〈최소한 본질적인 질문은, 오늘날에는 더 이상 작가와 작품에 관한 것이 아니고 쓰기와 독서에 대한 것이며, 결과적으로 우리는 새로운 공간을 정의해야만 한다는 데에 이르렀다. 그 공간에서는 이 두 가지 현상이 상호적으로 이해될 수 있을 것이다〉(《소설과 한계의 경험 Le Roman et l'expérience des limites》, 솔레르스).

【참고문헌】

Arrivé M., *Les langages de Jarry*, Essai de sémiotique littéraire, Paris, Klincksieck, 1972. 이 분석들에 앞서 방법론적이고 매우 흥미 있는

이론적인 초점들이 선행되었다.

Barthes R., *S/Z*, Paris, le Seuil, 1970. Analyse de *Sarrasine* d'H. de Balzac.

Le Plaisir du Texte, Paris, le Seuil, 1973.

Benveniste E., *Problèmes de linguistique générale*, Paris, Ed. Gallimard, tome I 1986, tomme II 1974. ⟨l'homme dans la langue⟩에 관한 장들은 발화 행위에 있어서 필수적이다.

Coquet, *Le Discours et son sujet*, Klincksieck, 1984, coll. Semiosis.

Ducrot O., *Le Dire et le Dit*, Ed. de Minuit, 1984.

Logique, Structure, Enonciation, Ed. de Minuit, 1989. Pour l'étude sur Ch. Bally.

Genette G., *Figures*, Ed. du Seuil, 1966.

Figures II, Ed. du Seuil, 1969.

Figures III, Ed. du Seuil, 1972.

Greimas A.-J., *Maupassant, la sémiotique du texte*: exercices pratiques. (모파상의 소설에 대하여 저자의 방법을 엄격하게 적용한 것). Ed. du Seuil, Paris, 1976. 또한 *Du Sens*(Ed. du Seuil, 1970) 271-283쪽에 수록된 ⟨La linguistique structurale et la poétique⟩라는 짧고 명료하고 밀도 있는 논문을 추천한다.

Jakobson R., *Essais de Linguistique Générale*, Ed. de Minuit, 1963. 특히 저자가 은유와 환유를 연구한 논문 ⟨Deux aspects du langage et deux types d'aphasie⟩와 ⟨Poétique⟩를 읽을 것.

Questions de Poétique, Ed. du Seuil, 1973.

Lérot J., *Précis de linguistique générale*, Ed. de Minuit, 1993.

Kerlerat-Orecchioni C., *L'Énonciation : de la subjectivité dans le langage*, Ed. A. Colin, 1980.

Maingueneau D., *Eléments de Linguistique pour le texte Littéraire*, Ed. Dunod, 1986. nouvelle édition 1994. 매우 중요한 종합이다.

Meschonnic H., *Pour la poétique*, essai, Ed. Gallimard, Paris, 1970.
Pour la poétique II, Ed. Gallimard, Paris, 1973.
Pour la poétique III, Ed. Gallimard, Paris, 1973.

Peytard J., *Syntagmes*(linguistique française et structures du texte littéraire), Ed. Les Belles Lettres, Paris, 1971. 방법론에 대한 성찰이 중요하다.

Riffaterre M., *La production du texte*, Ed. du Seuil, Paris, 1979.

Spitzer L., *Etudes de style*, Ed. Gallimard, Paris, 1970.

Todorov T., *Théorie de la littérature*, textes des formalistes russes réunis. 토도로프에 의해 소개되고 번역되었으며 야콥슨이 서문을 썼다. Ed. du Seuil, Paris, 1966.

Théories du Symbole, Ed. du Seuil, Paris, 1977.

텍스트 비평에 대한 공동 저서들은 매우 많다. 여기서는 몇 가지만 지적하기로 한다.

Littérature et réalité, coll. 〈Points〉, Ed. du Seuil, 1982.

Rhétorique générale, groupe, coll. 〈Points〉, Ed. du Seuil, Paris, 1982.

Sémantique de la poésie, coll. 〈Points〉, Ed. du Seuil, Paris, 1979.

또한 잡지 *Littérature*(Ed. Larousse, Paris)와 *Poétique*(Ed. du Seuil, Paris)를 참조할 것.

【주 석】

〖I. 생성비평, 작품의 발생 기원에 관한 비평〗

1) Paris, éd. Conard.

2) *Techniques de la critique et de l'histoire littéraires*, Oxford, 1923, Slatkine, 1979.

3) *La Biographie de l'œuvre littéraire, esquisse d'une méthode critique*, Champion, 1924.

4) *Etudes d'histoire littéraire*, Champion, 1930.

5) *Réflexions sur la critique*, Gallimard, 1939.

6) Belfond, 1987.

7) *La Genèse de 〈La fille Elisa〉*, P.U.F., 1960.

8) *Les Manuscrits des 〈Contemplations〉*, Les Belles Lettres, 1956.

9) *Flaubert et ses projets inédits*, Nizet, 1950.

10) *Aspects de la création littéraire chez A. France*.

11) *La Genèse de 〈Madame Bovary〉*, Corti, 1966.

12) Flammarion, Skira, 1969.

13) Jean Levaillant, 〈Ecriture et génétique textuelle〉 in *Valéry à l'œuvre*, Presses Universitaires de Lille, 1982.

14) Jean Bellemin-Noël, 〈Avant-texte et lecture psychanalytique〉 in *Avant-texte, Texte, Après-texte*, Editions du CNRS, Paris et Akadémiai Kiado, Budapest, 1982.

15) *Flaubert à l'œuvre*, Flammarion, 1980.

16) Raymonde Debray-Genette, *Métamorphoses du récit*, coll. Poétique,

Seuil, 1988.

17) Almuth Grésillon, 〈Sciences du langage et genèse du texte〉 in *La Naissance du texte*, publication préparatoire du colloque international du CNRS. 〈Archives européennes et production intellectuelle〉, Paris, 1987. Actes publiés chez J. Corti, 1989.

18) Henri Mitterand, 〈Critique génétique et histoire culturelle〉 in *La Naissance du texte*, ensemble réuni par Louis Hay, José Corti, Paris, 1989.

【II. 정신분석비평】

1) *Esthétique et psychanalyse*.
2) 이 책의 각 장을 살펴보자. 무의식 읽기, 자신을 스스로 읽기, 인간을 읽기, 어떤 사람을 읽기, 텍스트 읽기.

【IV. 사회비평】

1) *L'Histoire littéraire de la France*, Paris, Editions sociales, 1973년부터를 참조할 것.
2) Anne Ubersfeld가 위고의 극에 대하여 쓴 논문 〈Le Roi et le bouffon〉과, Claude Duchet의 논문 〈Le système des objets de Madame Bovary〉를 보라.
3) 〈후작부인은 생각에 잠긴 채 남아 있었다〉는 발자크의 표현은 더 이상 5시에 그녀를 외출시키지 않으려는 시도이다.

【역자 후기】

문학비평, 혹은 문화비평에 대한 관심이 고조되면서 자연히 비평방법에도 관심을 기울이지 않을 수 없게 되었다. 하지만 문학 이론의 기반이 약하고 비평의 토대가 확고하지 못한 우리의 현실에서는 비평이라고 해야 고작 감상문에서 조금 발전한 서평 아니면 어떤 작가의 작품에 일관되게 흐르는 주제 의식 찾기 정도의 수준에 머물고 있는 실정이다.

사실 세상은 너무도 빨리 변하고 있고 문화의 흐름도 그러하다. 해체 비평이라는 용어가 요란스럽게 지상을 오르내리는가 싶더니 실체를 파악하기도 전에 자취를 감춘 것을 보니 그 열기가 벌써 수그러든 모양이다. 이렇듯 사조의 유행에 민감한 우리들은 하나의 사조가 승하면 거기에 일제히 관심이 쏠렸다가 채 소화를 하기도 전에 다른 것에 정신이 팔리곤 한다. 이러한 풍토에서 과연 제대로 된 학문적인 결실이 맺어질 수 있을까 하는 점에서는 의문이며, 나 자신을 반성하지 않을 수 없다. 이 책에서 소개하고 있는 비평방법들에 대해 잘 알지도 못하면서 감히 번역을 시도한 것이 그러하다. 그러나 생성비평·정신분석비평·주제비평·사회비평·텍스트 비평에 대해 앞으로 정통하리라는 보장도 없고, 설혹 그것이 가능하다 해도 너무나 많은 시간을 요하는 일이라는 것을 빌미삼아 용기를 내어 번역을 하였다.

이 책에서는 위의 다섯 가지 비평에 대해 그 기원, 형성과정, 적용의 장, 그 분야의 비평가들에 대해 개론적인 설명을 하고 있다. 그러므로 문학도나 비평에 관심이 있는 사람에게는 좋은 지침서가 될 것이다. 그리고 각 분야에 좀더 깊은 지식을 요구하는 사람에게는 각 장에 별도로 참고문헌이 수록되어 있으므로 참조하기 바란다. 그리고 이 책에 나오는 용어들은 전부 다 우리말로 번역을 하였다. 아직 공인되지 않은 생소한 비평 용어도 있고, 오히려 번역을 함으로써 어색해지는 문구들도 있지만 불문학을 전공한 사람만을 위한 것이 아니고 문학비평에 관심이 있는 사람이면 누구에게나 읽혀져야 한다는 취지로 그렇게 하였다. 혹 그 과정에서 오역이나 어색한 번역이 있을 수 있는데, 독자의 양해를 구하며 거리낌없이 지적해 주시길 바란다.

끝으로 상업주의가 판을 치고 있는 이러한 시대에 출판인으로서의 본연의 사명을 묵묵히 감당하시고 있는 동문선의 신성대 사장님과 편집부장님 그리고 난해한 책의 교정을 보아 주신 편집부의 여러분께 지면을 빌려 감사한 마음을 전한다. 이 책이 문학을 연구하는 사람들에게 조그마한 도움이 된다면 더 바랄 것이 없겠다.

1997. 5. 민혜숙

【색 인】

202

【저·역자 소개】

다니엘 베르제(Daniel Bergez): 앙리 4세 고등학교 불문학 교수
이며, 보르다 출판사의 〈숨김없이〉(EnToutes Lettres) 문집의
책임자.

피에르 바르베리(Pierre Barberis): 현대문학 교수이며, 캉 대학
의 현대성에 대한 조사 연구소의 책임자.

피에르 마크 드 비아지(Pierre-Marc de Biasi): C.N.R.S.의 연구
원. 현대 원고와 텍스트 조사 연구소의 책임자.

마르셀 마리니(Marcelle Marini): 파리 7대학의 문학과 정신분석
강사.

지젤 발랑시(Gisèle Valency): 캉 대학의 강사, 담화분석과 텍스
트의 징후학의 전문가.

민혜숙: 1960년 서울생. 연세대학교 불어불문학과 졸업, 동대학원
졸업(문학석사, 문학박사). 대원여고·외고 교사 역임. 연세대 강사
역임. 현 호남신학대학·광주대학 강사. 1994년 소설가로 등단.
역서: 《사랑론》(Pierre Burney, 〈탐구당, Que sais-je 문고〉,
1985)·《종교생활의 원초적 형태》(E. Durkheim, 민영사, 공역)

문예신서
121

문학비평방법론

초판발행 : 1997년 8월 5일

東文選
제10-64호, 78. 12. 16 등록
110-300 서울 종로구 관훈동 74번지
전화 : 737-2795

ISBN 978-89-8038-018-3 94800

【東文選 現代新書】

42 龍鳳文化源流	王大有 / 林東錫	25,000원
43 甲骨學通論	王宇信 / 李宰碩	40,000원
44 朝鮮巫俗考	李能和 / 李在崑	20,000원
45 미술과 페미니즘	N. 부루드 外 / 扈承喜	9,000원
46 아프리카미술	P. 윌레뜨 / 崔炳植	절판
47 美의 歷程	李澤厚 / 尹壽榮	28,000원
48 曼茶羅의 神들	立川武藏 / 金龜山	19,000원
49 朝鮮歲時記	洪錫謨 外/李錫浩	30,000원
50 하 상	蘇曉康 外 / 洪 熹	절판
51 武藝圖譜通志 實技解題	正 祖 / 沈雨晟·金光錫	15,000원
52 古文字學첫걸음	李學勤 / 河永三	14,000원
53 體育美學	胡小明 / 閔永淑	18,000원
54 아시아 美術의 再發見	崔炳植	9,000원
55 曆과 占의 科學	永田久 / 沈雨晟	14,000원
56 中國小學史	胡奇光 / 李宰碩	20,000원
57 中國甲骨學史	吳浩坤 外 / 梁東淑	35,000원
58 꿈의 철학	劉文英 / 河永三	22,000원
59 女神들의 인도	立川武藏 / 金龜山	19,000원
60 性의 역사	J. L. 플랑드렝 / 편집부	18,000원
61 쉬르섹슈얼리티	W. 챠드윅 / 편집부	10,000원
62 여성속담사전	宋在璇	18,000원
63 박재서희곡선	朴栽緒	10,000원
64 東北民族源流	孫進己 / 林東錫	13,000원
65 朝鮮巫俗의 硏究(상·하)	赤松智城·秋葉隆 / 沈雨晟	28,000원
66 中國文學 속의 孤獨感	斯波六郎 / 尹壽榮	8,000원
67 한국사회주의 연극운동사	李康列	8,000원
68 스포츠인류학	K. 블랑챠드 外 / 박기동 外	12,000원
69 리조복식도감	리팔찬	20,000원
70 娼 婦	A. 꼬르뱅 / 李宗旼	22,000원
71 조선민요연구	高晶玉	30,000원
72 楚文化史	張正明 / 南宗鎭	26,000원
73 시간, 욕망, 그리고 공포	A. 코르뱅 / 변기찬	18,000원
74 本國劍	金光錫	40,000원
75 노트와 반노트	E. 이오네스코 / 박형섭	20,000원
76 朝鮮美術史硏究	尹喜淳	7,000원
77 拳法要訣	金光錫	30,000원
78 艸衣選集	艸衣意恂 / 林鍾旭	20,000원
79 漢語音韻學講義	董少文 / 林東錫	10,000원
80 이오네스코 연극미학	C. 위베르 / 박형섭	9,000원
81 중국문자훈고학사전	全廣鎭 편역	23,000원
82 상말속담사전	宋在璇	10,000원
83 書法論叢	沈尹默 / 郭魯鳳	16,000원